I0641731

L'UNISSON

PAR

GEORGE DURUY

PREMIER MILLE

PARIS
LIBRAIRIE HACHETTE ET Cie
79, BOULEVARD SAINT-GERMAIN, 79

1887

767

L'UNISSON

8° Y²

40919

OUVRAGES DU MÊME AUTEUR

ANDRÉE. 7e mille. 1 vol. in-16, broché.   3 fr. 50
LE GARDE DU CORPS. 9e mille. 1 vol. in-16, broché.   3 fr. 50

LE CARDINAL CARLO CARAFA, Étude sur le pontificat de Paul IV.
   1 vol. in-8, broché.   7 fr. 50

Coulommiers. — Imp. P. BRODARD et GALLOIS.

L'UNISSON

PAR

GEORGE DURUY

PREMIER MILLE

PARIS

LIBRAIRIE HACHETTE ET Cie

79, BOULEVARD SAINT-GERMAIN, 79

1887

Droits de propriété et de traduction réservés

L'UNISSON

PREMIÈRE PARTIE

I

2 mai 1884.

Aujourd'hui même j'ai vingt-cinq ans. Vingt-
cinq ans !... Le tiers de ma vie si je dois vivre
très vieux ; beaucoup plus de la moitié si je n'ai
droit qu'à la moyenne... Après tout, que m'importe? Mon père est mort; je n'ai ni frère ni
sœur. Depuis six ans que ma mère est veuve,
je vis avec elle dans ce château isolé qu'elle a
pris en affection, sans doute parce qu'une sorte
de pacte secret s'est fait entre sa tristesse et
celle de notre vieille demeure. Sauf le curé de
Mainville, qui est devenu tout à fait notre ami,
nous ne voyons presque personne ; à peine

1

échangeons-nous, chaque été, quelques visites
avec nos voisins de Villeneuve-Saint-Georges,
de Vigneux ou de Draveil. Je ne regrette point
Paris, où nous n'avons même pas conservé de
pied-à-terre ; j'y vais de loin en loin, au concert
ou au théâtre, et je reviens bien vite à ma chère
campagne. Je monte à cheval ; je chasse ; je
fais, toujours seul, de grandes courses dans la
forêt de Sénart. Je m'y étends sur la mousse,
afin de donner à mon instinct contemplatif la
satisfaction d'interminables rêveries : dans ce
contact de tout mon corps avec la terre, il me
semble parfois que mon être entier se mêle à la
création, se fond comme un atome dans cette
immensité ; que, délivré de ma vie d'homme,
inquiète et douloureuse, je participe obscurément à la vie impersonnelle du brin d'herbe et
de l'arbre. Souvent aussi, je vais me promener
avec un livre dans notre parc, perdu au milieu
de la plaine comme un petit bois sacré. A la
longue, j'ai fini par subir le charme de mélancolie qui est en lui : j'aime sa futaie centenaire,
sa pièce d'eau où voguent deux cygnes noirs,
ses statues de marbre rongées par la mousse.
Je suis bien dans cette solitude, pour lire et

relire mes poëtes et mes romanciers favoris,
qui sont ceux dont l'âme, proche parente de la
mienne, a le mieux senti l'amertume cachée au
fond de tout. Je m'essaye aussi à écrire; j'ai
fait de la prose et des vers, de la critique, du
théâtre, du roman... Mais, après la courte fièvre
des heures d'inspiration et de foi en moi-même,
le découragement de me sentir inégal à mon
rêve paralyse mes forces, et j'abandonne la page
commencée en me disant : « A quoi bon la
finir? Est-ce que l'œuvre littéraire n'est pas
aussi vaine que le reste? » Comme à la littérature, je me suis essayé à l'amour : l'initia-
tion que m'en ont donnée de jeunes paysannes
ou des grisettes du quartier latin ne me permet
pas de tenir en très haute estime ce sentiment
surfait. Je n'aime au monde que ma mère : la
plus tendre, la plus adorable des mères, qui
souffre de mon désœuvrement, de ma mélancolie, et qui croit fermement que, pour m'en
guérir, il suffirait que je me décidasse à prendre femme. Voilà bien une idée de mère!... De
curé aussi, apparemment : cet original d'abbé
Papillon ne s'est-il pas, comme elle, mis en
tête de me marier? Et je sais bien avec qui...

avec cette demoiselle Lecouturier, qui passait
chaque jour, l'été dernier, devant la grille en con-
duisant elle-même son panier, attelé d'un petit
cheval noir. Elle n'était pas désagréable à regarder; elle avait l'air spirituel et hardi, une jolie
taille d'amazone... J'allais quelquefois m'asseoir sur le bord de la route, à l'heure où je
savais qu'elle revenait de sa promenade... Cela
m'occupait un instant d'attendre son retour, de
la voir arriver de loin, passer, disparaître au
tournant du chemin de Draveil : que ne fait-on
pas pour se distraire, quand on s'ennuie?... Me
marier!... Vivre avec une femme que j'aime-
rais, comme j'ai vu mon père vivre avec ma
mère, dans cette union profonde, dans cette
parfaite harmonie de deux âmes qui n'a pas
cessé depuis lors de me paraître la condition
même de la vie conjugale... Bah! qu'on me
laisse en paix!... Je suis un inutile, un pauvre
être qui voit triste : je ne me marierai ni avec
celle-là ni avec une autre...

3 mai.

Continuons donc, puisque l'idée m'est venue
de le commencer, ce journal de ma vie intime.
J'y trouverai bien chaque jour l'emploi de
quelques minutes : les heures sont si longues!

Comme je rêvassais dans le parc, sur le banc
de gazon, au pied de la statue sans tête,— j'aime
à la folie ce Sylvain dansant du siècle dernier,
qui jette la jambe en avant et porte d'un geste
gracieux une flûte à ses lèvres absentes,— Jean
m'a dit :

« Mme la baronne fait demander à M. Raymond si monsieur ne va pas faire un tour à
cheval.

— Mais si, mon bon Jean... Selle Sultan...
Je viens. »

Je suis allé dire adieu à ma mère. Elle était
assise près de la fenêtre du salon, ses pauvres
petites mains maigres allongées sur les bras du
fauteuil où elle passe sa vie à regarder en
rêvant dans le parc des images invisibles à
d'autres yeux que les siens,— de chères images
qui lui rappellent les années heureuses. Depuis
qu'elle est veuve, son corps a en quelque sorte

fondu; il est devenu si fluet, si frêle, qu'il
semble se perdre dans la robe de deuil qu'elle
n'a point voulu quitter. De fait, elle se nourrit
avec rien, un œuf, un biscuit trempé dans du
vin. La douleur a comme spiritualisé son être;
toute la vie s'est réfugiée dans les yeux, des
yeux noirs, superbes de limpidité. Avec le large
nœud de velours posé à plat sur le haut de sa
tête, les bandeaux lisses qui descendent bas sur
son front, la blancheur monastique de son
visage, elle donne assez bien l'idée d'un portrait de religieuse par Philippe de Champaigne.
Je ne sais quoi de tranquille, d'apaisé, le rayon-
nement d'une âme inconsolable, mais sereine,
baigne ses traits, comme ceux de certaines
sœurs de charité. Voilà ce qui reste de celle que
l'on appelait encore il y a quinze ans « la belle
générale Blachère »; et je me prends à songer
quelquefois, en la regardant, que les forces
humaines, bornées pour le bonheur, sont infi-
nies pour la souffrance. Triste, triste!... J'écrirai
un livre dont l'épigraphe sera : *Omnis creatura
ingemiscit.*

Maman a voulu me voir partir.

Elle m'a conduit jusqu'à l'écurie en s'ap-

puyant d'une main sur mon bras, de l'autre
sur sa canne.

« Quel Hercule tu es, disait-elle, mon
enfant!... Ton père aussi était beau, grand et
fort... Vois donc quelle petite bonne femme je
fais à côté de toi : c'est un cercueil de poupée
qu'il faudra que tu me donnes, quand je
mourrai... »

Au moment où je me mettais en selle, de
l'autre côté de la grille un panier attelé d'un
petit cheval noir a passé sur la route de Cor-
beil, et j'ai reconnu dans la jeune fille qui tenait
les guides Mlle Lecouturier. Comment se fait-il
qu'elle soit venue de si bonne heure, cette année,
à la campagne? Le soir, en dînant, j'ai parlé
des Lecouturier à ma mère, qui m'a paru en
savoir plus long que je ne m'y attendais sur
cette famille : sans doute elle aura parlé d'eux
avec l'abbé, qui est leur ami comme le nôtre.
Il paraît que le père et la mère vivent en assez
mauvaise intelligence. M. Lecouturier est un
ingénieur qui a fait une grosse fortune à
l'étranger, dans je ne sais quelle entreprise de
phares et de chemins de fer. On dit sa femme
très mondaine et fort entichée de noblesse.

Leur fille a vingt et un ans; elle se nomme Claire : c'est un assez joli nom. Aujourd'hui, sa figure était enveloppée d'un long voile de gaze bleue qui estompait ses traits comme d'une ombre légère, et leur donnait quelque chose de vaporeux où semblait se noyer l'assurance de son regard... Au fait, que m'importe qu'elle mette un voile de gaze bleue et regarde insolemment les gens?...

II

Que, sous prétexte d'avoir été aumônier dans
la marine, un curé de village loge au presbytère un perroquet et un singe, bêtes — le singe
surtout — médiocrement canoniques ; qu'il
appelle l'un Bouddha, l'autre Brahma, et scandalise ses confrères par le spectacle peu édi-
fiant de cette cohabitation d'un prêtre catholique avec des animaux baptisés de noms
empruntés à des religions concurrentes ; que ce
curé, industrieux comme un matelot, rapièce
ses culottes et fasse son pot-au-feu lui-même ;
qu'il fabrique au tour mille petits objets, ra-
bote, plante des clous à ses moments perdus,
bêche, sarcle, pioche dans son jardin en sifflo-
tant sans y penser tantôt des airs d'église et

tantôt des refrains de gabiers, ce n'est pas cela, sans doute, non plus que son nez en l'air, son air obstinément jeune et gamin, qui empêchera l'abbé Papillon d'aller tout droit en paradis. Libre à lui, également, de faire chaque dimanche à ses paroissiens un bijou de sermon — car il parle fort bien — un sermon familier, plein de naturel, avec de brusques envolées de poésie et d'éloquence, puis, sa messe dite, de fumer une pipe sous l'œil de l'Éternel... Mais tout habitué que je sois aux façons un peu bizarres de cet excellent homme, qui est aussi un excellent prêtre, je n'ai pas laissé d'être surpris du spectacle qui s'est offert à moi, aujourd'hui, quand j'ai ouvert la porte de la cure. Sur les marches d'un petit perron exposé au soleil, trois vieilles femmes assises disaient les litanies de la sainte Vierge, en épluchant des pommes de terre qu'elles jetaient ensuite dans un grand saladier posé à terre; des pigeons roucoulaient sur le rebord du toit; du haut de son perchoir, le perroquet regardait obliquement, de son œil rond et brillant comme du jais, le singe qui faisait des gambades. Sur la plate-forme du perron, l'abbé raccommodait un pied de chaise avec de la colle forte. En me voyant paraître, les trois pauvresses cessèrent d'égrener de leur voix chevrotante les syllabes latines.

« Allons, voyons, — dit, en trempant son pinceau dans la colle, le curé, qui ne m'avait pas aperçu, — la suite, donc..., *Stella matutina!...*

— *Ora pro nobis!* » répondis-je.

Il se retourna, sa chaise d'une main, son pinceau de l'autre, et se mit à rire en m'apercevant.

« Vous voyez, dit-il gaiement, que je me conforme au précepte de saint Benoît, en faisant alterner la prière et les œuvres... »

Il mit son bras sous le mien et m'entraîna du côté du jardin, afin de me montrer ses salades. Puis il me fit monter à un petit kiosque, construit de ses mains, qu'il nomme son « banc de quart », et d'où la vue embrasse un vaste paysage de plaine. J'ai regardé devant moi : les pêchers et les arbres de Judée se couvrent de fleurs d'un rose tendre ; la tête ronde des pommiers semble poudrée de neige, des boutons d'or étoilent déjà la verdure encore pâle

des prés ; les premières aubépines blanchissent,
çà et là, dans les buissons.

« Eh bien! qu'en dites-vous, jeune mélancolique? s'écria l'abbé; est-ce assez beau tout cela!

— Oui, ai-je répondu, mais qu'en restera-
t-il dans six mois? »

Là-dessus, notre conversation a pris un tour
plus intime. Il m'a interrogé sur mes travaux,
mes projets d'avenir. Je me trouvais à l'un de
ces moments où l'on éprouve impérieusement
le besoin de se confier à quelqu'un, de vider
son cœur dans un autre cœur. J'ai donc mis à
nu devant lui toutes les plaies secrètes dont je
souffre : la défiance de moi-même, le désœuvrement, l'incurable ennui dont je me sens
rongé. Je me suis plaint de ne trouver dans la
vie, faute d'une croyance quelconque, aucun
principe d'action...

« Bon, bon, — a interrompu l'abbé, qui
m'avait écouté jusque-là en haussant de temps
en temps les épaules, — je connais la suite...
Je ne raccommode pas toujours des pieds de
chaise, vous savez, je lis beaucoup aussi... Ne
vous croyez pas obligé de me réciter le dernier
roman paru!... »

J'ai protesté; je lui ai avoué combien je l'enviais, lui qui, par la vertu de sa foi tranquille, sûre d'elle-même comme de son objet, échappe à la contagion du doute universel, d'où sort, sans doute, la mortelle tristesse de ce siècle finissant. J'ai déclaré que la vie — cette vie dont il n'est possible de comprendre ni la cause, ni le sens, ni la fin — n'est en somme qu'une énigme méchamment posée par quelqu'un de cruel qui a fait également invincibles et notre désir d'en trouver le mot, et notre impuissance à le découvrir. J'ai conclu, enfin, en disant que je me demandais parfois ce qu'il vaut le mieux, d'être ou de n'être pas.

A ces mots, il se leva brusquement, et, d'une voix grave, avec une sorte de majesté qui transfigura soudain son visage, comme aux moments où l'inspiration le prend, en chaire, il dit, en dessinant sur l'horizon un geste large de prédicateur :

« Regardez!... Regardez ce bleu fin du ciel, ces petits nuages blancs immobiles qui sont les pommiers en fleur de là-haut, cette lumière qui baigne toutes choses, ces jeunes verdures

qui courent sur les branches, ces brins d'herbe
qui germent dans tous les sillons... Écoutez
ces chants d'oiseaux, ces cris joyeux de bêtes,
ces bourdonnements d'insectes, ce murmure
immense de toute la création qui souhaite au
soleil la bienvenue et se réjouit de sa première
caresse. Respirez ces parfums légers qu'exhale
la nature en fête... Avez-vous jamais contemplé
spectacle plus charmant que celui-là?... Et
quand vous avez ainsi le printemps sous les
yeux, c'est à l'hiver que vous songez, n'est-ce
pas? Quand vous voyez la vie s'épanouir, au
lieu de prendre votre part de l'allégresse univer-
selle, c'est l'idée de la mort qui vous obsède !
Vous avez vingt-cinq ans, et rien de tout cela ne
vous émeut, et c'est un vieux prêtre qui se sent
redevenir jeune au contact de ce renouveau! »

Il resta un moment silencieux, puis reprit en
se rasseyant :

« Mon cher enfant, vous êtes un malade!...
Et je vais vous dire quelle est votre maladie...
Il y a en vous deux hommes, un vrai et un
faux Raymond. Le premier, celui que j'aime,
est un grand enfant très naïf, très tendre, bon,
simple, ardent et généreux. La faculté d'en-

thousiasme sommeille en lui, parce que l'isole-
ment de sa vie n'a pas permis qu'il rencontrât
jusqu'ici les occasions de l'exercer : mais je
prévois qu'elle rattrapera le temps perdu, et
que nous l'entendrons faire un beau tapage, le
jour où elle s'éveillera !... L'autre Raymond,
celui que vous vous obstinez à me montrer
depuis une heure, encore qu'il ne me plaise
guère, est un être artificiel, tout de convention,
le produit d'une littérature spéciale, dont le
désenchantement, sincère ou affecté, est la
marque de fabrique. Au lieu de faire un roman
pessimiste, vous vivez ce roman au naturel;
sans en avoir conscience, vous vous ingéniez à
parler, à penser, à sentir, comme devrait parler, penser et sentir le héros du livre que vous
n'écrivez pas. A l'exemple de ces tristes per-
sonnages qu'on nous montre penchés sur eux-
mêmes, sans cesse occupés à disséquer leur
propre cœur et à extraire la quintessence de la
pourriture qu'ils y ont trouvée, vous passez
votre temps à chercher en vous et hors de
vous, dans votre être intime comme dans le
monde extérieur, le mal, toujours le mal, et
rien que le mal. Vous vous consacrez, selon

les règles du genre, à cette malfaisante besogne
de prendre l'un après l'autre tous les fruits de
la vie, et de faire voir, avant même de les avoir
goûtés, qu'un ver se cache dans chacun d'eux!
Vous poussez si loin, à votre insu, l'imitation
des procédés qui constituent la formule étroite
de cet art, que toute la matière dont il vit, à
savoir la sottise ou la méchanceté de l'homme,
la misère de sa condition, la bassesse et la fata-
lité de ses instincts, l'inutilité de l'effort, les
duperies du sentiment, le doute, le spleen, la
mort, que sais-je encore? tout cela passe dans
vos discours en abondantes jérémiades, exactement conformes à celles qui coulent de la
plume de vos écrivains favoris. Et savez-vous
ce qui arriverait, si vous n'y preniez garde?
C'est que vous finiriez par ne plus pouvoir
retrouver votre véritable nature sous la greffe
d'idées et de sentiments d'emprunt dont vous
la chargez; c'est que, pour avoir trop longtemps joué à l'impuissant et au désenchanté,
vous deviendriez tout de bon ce désenchanté
et cet impuissant; c'est qu'au jour où vos yeux
s'ouvriraient sur le mensonge de ces détes-
tables doctrines, vous vous apercevriez que

leur vent de mort a tout tari, tout stérilisé en vous : et alors, mon enfant, vous n'auriez plus assez de larmes, de vraies larmes, cette fois, pour pleurer sur ce suicide moral que vous auriez commis!... »

J'ouvrais la bouche pour affirmer de nouveau que j'étais sincère. Il ne me laissa pas finir :

« Je ne vous reproche pas de mentir, mais d'être dupe... Ce qui me rassure, c'est que votre nature droite et saine prendra tôt ou tard le dessus. Qu'un sentiment vrai entre en vous, tous les sophismes s'évanouiront, vous reconnaîtrez que vous avez calomnié la vie, et il en sera de votre prétendue désespérance comme de cette pomme de pin desséchée qui, hier encore, pendait à la branche, et que le flux de la sève a fait tomber à terre!... Maintenant — reprit-il après un silence — venez boire un verre de cidre : cela fera passer mon sermon. »

Nous nous levâmes ; il se remit à parler tranquillement de ses laitues et de la peine qu'il se donne pour les protéger contre les limaces. Je l'écoutais distraitement, ayant au bout de la

2

langue une question que j'hésitais à lui faire.
Et, cependant, je suis bien obligé de m'avouer,
quand j'y pense, que je ne serais pas allé voir
l'abbé aujourd'hui, si je n'avais pas eu ce ren-
seignement à lui demander.

« Vous qui êtes au courant de tout ce qui se
passe dans le pays, ai-je dit enfin, pourriez-
vous me dire si vos amis Lecouturier sont aux
Ormes pour toute la saison, ou seulement de
passage pour quelques jours?

— Tiens, comment savez-vous qu'ils sont
arrivés?

— J'ai rencontré Mlle Lecouturier.

— Ah !... Vraiment ?... Eh bien, ils sont
venus s'installer pour tout l'été... Leur fille a
été un peu souffrante.

— Grièvement?

— Non, puisque je vous dis un peu... Elle
aura trop dansé cet hiver; les médecins lui
ont ordonné l'air de la campagne... »

Il s'arrêta tout à coup, croisa les bras sur sa
poitrine et se mit à rire d'un air goguenard.

« Qu'avez-vous? » lui dis-je, avec un peu
d'impatience.

Il m'a répondu :

« Je pense que vous feriez, Claire et vous, un couple charmant.

— Bien assorti, surtout! répliquai-je. Un sauvage, une manière d'homme des bois comme je suis et une fille comme elle, qui doit aimer par-dessus tout le monde, dont j'ai horreur. Merci bien... et adieu! »

En quittant Mainville, au lieu de revenir directement à Château-Frayé, j'ai fait un crochet pour passer par Draveil. Pourquoi? Je ne sais... une idée qui m'a pris tout à coup. J'ai vu que les volets étaient ouverts à toutes les fenêtres de la grande villa qu'habitent les Lecouturier. Des domestiques lavaient les carreaux, posaient des rideaux blancs; toute la maison avait un air de fête. Comme je regardais, à distance, Mlle Claire est sortie à cheval, suivie d'un groom et se dirigeant de mon côté. Elle a passé près de moi au pas et m'a examiné de l'air étonné qu'on prend quand on retrouve une figure connue sans se rappeler où et quand on l'a rencontrée. Au moment même où je portais la main à mon chapeau, je me suis dit que, à cause de ma grande barbe et de mon costume de velours à côtes, elle allait sû-

rement me prendre pour un garde-chasse. Je
l'ai saluée assez gauchement, j'en ai peur :
elle m'a répondu d'un petit signe de tête tout à
fait gracieux... Son cheval a pris le trot, sous
une légère pression des rênes; je ne crois pas
qu'il soit possible de monter avec plus de souplesse et de légèreté...

III

Que de choses en deux semaines! Récapitulons : aussi bien, il est nécessaire que je mette un peu d'ordre dans mes idées, que je sache où j'en suis et où je vais... Donc, le lendemain de ma visite, l'abbé arrive à la maison et déclare à maman — qui m'a répété, le soir, toute la conversation — qu'il faut me marier tout de suite, tout de suite... Maman approuve en principe, mais fait observer qu'il faut être deux, pour cela, dans la pratique.

« Qu'à cela ne tienne, s'écrie l'abbé; Mlle Lecouturier fera justement l'affaire. »

Débat animé; maman interroge; l'abbé répond. Renseignements favorables sur la famille, la santé, la fortune — un peu inquiétants

sur le caractère. On a, paraît-il, de la droiture;
on ne manque ni d'intelligence ni d'esprit;
mais on est un peu quinteuse, on aime à faire
marcher les gens; on est, au demeurant, fort
mal élevée. Maman fait la grimace.

« Si vous voulez la perfection, dit l'abbé,
adressez-vous ailleurs : ce n'est point là ce que
je vous apporte... »

Cet aveu l'ayant mis à l'aise, il ne cache
point qu'on a un grain de vanité, un autre de
coquetterie et un troisième d'ambition.

« Mais c'est un monstre! s'écrie maman.

— C'est ce qui vous trompe, ma chère dame,
répond l'autre avec tranquillité; aussi éloignée
du monstre que de l'ange... » Et il ajoute qu'elle
aime le monde; qu'elle a l'esprit net, positif;
que c'est un vrai petit homme d'affaires en
jupons. Pour le coup, maman croit que le bon
curé perd la tête. « Enfin, me direz-vous ce qui
rend Mlle Lecouturier si particulièrement intéressante à vos yeux, que vous avez décrété de
me la donner pour belle-fille?

— La conviction qu'elle eût exercé par ses
qualités et même par ses défauts la plus salu-
taire influence sur Raymond... Je vous dis que

ces jeunes gens sont particulièrement aptes à se métamorphoser l'un par l'autre, au grand profit de tous les deux.

— Mais êtes-vous bien sûr que deux caractères si dissemblables s'accorderont?

— Oui, si l'amour s'en mêle.

— Vous savez que Raymond n'a pas de position?

— Il s'en fera...

— Qu'il a peu de fortune?

— Elle en a trop... D'ailleurs, il a un nom et un titre : telle que je connais Mme Lecouturier, c'est là un point capital... Ajoutez qu'elle a grande envie de marier sa fille; si ce n'est pas encore fait, c'est que le père a refusé jusqu'à présent tous les candidats qu'on lui a proposés... »

L'abbé s'en va. Maman, très émue, me met au courant, quand je rentre, de ce qui vient de se passer... Je ne lui cache pas que le physique de la personne en question est loin de me déplaire.

« Comment, malheureux, mais tu la connais donc!

Je lui réponds que je l'ai rencontrée plusieurs fois l'an dernier, que je viens de la revoir...

— Ah! mon Dieu, nous sommes perdus!...
Tu l'aimes déjà!... »

Je la rassure. Nous parlons de **Mlle Claire**
toute la soirée. Cette pauvre mère s'agite, s'ex-
cite, m'embrasse, ne dort pas de la nuit — ni
moi non plus, d'ailleurs. Le lendemain, un
mardi, l'abbé revient et lui conseille d'aller
faire une visite à Mme Lecouturier. Prétexte :
une quête de charité en faveur d'un paysan
dont la maison a brûlé. Le mercredi, après
déjeuner, départ en voiture pour les Ormes.
Présentation, échange de politesses. Mme Lecouturier est une femme longue, sèche, osseuse,
qui cherche à se donner de grands airs, dit
« madame la baronne » gros comme le bras et
semble se gargariser avec quelque chose d'exquis toutes les fois qu'elle prononce cette formule. La moyenne de ses sentiments m'a paru
plus que bourgeoise : mais elle ne les exprime
qu'en un langage très noble. Mlle Claire, qui
faisait une partie de lawn-tennis avec l'abbé,
est arrivée tout à coup. Ses cheveux cendrés
étaient un peu défaits sur le front ; à chaque
pas, de petites boucles indociles voltigeaient autour de sa tête ; d'autres, au contraire, s'étaient

collées sur ses tempes un peu moites et semblaient presque noires ; l'animation du jeu avait
coloré, sur les joues, sa peau fine de blonde des
teintes fraîches du plaisir et de la santé ; ses
yeux bleus brillaient d'un éclat humide ; les
ailes de ses narines humaient l'air avec une
précipitation qui soulevait et abaissait alterna-
tivement son buste, mince à la taille, superbe-
ment épanoui à la hauteur des épaules. Elle
allait, son grand chapeau de paille d'une main,
sa raquette de l'autre, d'un pas souple et relevé
de chasseresse... Maman l'a regardée, d'un
regard singulier, dont la pénétration semblait
un composé de celle du médecin, du juge d'instruction, du confesseur et du couturier, chacun
dans l'exercice de ses fonctions professionnelles :
et le nombre d'investigations spéciales auxquelles se livra ce regard, d'une extraordinaire
acuité, est chose vraiment merveilleuse, car il
mesura — je l'ai vu ! — le diamètre des épaules,
le tour de la taille, le développement des han-
ches ; il explora la bouche, s'insinua dans la
chevelure, constata qu'ici rien ne manquait à
l'appel, que là rien de factice ne se dissimulait
sous l'opulence du chignon ; il entra dans les

yeux, comme s'il voulait par cette voie pénétrer
jusqu'à l'âme même qui habite cette gracieuse
enveloppe; il passa la revue des attaches du
cou, de la main, du pied, contrôla pour finir la
coupe du corsage et de la jupe — le tout en
moins de temps qu'il ne m'en fallut pour saluer...
Échange de quelques phrases de la plus complète insignifiance entre elle et moi. Je lui parle
cheval, pour dire quelque chose; elle me répond
concours hippique; nous nous observons du
coin de l'œil. Départ. A peine assise dans la
voiture, maman éclate : « Elle est charmante! »
Je ne réponds pas. « Charmante » m'a paru
faible : « adorable » conviendrait mieux...

Mercredi, jeudi, vendredi, rien. Maman est
nerveuse, a des attendrissements subits en me
regardant. Je ne suis pas moins agité qu'elle;
impossible de tenir en place. Samedi, je vais
entendre à l'Opéra-Comique *Roméo et Juliette;*
cette musique me paraît divine; je rentre à Château-Frayé par le train des théâtres et je passe
la nuit à me promener dans le parc, au clair de
lune. Dimanche, un enfant de chœur apporte
un billet de l'abbé Papillon à maman : « Tout
va bien; la première impression n'a pas été mau-

vaise; attendez-vous à recevoir demain la visite
de ces dames. » Seconde nuit blanche. J'écris
vingt-cinq pages de mon roman, toute la grande
scène d'amour que je n'avais pas encore pu
enlever. Lundi, à deux heures, on sonne à la
grille; je deviens tout pâle, maman ferme les
yeux. La porte s'ouvre : c'est elle, avec sa mère.
Elle porte une casaque gros bleu, à petites raies
blanches, de même étoffe que la jupe et ouverte
sur le devant, de manière à laisser paraître un
gilet blanc. Cette toilette lui sied à ravir. Mais
quel regard, en entrant dans le salon!... Un
regard clair et froid qui s'est promené en une
seconde du parquet au plafond, comme pour
dresser rapidement l'inventaire de notre mobilier, hélas! un peu défraîchi... un vrai regard
de commissaire-priseur... Promenade dans le
parc. Mme Lecouturier, toujours hantée par
des idées d'ordre aristocratique, déclare que
nos arbres ne dépareraient pas Marly, Trianon
ou Chambord. Sa fille me demande combien
nous avons d'hectares. Quelle drôle d'idée de
me faire cette question d'arpenteur; est-ce que
je sais, moi, combien nous en avons, d'hectares? Elle paraît étonnée du peu de considé-

ration que je témoigne pour le système métri-
que; je le suis bien davantage en apprenant
que son père lui a appris à jouer aux échecs, et
qu'elle y est très forte. Cela ne l'empêche pas
d'être jolie, d'ailleurs, oh! non! A trois heures,
ces dames partent. Je monte à ma chambre, je
me jette sur un canapé; et je reste là, tout aba-
sourdi, jusqu'au dîner. Mardi, mercredi, jeudi,
rien. Vendredi, nous nous rencontrons, étant à
cheval tous les deux, dans la forêt. Grosse émotion en la voyant. Juste à ce moment, Sultan
prend peur d'un tas de fagots, fait un écart et
manque de me désarçonner. Je crois voir un
petit sourire pas très bienveillant sur les lèvres
de Mlle Claire; dépit; je fais prendre un peu
de champ à mon cheval et je l'enlève, d'un
bond prodigieux, par-dessus le tas de fagots.
« Bravo, monsieur! » crie Mlle Claire... Je
salue, et je m'en vais sans oser l'aborder. Samedi, je pense à elle toute la journée. Et aujourd'hui dimanche... Mon Dieu, c'est bien
simple : aujourd'hui, je l'aime éperdûment.

IV

Je suis allé tous les jours me promener du côté de Draveil, dans l'espoir de la rencontrer. Que dirait ce misogyne de Cavaroc si je lui avouais ma faiblesse et que je ferais des folies pour apercevoir seulement le bout d'un voile de gaze bleue? Sans doute, comme au temps où nous avions rendez-vous, en sortant du cours de droit romain, au café Voltaire, l'ami Cavaroc me ferait, d'après Schopenhauer, de fougueuses tirades sur le danger de céder aux sollicitations du « Génie de l'Espèce ». Mais je me soucie bien du « Génie de l'Espèce » et de Schopenhauer, moi, maintenant!

31 mai.

Maman continue à me dire qu'il ne faut pas
aller trop vite, qu'il vaut mieux patienter quelques jours encore avant de faire une nouvelle
visite aux Ormes. Elle a raison, elle est la sagesse même, cette adorable mère; oui, mais
que c'est dur d'attendre!...

2 juin.

Visite à l'abbé. Comme d'habitude, la porte
du presbytère était ouverte. J'entre dans le
salon : personne, sauf Brahma, qui gambade
sous le regard bienveillant de Lamennais et du
père Lacordaire, accrochés au mur. Je sors dans
le jardin... Une voix gouailleuse, paraissant
venir d'entre ciel et terre, me jette ce salut :
« Bonjour, Obermann! » Je cherche des yeux
l'abbé : j'aperçois une échelle appuyée contre
le tronc d'un gros cerisier, et, au milieu des
branches, quelque chose de noir qui remue.

« Êtes-vous, dis-je à cette forme vaguement
entrevue, êtes-vous Jéhovah dans le buisson
ardent, ou simplement un épouvantail à moi-
neaux?

— Ni l'un ni l'autre, répond la voix avec le
plus pur accent de Ménilmontant. J'échenille,
mon ami, j'échenille... Mon métier de prêtre
est d'écheniller les âmes ; et, vous le voyez, je
traite ce cerisier comme un de mes paroissiens...
Tenez un peu l'échelle, que je descende... »

Et, avec l'agilité d'un gabier qui court dans
les haubans, en deux temps l'abbé dégringole.

Nous sommes allés nous asseoir, comme il y
a un mois, sur le « banc de quart », au fond du
jardin. Les blés sont maintenant hauts et drus ;
sur les épis, déjà lourds, passent à chaque
souffle de brise de grandes ondulations lentes qui
se propagent, comme une vague, d'un bout à
l'autre de la plaine, et donnent à cette immense
nappe de verdure quelque chose de l'aspect on-
doyant et fluide de la mer. Les coquelicots et les
bluets sont si nombreux, à de certains endroits,
que leurs tons rouges et bleus, mêlés à la verdure, rappellent ces étoffes changeantes dont
la nuance indécise chatoie sous le regard,
comme la gorge d'un pigeon. A côté des champs
de seigle et d'avoine, il y a des morceaux de
prairie couverts de marguerites et de pâque-
rettes, qui semblent de grands draps blancs

étendus au soleil; d'autres, constellés de boutons d'or, sont d'un jaune vif qui tranche sur la
pourpre violacée des trèfles en fleur : et c'est
chose merveilleuse que la richesse et la variété
de ces teintes.

« Comme cette vue est aimable et riante!
ai-je dit à l'abbé.

— Ah! ah! vous en convenez... Vous n'étiez
pas de cet avis, pourtant, il y a quelques
semaines... Tant on a eu raison de dire qu'un
paysage est un état d'âme...

— Pourquoi dites-vous cela?

— Pourquoi?... Parce que c'est moins l'aspect
de cette plaine qui a changé que vous-même...

— Vous croyez?

— J'en suis sûr. »

A ce moment, un bruit sec de roues rebondis-
sant sur le pavé a retenti de l'autre côté du mur,
et je suis resté muet devant l'abbé, j'ai rougi, j'ai
pâli; car ce bruit, il me semblait l'avoir entendu
déjà, et que, sûrement, il devait être produit
par un panier attelé d'un petit cheval noir.

« Écoutez! ai-je dit en lui prenant le bras.

— Eh bien! quoi?... C'est une carriole qui
passe... Ne me serrez pas si fort...

— Non, non, ce n'est pas une carriole...
Écoutez!.. le voilà qui s'arrête... à la porte...

— Qui?

— Le panier, parbleu!

— Un panier!... Quel panier?

— Mais vous le savez bien!... Est-ce qu'il y
en a deux?... Celui de Mlle Claire, enfin!... Et,
tenez, la voilà! »

La porte du presbytère vient de s'ouvrir en
effet et livre passage à la femme que j'adore,
à celle qui m'a rendu, sans le savoir, la gaieté,
la jeunesse, à celle qui a changé mon âme! De
l'endroit où nous sommes, je la vois qui se
dirige vers le perron en faisant sonner sur
l'asphalte de la petite cour le talon de ses bottines. Elle monte les cinq marches, entre dans
la maison, et nous l'entendons qui demande :

« Y a-t-il quelqu'un?

— Par ici, mademoiselle, par ici! » crie
l'abbé, et nous quittons le kiosque pour aller
au-devant d'elle.

Comme je bénis la fantaisie qu'elle a eue de
venir aujourd'hui dire bonjour, en passant, au
curé!... Nous avons causé de choses fort indifférentes; je me suis appliqué à ne rien laisser

3

paraître du trouble qui m'avait envahi lorsque
je l'ai aperçue, mais je n'ose me flatter d'y avoir
tout à fait réussi. Me trompé-je ? Il me semble
que j'ai été de sa part, pendant les quelques
minutes qu'a duré cette délicieuse, quoique
trop courte entrevue, l'objet d'un examen attentif et persévérant, qui, après quelques consta-
tations d'ensemble, s'est localisé bientôt sur
ma cravate et sur mon parapluie : l'une, dont
le nœud, je l'avoue, était un peu lâche ; l'autre,
dont le manche aura paru, je le crains, un peu
rustique. Le reste de ma personne n'a pas
été soumis à une enquête aussi minutieuse.
C'est bon signe, sans doute, comme lorsque
l'œil du colonel passe sans s'arrêter sur l'équi-
pement d'une recrue. Oui, mais cette cravate et
ce parapluie ?... O Cavaroc ! vois où j'en suis
réduit déjà : je tremble à la pensée que peut-
être ils n'étaient pas d'ordonnance !...

Elle m'a demandé des nouvelles de maman.
Que m'a-t-elle dit encore ? que lui ai-je répondu ?
Je devrais le savoir, et je m'aperçois que je l'ai
à peu près oublié. Elle a parlé, et j'étais plus
attentif au son de sa voix, qui est charmant,
qu'au sens de ses paroles. J'ai répondu, et je ne

pensais point à ce que je lui disais, mais seulement à ce que je ne pouvais pas lui dire. Elle
m'a tendu la main, que j'ai serrée, trop fort,
j'en ai peur ; elle est partie ; je suis resté, planté
comme un piquet, à la même place jusqu'au
moment où le bruit des roues sur le pavé de la
grand'rue a cessé de se faire entendre. L'abbé
m'a dit avec son air narquois :

« Eh bien ! mon cher Raymond, pensez-vous
toujours que la vie ne vaille pas la peine d'être
vécue ?

— Non, lui ai-je répondu, je ne le pense
plus, car — à quoi bon essayer de vous le cacher ?
— j'ai maintenant un but et une espérance. »

Alors l'excellent homme a levé deux doigts
en l'air, comme s'il allait me donner la bénédiction, et, moitié sérieux, moitié souriant, il
m'a dit :

« Au nom de la Jeunesse, de l'Amour et de
la Vie, au nom de toutes les bonnes et saintes
choses dont vous avez médit, pessimiste repen-
tant, je vous absous ! »

V

Grande nouvelle : nous sommes invités pour dimanche à dîner aux Ormes ! Toute la maison est en l'air... Maman a passé en revue ses dentelles, et sorti de leur écrin ses boucles d'oreilles en perles noires. Il y a eu conférence entre elle et notre vieille bonne Martha sur la question de savoir si je dois me mettre en redingote ou simplement en jaquette. La redingote est plus convenable, mais d'une correction un peu cérémonieuse, et maman craint que cela ne me donne l'air « prétendant », chose qu'il faut éviter à tout prix. Martha tient pour la jaquette, qui m'amincit, paraît-il, et qui est plus « campagne ». Me voilà fort perplexe. Jean, qui a la manie de donner des avis qu'on ne lui demande

pas, se déclare partisan de l'habit et le juge bien
plus « distingué ». Serai-je prétendant, campagne
ou distingué?... Décidément, Jean est une vieille
bête. J'irai en redingote... Mais pourvu, mon
Dieu, que je ne sois pas ridicule, comme je l'ai été
l'autre jour, sans doute, au presbytère! Ce dîner
me fait peur. Je m'aperçois que je ne sais rien
du monde, et, pour la première fois, je souffre
de cette ignorance dont je tirais naguère encore
une assez sotte fierté. Aussi, pourquoi suis-je
amoureux, et, circonstance aggravante, amoureux d'une mondaine? N'est-ce pas d'une petite
provinciale timide, sage, et sachant faire les
crêpes, plutôt que de cette brillante Parisienne,
qu'il eût été raisonnable de m'éprendre?... Peut-
être... mais ce n'est pas d'hier que le sentiment
et la logique passent pour ne point faire très
bon ménage ensemble; s'il n'y a que moi pour les
réconcilier, la brouille n'est pas près de finir!

Dimanche soir, onze heures.

Quelque illusion me leurre sans doute... Et
pourtant, non, il n'est pas possible que je sois
seulement la dupe de mon espérance! Un instinct secret, plus fort que tous les raisonnements,

me dit que je ne me trompe pas et que cette
soirée qui s'achève marquera dans ma vie...

Nous sommes arrivés aux Ormes un peu
avant l'heure du dîner. On nous a introduits
dans le salon. En approchant d'une des fenêtres, qui était entr'ouverte, j'ai entendu un
bruit de voix paraissant venir de l'étage supé-
rieur. L'une des voix, que j'ai reconnue aussitôt
pour être celle de Mme Lecouturier, disait, d'un
ton passablement aigre :

« Je suppose que vous n'aurez pas à faire,
contre celui-là, les mêmes objections que contre
les autres...

— Alors, a répondu une grosse voix d'homme
assez commune, c'est que vous aurez eu cette
fois la main plus heureuse que précédem-
ment... »

J'ai eu un violent battement de cœur, j'ai fait
quelques pas dans le salon, car il me semblait
indélicat de surprendre ainsi le secret des amé-
nités conjugales qu'échangeaient là-haut M. et
Mme Lecouturier. Mais le peu que je venais
d'entendre m'avait si fort intéressé que je n'ai
pu résister à la tentation d'écouter la suite. Je
me suis rapproché de la fenêtre, tandis que

maman feuilletait une revue à l'autre bout du salon. Le dialogue continuait :

« Ce jeune comte était fort bien, vous dis-je!

— Oui, sauf qu'il lui manquait du cheveu et de la dent... Joli cadeau à faire à ma fille que cette épave de vie parisienne!

— Et le lieutenant de dragons? Il était si distingué!

— Distingué, mais alcoolique... Ce détail avait échappé à votre sollicitude maternelle... Le comte aurait mangé la dot de Claire : lui, l'aurait bue.

— Oh! je sais bien qu'il suffit que quelqu'un me plaise... Enfin, me direz-vous pourquoi M. Marchand ne vous a pas convenu? Il n'était pas noble, lui!... Un nom aussi roturier que le vôtre!

— Marchand, le petit monsieur en bois que vous êtes allé dénicher au concours hippique?.... Vous n'avez donc pas remarqué qu'il est bête, bête à manger tout le foin de son écurie?... Faites-en un entraîneur, un jockey, un groom, tout ce que vous voudrez dans l'ordre des choses chevalines, mais non pas un mari pour Claire. Si celui que vous avez à me montrer ce soir ressemble à ces trois-là, ce n'était pas la peine de me faire venir. »

Sur ce, une fenêtre en haut s'est fermée, et je n'ai plus rien entendu. Ainsi, ce dîner n'était qu'un prétexte pour me « montrer » à M. Lecouturier, comme on lui avait déjà « montré » les autres! Donc, ces dames — la mère à tout le moins — m'avaient fait l'honneur de penser à moi, et ma candidature, ô joie! avant d'avoir été officiellement posée, semblait être de celles qui méritent examen... Oui, mais l'homme à la grosse voix, le terrible homme qui venait de draper les « autres » d'une si belle sorte? Pauvres « autres », quelle exécution sommaire! Et je sentais un petit frisson me courir de la tête aux pieds à la pensée de comparaître bientôt devant lui. Certes, me disais-je, du cheveu et de la dent, j'en ai; alcoolique, je ne le suis point, bête non plus ; mais qui me prouve que le jeune comte, le lieutenant de dragons et le petit monsieur en bois soient réellement affligés du vice rédhibitoire que je viens d'entendre imputer à chacun d'eux? Que ne va-t-il pas trouver à dire sur moi, hélas!

Comme je me regardais furtivement à la

glace, afin de constater si la conformation de
mes épaules ne pouvait pas, d'aventure, prêter
matière à l'accusation d'avoir une bosse dans
le dos, la porte s'est ouverte, et j'ai eu, en voyant
paraître mon juge, quelque chose du sentiment
qu'on doit éprouver sur le banc des accusés,
lorsque l'huissier de service aux assises dit :
« Messieurs, la cour! » Heureusement, le courage des peureux ne m'a pas fait défaut en cette
occurrence, et j'ai supporté d'autant plus vail-
lamment le premier choc que j'étais, au fond,
plus intimidé.

Il est entré comme une trombe, a salué ma
mère sans mot dire, puis il a marché, ou plutôt
chargé, droit sur moi. J'ai cru qu'il venait me
prendre à la gorge. A deux pas, il s'est arrêté
net, a mis son lorgnon, m'a enveloppé d'un
regard... comment dirai-je?... un regard de conseil de revision. Puis, au moment où je commençais à me demander s'il n'était pas d'une
bonne politique de bomber la poitrine et de
faire : « Hum! Hum! » pour donner une preuve
de l'état satisfaisant de mes poumons, il a jeté
brusquement un « Bonjour, monsieur! » tout
à fait dépourvu d'intonations hospitalières, et

m'a tourné le dos. Ce dos est large et rond :
un col court le surmonte, fût de colonne massif
qui supporte la tête à la façon d'une grosse
boule posée sur un tambour. La face est comme
le dos, ronde et large, légèrement congestion-
née, et riche, à ce qu'il semble, en éléments
d'apoplexie. M. et Mme Lecouturier forment un
couple étonnamment géométrique : l'angle pré-
domine chez la femme, la circonférence chez
le mari. Ces deux figures ayant, s'il me souvient
bien de mes classes de mathématiques, peu de
sympathie l'une pour l'autre, voilà sans doute
qui explique pourquoi le père et la mère de
Claire ont fait mauvais ménage. Ce gros homme,
— tout en largeur et en rotondité, court de bras
et court de cuisse comme il l'est de col — ce
gros homme, de qui les jambes mêmes s'ar-
quent en cercle de tonneau, a d'ailleurs de fort
beaux yeux bleus, au regard clair, vif et péné-
trant, où je retrouve quelque chose de cette
limpidité cristalline qui n'est pas le moindre
charme de sa charmante fille.

J'étais à peine remis de la surprise que m'avait
causée la façon si particulière qu'a M. Lecouturier de prononcer les mots : « Bonjour, mon-

sieur ! » — d'un ton rageur et comminatoire,
— quand Mlle Claire a fait son apparition dans
le salon. Ah ! la jolie ligne qu'elle a, et combien peu géométrique ! Une ligne qui n'est
jamais, comme chez la mère, le plus court chemin d'un point à un autre, ou le plus long,
comme chez le père, une ligne délicieusement
onduleuse, où les reliefs et leurs contraires
s'adoucissent et se fondent en une divine harmonie de contours, une ligne... Comme la langue
est pauvre, lorsqu'il s'agit d'exprimer la suavité
des sensations que donne aux yeux le spectacle
d'une forme parfaite ! Et son « Bonjour, monsieur ! » qu'il avait d'accueillance et de grâce !
comme il a coulé doucement dans mes oreilles,
encore blessées du grognement de ce san-
glier !

Le dîner fini, nous sommes revenus au salon.
Claire s'est emparée d'un journal, et j'ai vu,
non sans surprise, qu'elle lisait attentivement
les cours de la Bourse. « Ah ! mon Dieu ! pen-
sais-je, est-ce que ce père, qui lui a déjà appris
les échecs, se serait aussi chargé de lui donner des lumières spéciales sur le 3 0/0 ? Je me
trompais : le gros homme est innocent. C'est

Mme Lecouturier elle-même qui a fait l'éducation financière de sa fille.

« Dis donc, maman, a dit Claire tout à coup,
tu as eu tort de me conseiller d'acheter des
Tramways d'Andrinople... Vingt francs de
baisse. »

Je lui ai demandé en souriant si elle jouait à
la Bourse. Elle m'a répondu le plus tranquillement du monde qu'elle ne jouait pas, mais que
sa mère étant fort entendue en affaires, elle lui
demandait conseil pour faire, de temps en temps,
un petit placement sur ses économies de jeune
fille. Cela m'a rendu rêveur. Pourquoi diable
économiser quand on est si riche? Je n'en ai
jamais fait, moi, d'économies. Quand j'ai quelques sous d'avance, j'achète des estampes sur les
quais, des photographies, des bibelots inutiles,
dont j'encombre ma chambre. Ou bien je donne
à l'abbé pour les pauvres du pays... Le peu
d'argent que j'ai s'en va ainsi je ne sais où. Il
serait bien plus sage de mettre comme elle quelque chose de côté. Décidément, elle est pleine
de raison, Mlle Claire, et je ne suis qu'un fou!

Voilà ce que je me disais, avec une certaine
mélancolie, tandis que Mme Lecouturier enga-

geait une délibération sur les Tramways d'Andrinople avec son mari et sa fille. J'ai appris
que les Tramways d'Andrinople, quoique valeur
« à turban », étaient une valeur « d'avenir ».
C'est un ami de la famille, c'est M. Blum qui
l'affirme, et M. Blum ne se trompe jamais.

« Qui est ce M. Blum? ai-je demandé ingé-
nument.

— Blum du guano! » m'a répondu Claire
avec une nuance de compassion.

Blum *du Guano!...* Comme on dit Godefroy
de Bouillon, ou Bernardin *de Saint-Pierre...*
C'est pourtant vrai que je ne connaissais pas les
titres de noblesse de M. Blum... Je suis impar-
donnable... Blum du Guano... Quelle étonnante
aristocratie se prépare pour le xxᵉ siècle!

Ce doit être aussi l'avis de maman, qui a
souri en m'entendant faire cette remarque.
Alors on s'est mis à causer noblesse. M. Lecouturier n'a point dissimulé qu'il jugeait « l'existence d'une caste privilégiée incompatible avec
les tendances de l'esprit moderne ». Je lui ai
répondu que la science, pourtant, n'est rien
moins qu'égalitaire, et j'ai essayé de prouver,
en m'appuyant sur les théories de Darwin, que

la nature travaille sans cesse à constituer des aristocraties parmi les êtres. Il a ouvert de grands yeux et m'a dit avec un commencement de considération :

« Vous vous occupez donc de science, monsieur ? »

Tandis que maman se mettait à entretenir négligemment ces dames de ma tante de Ragincourt, qui est chanoinesse de l'ordre de Sainte-Thérèse de Bavière — un ordre tout ce qu'il y a de plus noble, dont chaque membre doit être pourvu de je ne sais combien de quartiers — nous avons entamé, M. Lecouturier et moi, un dialogue scientifico-philosophique, au cours duquel je crois avoir acquis une connaissance assez précise de ce poussah. Il s'en faut de beaucoup que M. Lecouturier soit un sot. Il a de l'intelligence, mais cette intelligence est courte, parce qu'elle s'est toujours appliquée aux mêmes objets. Toutes les fenêtres de cet esprit ouvrent sur un seul point de l'horizon : est-ce être vraiment intelligent que de n'avoir pas même quelques pauvres petits jours de souffrance sur le reste, alors que le monde est si vaste ? Sa culture est uniquement scientifique ; il fait profession de dédaigner la littérature et l'art, ce qui, au fond, n'est pas moins niais que d'affecter, comme certains, un scepticisme ironique à l'égard de la science. Des problèmes de tout ordre que la littérature agite, des jouissances délicates que l'art donne, M. Lecouturier n'a cure. Il sort de l'École polytechnique et ne connaît que les faits. Il aime les faits, il ne croit qu'aux faits, il ne respecte qu'eux, sans voir qu'ils sont seulement la vile matière dont on fabrique les idées, et qu'ils ne cessent d'être méprisables que le jour où l'on a tiré d'eux précisément ce qu'ils renferment d'immatériel. J'ai remarqué trois formules qui reviennent à chaque instant sur ses lèvres et qui révèlent assez bien le tour méthodique de son esprit :

« Procédons avec ordre... Je n'ai pas de raisons suffisantes pour... Avez-vous des données précises sur...? »

Avec lui, toute causerie doit avoir un développement logique comme la marche d'un théorème ; il ne souffre pas qu'on s'en écarte ; si l'on s'égare, ainsi qu'il est si charmant de le faire, à la poursuite des idées qui papillonnent autour de vous quand on cause, il vous ramène

aussitôt dans le droit chemin avec un impérieux :

« Ne perdons pas de vue le sujet de notre
entretien ! »

Je n'ai pas eu de peine à m'apercevoir qu'il
m'étudiait, tout en me faisant parler. Je ne sais
quelle inspiration m'a révélé que j'avais affaire
à quelqu'un de légèrement maniaque et de
pressé, voyant assez juste en général, mais
voyant gros; habitué à toiser et à jauger un
homme en deux temps, convaincu qu'il n'est
pas plus difficile de faire le tour d'un être moral
que d'estimer à vue d'œil la superficie d'un
champ de betteraves; et je me suis prêté héroï-
quement aux investigations sommaires de cette
psychologie d'ingénieur, qui me semblait très
redoutable, non pas à cause de sa perspicacité,
bien entendu, mais à cause des énormes mé-
prises dont je la crois capable... En somme,
je crois n'avoir pas lieu d'être mécontent de
l'examen que je viens de passer.

Vers dix heures, nous sommes partis. Et
maintenant je suis dans ma chambre, en face
de ma lampe, dont la mèche commence à char-
bonner, et des feuilles de ce journal, que je

viens de noircir. Une heure, je ne sais laquelle
— car, n'ayant point le goût de « procéder avec
ordre », j'ai oublié de remonter ma montre —
une heure sonne au clocher d'un village. Le
tintement des coups lents se propage au loin
avec une douceur triste dans la sonorité de la
nuit. Il n'y a presque pas d'étoiles au ciel; un
gros nuage cache celles dont j'aime à voir, de
ma fenêtre, la lueur scintillante danser comme
un feu follet dans la pièce d'eau. Le parc est
tout noir. Jamais je n'ai senti mieux que ce soir
la profonde mélancolie des lieux où je vis.
Mais cette tristesse des choses est impuissante
à réveiller en moi les sombres idées d'autrefois.
Ennui, désespérance, dégoût et lassitude de
vivre, tous ces brouillards de *spleen* qui enté-
nébraient mon âme se sont dissipés devant
l'amour, comme les vapeurs du matin quand
paraît le soleil; des profondeurs de mon être
régénéré monte une chanson claire et joyeuse,
pareille à ces premiers chants du coq qui déjà
commencent à percer le silence, et que j'entends
çà et là saluer d'une fanfare éclatante l'aube
encore invisible...

4

« Je suis, m'a dit avec fierté le père de Claire, au cours de notre conversation de l'autre jour, je suis positiviste !

— Oui, ai-je répondu, c'est-à-dire que vous attendez pour vous permettre de croire à Dieu et à l'âme qu'une communication ait été faite à l'Académie des sciences sur ces objets... »

Le positivisme, en effet, convient bien aux esprits étroits et rectilignes que déforme, sous couleur de les former, la culture polytechnicienne. Qu'on soit matérialiste ou athée, j'y consens. Il y a dans le matérialisme comme dans l'athéisme quelque chose de sombre mais de hardi, une sorte de poésie noire, de l'idéalisme à rebours, si l'on peut dire, un acte de foi de l'esprit en quelque chose qu'il ignore, c'est vrai, mais au moins un effort pour secouer le poids de l'inconnaissable qui l'oppresse, pour affirmer et pour croire, cette affirmation fût-elle aussi peu fondée en raison que les autres et cette croyance fût-elle désespérante. Mais positiviste ! J'ai horreur, moi, de cette pédante et égoïste doctrine, de cette philosophie de

contremaîtres, qui se désintéresse lâchement de
tous les nobles problèmes et dont la circonspection ne plaît si fort à tant de bourgeois frot-
tés d'un peu de science que parce qu'elle flatte
l'instinct de platitude qui est en eux. Que je
plains cette jeune fille d'avoir été mise à une
pareille école! Il me semble que dans mon
amour pour elle entre maintenant un peu de
pitié, et que je serais soutenu dans ma tâche
par la conscience d'accomplir une sorte de sau-
vetage, s'il m'était donné un jour de travailler
à la rédemption de cette pauvre âme, desséchée
sans doute, par les tristes enseignements qu'elle
a reçus.

VI

C'en est fait : elle sait que je l'aime.

Ce soir, après le dîner que maman avait voulu rendre aux Lecouturier, l'abbé, qui était aussi invité, a proposé de faire un tour dans le parc. M. Lecouturier, que la marche essouffle, est resté au salon avec maman ; Mme Lecouturier et l'abbé se sont assis au bout de la pelouse ; nous nous sommes engagés, Claire et moi, dans la grande allée. La nuit commençait à tomber, mais il restait dans l'air une clarté mourante, si douce, que la nature entière semblait pénétrée de sa douceur, et s'enveloppait d'une sorte de recueillement pour recevoir l'adieu du jour. Le crépuscule épaississait déjà ses ombres autour de nous ; mais le ciel, où

passaient des tourterelles attardées, restait
clair au-dessus de nos têtes et laissait encore
filtrer entre les branches un peu de sa sérénité;
de petits nuages roses flottaient, très haut, du
côté du couchant. Si vieux que je puisse vivre,
jamais, non, jamais je n'oublierai cette soirée,
et la minute solennelle où le cher secret, que
je ne pouvais plus garder, a jailli de mon
cœur...

Nous avions pris un petit chemin qui passe à
travers les taillis, et nous parlions de choses
indifférentes, lorsque Claire, qui marchait en
avant, s'est trouvée tout à coup, au moment
où nous débouchions sur la pelouse, en face du
Sylvain dansant. La pâle lumière qui baignait
encore le contour des objets donnait à la statue
sans tête je ne sais quel air de blanche et fan-
tastique apparition. Claire jeta un petit cri de
surprise et, d'un mouvement instinctif, se rapprocha vivement de moi.

« Vous avez eu peur? dis-je, en lui offrant
mon bras, qu'elle prit aussitôt.

— Oui, très peur... Oh! la vilaine statue...

— Voulez-vous qu'on la mette à bas demain?

— Vous feriez cela, si je vous le demandais?

— Cela et beaucoup d'autres choses encore...

— Vraiment?

— Mais oui...

— Ah!... Et pourquoi feriez-vous cela?

— Pour vous être agréable.

— Vous tenez donc bien à m'être agréable?

— Oui... puisque je vous aime! »

Quelle force inconnue et irrésistible m'a fait prononcer tout à coup, sans que je le voulusse, sans que j'en eusse conscience, cette parole décisive d'où sortira le bonheur ou le malheur de ma vie, je l'ignore... J'étais atterré... Elle s'est mise à rire, puis, quittant mon bras, elle a frappé, comme un enfant, ses deux mains l'une contre l'autre, en disant :

« J'ai gagné mes cent sous!... Je m'étais parié à moi-même que vous me feriez une déclaration ce soir! »

Puis, changeant de ton, elle a ajouté avec une gravité comique :

« Rentrons, monsieur; il n'est plus convenable, maintenant, que nous nous promenions seuls dans le parc. »

Nous sommes rentrés au salon. Elle a été, pendant tout le reste de la soirée, d'une gaieté folle, parlant à tort et à travers, riant aux éclats, risquant avec l'abbé des plaisanteries garçonnières, répondant aux observations de Mme Lecouturier sur un ton dégagé qui frisait l'impertinence, changeant de chaise à chaque instant, dérangeant tout sur la table, fourrageant comme un jeune chat dans la corbeille aux pelotons de laine... J'ai vu que maman l'observait avec étonnement et inquiétude. Quant à moi, j'essayais en vain de trouver un mot à dire, tant j'étais ému, triste et irrité tout ensemble. M. Lecouturier, qui sommeillait dans un coin, s'est enfin décidé à demander sa voiture. Ils sont partis, emmenant l'abbé. Au moment où je la saluais, avec une froideur un peu cérémonieuse, elle m'a dit à voix basse, d'une voix très douce que je ne lui connaissais pas :

« Vous savez, je ne vous en veux pas du tout. »

Et, en même temps, dans ses yeux a passé un regard que je n'y avais jamais rencontré, un regard tendre, un vrai regard de femme... Qui m'expliquera ce que tout cela veut dire?

14 juin.

Je suis allé me promener à pied dans la forêt. Je me suis couché sur la mousse, au pied d'un gros chêne. Il faisait chaud ; j'étais fatigué de ma nuit sans sommeil ; des milliers de petites mouches, butinant dans l'herbe, me berçaient d'un bourdonnement monotone : je me suis endormi. Depuis combien de temps étais-je là, je l'ignore ; un léger bruit m'a réveillé ; j'ai ouvert les yeux, je me suis redressé, et j'ai vu en face de moi... j'ai vu, dans son panier, fouet et guides en mains, Claire, qui me regardait. J'étais horriblement confus ; je l'ai été plus encore quand elle m'a dit en riant :

« Ah ! monsieur, je vous y prends... Savez-vous que ce n'est pas poétique du tout ce que vous faites là ? »

Le meilleur parti était de rire comme elle : c'est ce que j'ai fait, d'aussi bonne grâce que j'ai pu...

Elle a mis pied à terre et donné l'ordre au petit groom qui avait pris les guides à sa place de nous suivre au pas. Nous nous sommes dirigés du côté de l'Ermitage, en causant comme

de bons amis. Par une sorte d'accord tacite,
nous n'avons fait d'abord ni l'un ni l'autre aucune allusion à ce qui s'est passé hier dans le
parc. Tout à coup, elle m'a dit :

« N'est-ce pas, monsieur, que vous me dé-
testez aujourd'hui ?

— Pourquoi voulez-vous que je vous déteste
aujourd'hui, alors qu'hier je vous ai dit...?

— Oui, oui, je sais... Ne vous croyez pas
obligé de me le redire... Cela me ferait regretter l'inconséquence que je commets en me promenant seule avec vous...

— Nous ne sommes pas seuls.

— Oui, il y a Tom... Et puis le cheval...
Comme chaperon, vous m'accorderez que c'est
un peu mince... Enfin, n'importe, j'ai été élevée
à l'anglaise... et puis je suis majeure... Vous
ne me mangerez pas, n'est-ce pas ? Continuons... Je vous disais donc que vous deviez
me détester... Eh bien ! vrai, je trouve que
vous n'auriez pas tort !

— Comment cela ?

— Voilà... vous m'avez fait une déclaration,
n'est-ce pas ? Les jeunes filles bien sages, bien
élevées — comme vous devez les aimer, enfin

— savent parfaitement qu'en pareil cas il faut rougir, balbutier, et chercher des yeux sa mère en disant, sur un ton de pudeur alarmée : « Monsieur !... » Or, moi, je n'ai rien fait de tout cela. J'ai ri. Et pourquoi ai-je ri? **Parce que j'avais envie de rire**, et vous saurez que c'est ma règle de toujours faire ce qui me passe par la tête...

— Même quand c'est une folie ?

— Pourquoi pas?... En venant dîner chez votre mère, j'ai récapitulé les déclarations dont, cet hiver, on m'a honorée, au bal, au concert, au théâtre, dans des dîners, partout. J'en ai trouvé dix-neuf... Notez que je ne parle que des déclarations « positives », comme dirait papa... Je laisse de côté tout un lot d'œillades, de soupirs, d'attitudes tendres, langoureuses, passionnées, mélancoliques, fatales, etc., variant selon le tempérament du monsieur, mais toutes également expressives. Je me disais donc : dix-neuf, plus celle que je vais attraper ce soir, ça fera vingt, cinq de plus que l'an dernier... Alors, vous comprenez, quand j'ai vu que le compte y était, ç'a été plus fort que moi, j'ai pouffé!.. Ça n'avait rien de désobligeant

pour vous,... c'était la chose elle-même, le
chiffre rond ;... seulement, je me rends parfaitement compte que je vous ai déplu, oh! mais là,
très fort! »

J'ai répondu qu'il m'avait été pénible, en
effet, de voir qu'une chose aussi sérieuse à
mes yeux qu'un aveu dans lequel je faisais
l'offre de ma vie, lui avait seulement prêté à
rire.

« Ah! mon Dieu! s'est-elle écriée, comme
vous y allez! Alors, ce que vous m'avez dit
hier soir, c'était aussi sérieux que cela? Quel
drôle d'homme vous êtes... Dans le monde,
savez-vous ce qui se passe quand un monsieur
vous dit : « Je vous aime »? On fait un joli
sourire pour marquer qu'on lui sait gré de
l'attention, et puis, c'est fini, on pense à autre
chose. Exactement comme lorsqu'on vous présente un quartier d'orange glacée sur une
assiette : on prend l'orange et on rend l'assiette... Je vous assure qu'il n'y aurait plus de
monde possible si toutes les fois que, dans un
salon, un jeune homme indique à une jeune
fille qu'il a un sentiment pour elle, cela signi-
fiait qu'il lui offre sa vie... Ce n'est plus que

dans les romans vieux jeu que les choses se
passent ainsi... Non, vrai, je ne soupçonnais
pas..: Je me suis bien aperçue depuis trois
semaines que je ne vous semblais pas désagréable à regarder... Ça se voyait... ça se voit
encore... Mais enfin, hier soir, j'ai cru que
c'était un peu par politesse, et puis à cause de
l'heure, de la nuit tombante, des bois, est-ce
que je sais, moi?... Comment, c'était, à ce
point-là, pour de bon?

— Hélas! oui, mademoiselle... Je ne suis pas
un homme du monde, moi...

— Oui, oui... Il y a longtemps que je le sais...
Mais ça s'apprend, allez!.. Au fond, même, ça
n'est pas très difficile; ne vous inquiétez pas...
Seulement, je suis très ennuyée, maintenant,
parce que je vois bien que vous m'en voulez.

— Et de quoi vous en voudrais-je, grand Dieu!

— D'avoir fait mon enfant gâté, au salon,
après la promenade dans le parc. J'ai dû passablement vous agacer... Voyons, avouez que
vous m'avez trouvée insupportable! Que voulez-vous, j'avais mal aux nerfs, à cause du
champagne et aussi à cause de ce que vous
m'aviez dit... Vous savez, on a beau avoir l'ha-

bitude, cela fait un drôle d'effet de s'entendre
dire cette petite chose, surtout de cette ma-
nière-là... Car, entre nous, vous aviez l'air pénétré comme un prêtre qui dit la messe... Et
puis ce silence, cette solitude, cette statue sans
tête, votre voix qui était toute... chose!... Ça
n'est pas dans mon programme, tout cela! Alors,
vous comprenez, j'ai eu mes nerfs; et, quand je
les ai, je sens très bien que je suis à battre...
Ma foi, tant pis, il vaut mieux que vous sachiez
qui je suis!... »

Je m'efforce de reproduire fidèlement cette
conversation : n'est-ce pas encore causer avec
elle que de rechercher et de retrouver dans ma
mémoire les phrases mêmes qu'elle a dites? Je
voudrais les consigner sur ce journal avec tout
l'imprévu de leur tour, toute la gentille brusquerie de leur allure... Oui, voilà bien ces propos
sautillants, ces petites phrases courtes, hachées,
rebondissantes, ponctuées d'interjections... Je
la vois, je l'entends... Mais comment rendre le
charme de cette voix, la joliesse de ce sourire,
les sautes de pensée qui modifiaient brusquement
l'expression de ce visage mobile, la malice et
l'esprit qui pétillaient dans ces yeux? Hélas! je

suis comme un homme qui pique des papillons sur un liège : ils sont là, mais leur grâce ailée, qu'est-elle devenue?...

Nous sommes allés ainsi, riant et causant, jusqu'à l'auberge de l'Ermitage. Comme elle remontait dans son panier, je lui ai demandé si elle venait se promener souvent dans cette partie de la forêt. Malgré l'air hypocritement détaché que j'avais pris pour lui adresser cette question, elle m'a lancé un regard qui m'a prouvé qu'elle pénétrait ma pensée secrète, et, après une seconde d'hésitation :

« Mais oui, m'a-t-elle dit, tous les jours ou à peu près... Il y a plus d'ombre par ici... Et vous, est-ce que vous y venez aussi?

— De temps en temps...

— Alors, à un de ces jours, je pense... Au revoir, monsieur, bonne promenade,... et pardon de vous avoir réveillé... »

Son fouet s'est abaissé légèrement; le petit cheval noir est parti; j'ai suivi des yeux jusqu'au tournant de l'allée le voile de gaze bleue qui flottait derrière elle, et puis je suis rentré, bien heureux !

VII

20 juin.

Un hasard — est-ce bien le hasard qu'il faut
dire? — fait que nous nous rencontrons maintenant chaque jour aux alentours de l'Ermitage.
Ces rencontres fortuites sont charmantes :

« Tiens, vous voilà, mademoiselle?

— Comment, c'est encore vous, monsieur! »

Pendant que nous disons cela très gravement,
Tom ébauche un sourire discret; il n'est pas,
Dieu me pardonne, jusqu'au petit cheval noir
qui ne prenne, lui aussi, un air fin, l'air d'une
bête qui pourrait en dire long, si elle voulait...

Nous faisons des progrès dans la connaissance l'un de l'autre. « Monsieur, m'a dit Claire
l'autre jour — au moment où je m'embarquais
dans une de ces grandes tirades passionnées

qu'elle n'aime pas, décidément, et que, par malheur, j'ai toujours au bout de la langue — monsieur, vous vous donnez à moi, c'est fort bien... Remarquez seulement que toute donation suppose un inventaire : or je ne sais pas encore au juste ce que vous m'offrez en vous offrant... » Et, depuis lors, elle m'expertise... nous nous expertisons, veux-je dire, car il faut, pour lui plaire, que je prenne des airs d'homme sérieux, qui ne fait pas les choses à la légère. Merveilleuse puissance de l'atavisme : elle aussi « procède avec ordre »! Oh! la vilaine petite, quel beau chant d'amour je lui chanterais, si elle voulait! Mais elle ne veut pas... Ah! comme je me rattraperai plus tard si l'enquête s'achève et m'est favorable.

21 juin.

Elle m'a dit aujourd'hui : « Si je vous disais que je vous adore, vous ne me croiriez pas... Vous avez eu le temps de m'étudier suffisamment, j'imagine, pour savoir qu'à l'exception du cheval, du théâtre, du monde, — et de mes parents, bien entendu, — je n'aime rien qu'avec

mesure. Si tous vos sentiments sont excessifs,
— ce qui est d'ailleurs votre principal défaut à
mes yeux, — presque tous les miens sont mo-
dérés. Je suis ainsi faite, et je n'ai nulle envie
de changer, je vous en préviens... Mais, de ce
que je possède cet heureux équilibre qui vous
manque, à mon grand regret, il ne s'ensuit pas
que je sois incapable d'éprouver pour quelqu'un qui aurait su me plaire une véritable
affection. Or je puis bien vous dire que vous
êtes fort éloigné de me déplaire. Si même vous
voulez que je sois tout à fait franche, — et vous
n'ignorez pas qu'il est dans ma nature de l'être,
— j'avouerai que cette sympathie dont je me
suis sentie prise, assez rapidement, ma foi,
pour votre personne, me déconcerte absolument.
Il y a là quelque chose que je ne m'explique
point, et cela m'agace, car je ne suis pas pour
rien la fille de mon père, et, comme lui, j'aime
à me rendre compte... A l'heure qu'il est, je
n'ai pas pu parvenir encore à comprendre d'où
vient que l'idée de vous avoir, peut-être, un
jour pour mari, me semble en somme tolé-
rable. Car il faut bien voir les choses comme
elles sont : nous avons deux natures foncière-

ment dissemblables. Et, pourtant, je le répète,
vous ne me déplaisez pas. Pourquoi? Mystère.
Il y a sans doute entre nous quelque affinité qui
m'échappe et que je finirai par découvrir, car
je veux à toute force en avoir le cœur net. Au
surplus, il est absurde, n'est-ce pas, de prétendre à lutter contre les faits? Papa, qui est
plein de considération pour eux, me le dit à
tout bout de champ. C'est déjà un fait que vous
ne me déplaisez pas; tâchez que ce soit un fait
que je vous aime. Je ne demande pas mieux,
moi. Arrangez-vous. »

J'admire la rigueur de la méthode scientifique
appliquée par Claire aux choses du sentiment...
Et je vais lire un peu de Musset pour me réchauffer, car cette douche de froide sagesse
m'a glacé.

                                          22 juin.

Claire doit être terrible dans les magasins
de nouveautés!... Je me fais l'effet d'un objet
d'étalage, un modeste objet du Bon Marché,
manié, remanié, palpé, retourné, remué par
une cliente soupçonneuse et difficile à satisfaire.

« Est-ce solide? est-ce bon teint? cela fera-t-il de
l'usage?... » — « Eh! oui, je suis solide et bon
teint... Prenez-moi, mademoiselle, et vous verrez! » Vaine supplique : elle ne se décide toujours pas, et je reste sur la sellette!

J'ai cru d'abord que c'était par indécision naturelle; je l'ai même, à ce propos, gratifiée
d'un assez gentil petit surnom : « miss Niwi-
Ninon », dont elle a bien voulu rire, quand je
le lui ai fait connaître. Mais je me trompais.
Elle sait fort bien ce qu'elle veut; seulement...
seulement... Comment exprimer cela?... Elle a
l'âme un peu commerçante. Un instinct de mé-
fiance est dans son sang; la peur d'être dupée
hante le rejeton de l'ingénieur et de la femme
forte à la Bourse; le mariage, hélas! étant à
ses yeux surtout une affaire, elle tient à savoir
exactement ce qu'elle recevra en échange de ce
qu'elle donne. Il me semble parfois que j'aperçois entre ses mains une balance invisible. D'un
côté, sa dot, — dont j'ai d'ailleurs oublié de
chercher à savoir le chiffre, — la fortune de son
père, — qui doit être fort grosse, mais sur
laquelle j'ai seulement des idées vagues, —
enfin sa petite personne, qu'elle ne laisse pas,

je pense, de coter à un assez haut prix, encore
qu'il soit certainement inférieur à celui que je
lui attribue ; de l'autre, mon nom, ce titre de
baron que je n'ai point l'habitude de porter, nos
relations, certaines parentés dont je n'aurais
jamais eu, pour mon compte, la pensée de tirer
vanité, et qui ne forment pas moins, je le vois
bien maintenant, le plus clair de mon actif ;
enfin, dans un autre ordre, la fameuse « affinité »
dont elle me parlait hier. L'équilibre parvien-
dra-t-il à s'établir entre les deux plateaux de la
balance ? Ou bien le mien sera-t-il en définitive
jugé trop léger, — le pauvre mien qui semblerait moins vide si j'y pouvais jeter mon amour,
comme Brennus son épée. Mon amour ! Elle me
dirait que c'est un faux poids, sans doute, que
je la vole !... Et Mlle Claire examine, compare,
pèse, et elle pèsera, comparera, examinera jusqu'au jour où il lui sera démontré qu'elle peut,
tout bien pesé, conclure avec moi, sans faire,
en somme, un trop mauvais marché !

                                          2 juin.

Je lui ai demandé nettement aujourd'hui si
elle avait l'intention de me tenir longtemps en-

core en suspens. « Le temps qu'il faudra, m'a-
t-elle dit, pour savoir ce que je fais en vous
donnant ou en vous refusant ma main ! » J'étais
arrivé à notre rendez-vous, — qui n'est pas un
rendez-vous, d'ailleurs, puisque la fiction que
le hasard seul nous ménage ces entrevues quo-
tidiennes subsiste entre nous, — j'y étais arrivé
d'assez méchante humeur. Je me suis répandu
en plaintes vives, dont elle a ri. Alors la colère m'a pris ; certain homme violent, qui sommeille en moi, a fait, pour la première fois, son
apparition devant elle. Et quelle apparition ! Je
me suis emporté, je l'ai acccusée de jouer avec
moi un jeu perfide et cruel de coquetterie.
L'aveugle instinct qui m'entraîne quelquefois à
des paroles et à des actes où je ne me reconnais
plus moi-même me dominait à ce point, que
j'ai, de fureur, cassé contre un arbre la canne
que j'avais à la main. « Décidément, monsieur,
m'a dit Claire avec le plus grand sang-froid, il
y a en vous un fond de gentilhomme-fermier,
— plus fermier, d'ailleurs, que gentilhomme,
— dont vous aurez peine à vous défaire... » Le
son de cette voix tranquille, légèrement ironique, a calmé mon stupide dépit, et j'ai senti

soudain, avec toute la vivacité d'impressions qui est en moi, la brutalité de ma conduite. Je crois, Dieu me pardonne, que des larmes de honte ont gonflé mes paupières... Je me confondais en protestations de regret et en excuses. Elle a mis la main sur mon épaule, et, avec un sourire qui n'avait plus rien de railleur, mais où j'ai cru entrevoir je ne sais quoi d'ému, elle m'a dit : « Allons, c'est bon, c'est bon... Ne vous désolez pas, grand fou... Et achetez une autre canne,... d'un peu moins mauvais goût que celle-là, si ça ne vous fait rien... » Je me suis emparé de sa main, de sa chère petite main fine et nerveuse, qu'elle m'a abandonnée, et j'ai senti, oui, je suis sûr d'avoir senti que ses doigts ont un peu tremblé au contact furtif de mes lèvres. Quand je me suis redressé, elle était toute pâle; le bleu de ses yeux m'a paru plus sombre; jamais je n'ai rencontré encore un regard aussi profond que celui dont elle m'enveloppa...

Et si je n'ai pas sommeil ce soir, si je vais et viens dans ma chambre, s'il ne m'est plus même possible d'écrire, c'est que je suis hanté par ce regard, c'est que j'ai toujours devant moi deux yeux, deux yeux insondables, au fond

desquels, comme une pâle et lointaine clarté
d'aurore dans la nuit, j'ai vu passer quelque
chose que j'hésite à nommer... quelque chose
qui doit être l'amour !

                              24 juin.

Je la quitte. Elle m'a dit : « Comprenez-moi
donc bien, mon ami. Je ne suis pas une petite
fille qu'on fait se pâmer en lui disant qu'on
l'adore. Je vous répète pour la centième fois
que je ne suis point sentimentale : est-ce la
faute de ma nature ou celle de mon éducation,
peu importe. Ni sentimentale, ni naïve. Je
n'ignore point que le mariage est notre carrière,
à nous autres femmes, et j'ai fait de cette carrière, à laquelle je me savais destinée, l'objet
d'un tel nombre de méditations préparatoires,
que si je vous en communiquais seulement la
dixième partie, vous auriez de quoi écrire un
livre, — dont la lecture, entre parenthèses, serait passablement utile à mes pareilles. De ce
qui concerne mon état futur, à savoir le mariage, je n'ignore rien. C'est l'opinion de papa
que les jeunes filles doivent être instruites d'une

foule de choses qu'on s'applique d'ordinaire à
leur cacher, — de choses qui ne sont point du
tout immorales, comme on a la bêtise de le
dire, puisqu'elles sont naturelles; — et papa
m'a élevée conformément à cette opinion, qui
vous scandalise, sans doute, et que je trouve,
moi, parfaitement sage. Il n'est donc pas un seul
des aspects divers du mariage qui m'échappe :
j'ai mon idée sur tout, sur la question du contrat, sur la question des enfants, même sur la
séparation de corps et le divorce.

— Mes compliments, mademoiselle;... moi
qui pourtant ai fait mon droit, je n'ai jamais,
l'avouerai-je? songé beaucoup à tout cela...

— Naturellement, a-t-elle répliqué; vous
vivez dans les nuages... Quant à moi, vous le
voyez, je ne ressemble pas du tout à ces pau-
vrettes qu'on jette au nez d'un monsieur quelconque et qui entrent en ménage sans autre programme que l'intention louable d'aimer leur
mari, parce qu'on ne peut pas ne pas aimer son
mari, de lui donner autant d'enfants qu'il en
voudra, parce que cela se fait ainsi dans les
bonnes familles, et de soigner son pot-au-feu,
parce que le pot-au-feu est le fondement même

de l'affection conjugale. Je rêve autre chose d'un peu moins terre-à-terre. Le mariage m'apparaît comme une sorte de camaraderie supérieure, ayant pour but la satisfaction des intérêts et des ambitions de deux contractants, qui s'allient étroitement, afin de se faire une plus belle et plus large place dans la vie...

— Voilà, ai-je dit, une théorie assez originale. »

Elle a repris tranquillement :

« Cette conception du mariage vous indigne, n'est-ce pas? L'élément de sensiblerie, qui vous est cher, y manque, en effet. Réfléchissez, pourtant, et vous verrez que mon idéal n'est point mesquin, qu'il ne laisse pas d'y avoir une certaine grandeur dans cette collaboration active, persévérante, dévouée, de deux êtres d'élite, qui se sont choisis librement et qui, pris du désir de monter très haut, — lequel n'est point vulgaire, — s'associent, mettent en commun leurs apports respectifs de notoriété, d'énergie, d'intelligence, de fortune, de talent, d'esprit, de beauté, fendent hardiment la foule et viennent s'asseoir, par droit de conquête, en pleine lumière, au premier rang de la société, là où

sont les illustres, les puissants, tous ceux enfin
qu'on admire, qu'on envie, et dont j'ai décidé
d'être un jour, moi qui vous parle!... Qu'en
dites-vous?

— Je n'en dis rien... Je vous écoute...

— Écoutez-moi donc encore, car je n'ai point
fini, et, puisque nous sommes sur ce chapitre,
mieux vaut que j'aille jusqu'au bout... Je ne
veux point d'un homme qui n'ait pour tout mérite que celui de savoir assez bien jouer les airs
de guitare dont vous me régalez depuis un mois.
Le compagnon qu'il me faut, ce n'est pas un
rêveur, un poète habitant je ne sais quel monde
chimérique où je ne vais pas : c'est un mari
qui ait de la volonté, l'esprit ferme, le sens du
réel, un mari pour de bon, enfin... Or qu'avez-
vous fait jusqu'à présent pour déterminer mon
choix? Vous vous êtes manifesté à moi d'abord
sous l'aspect d'un jeune homme qui tourne gentiment les déclarations, mais qui, comme les
pianistes ou les ténors de société, abuse un peu
de son art d'agrément; hier, vous m'êtes apparu sous les dehors peu engageants d'une manière de sauvage, qui passe ses fureurs à grands
coups de canne sur les arbres : procédé fait

pour donner certaines inquiétudes aux épaules de la femme que l'on veut épouser.

— Vous êtes, lui ai-je dit, peu généreuse d'évoquer un souvenir aussi pénible pour moi...

— Ah! quel enfant, mon Dieu, quel enfant! s'est-elle écriée. Mais je ne vous en veux pas!... Faut-il que je vous dise tout? Eh bien, apprenez donc, monsieur, que la colère ne vous va pas mal. Vous avez le teint trop frais : un petit mouvement de rage comme celui-là vous donne juste le degré de pâleur qu'il faudrait pour que vous fussiez tout à fait bien... Êtes-vous content, maintenant? Il me semble que c'est presque une déclaration que je vous fais... »

Elle souriait doucement et me regardait, non pas de son mauvais regard clair et froid, mais de l'autre, de celui qui me semble une caresse que ses yeux font aux miens... De nouveau, j'ai pris sa petite main, et j'ai senti que toute mon âme, tout ce bel amour dont elle me défend, la vilaine! de lui parler, passait dans le baiser que j'ai mis sur ses doigts.

VIII

Mon Dieu, comment se peut-il faire qu'une jeune fille si charmante, si gaie, si vivante, si vraiment femme à de certains moments, puisse se métamorphoser à d'autres en une sorte de petit notaire qui raisonne avec toute la sèche, froide et désenchantante sagesse d'un vieux tabellion? Y aurait-il deux âmes en elle, comme deux regards : l'une qui est toute grâce, vivacité, espièglerie, gentille coquetterie et loyauté; — l'autre, intéressée, soupçonneuse, calculatrice, incapable d'enthousiasme et de poésie? Pourquoi pas? N'y avait-il pas de même deux hommes en moi? Suis-je aujourd'hui semblable à ce que j'étais naguère?... Je me suis dit souvent que chacun de nos innombrables ancêtres devait avoir déposé dans notre sang une parcelle d'hérédité morale, quelque chose de ce qu'il avait été lui-même. De ces germes, les uns meurent, n'ayant pas rencontré les conditions propres à leur développement, ou plutôt ils restent comme s'ils étaient morts, ensevelis dans les profondeurs les plus secrètes de notre être, ignorés de tous, ignorés de nous-mêmes, jusqu'au jour où une circonstance inattendue, les appelant brusquement à la vie, révèle soudain dans notre personnalité, que l'on croyait simple, des dessous effrayants, de véritables abîmes de complexité ; — les autres, au contraire, croissent, prospèrent et nous font ce que nous sommes, c'est-à-dire ce qu'a été, vingt siècles peut-être auparavant, l'aïeul inconnu qui prépondère et qui revit en nous... Jamais je ne pardonnerai aux parents de Claire de n'avoir pas créé autour d'elle l'atmosphère de sentiments et d'idées qui eût favorisé l'éclosion de ce qu'elle avait apporté de bon en naissant. Car je sens qu'elle n'est point foncièrement mauvaise, que les instincts acquis n'ont pas encore tout à fait étouffé sa vraie nature, qu'elle pourrait redevenir simple, douce, confiante et généreuse,

comme j'ai cessé d'être, moi, le désenchanté
que j'étais... Deux heures sonnent. C'est vers
trois heures qu'elle arrive à l'Ermitage... Quel
aspect de son être moral va-t-elle me montrer
aujourd'hui? Sera-ce celui que j'aime, ou bien
celui qui m'épouvante?...

Cinq heures.

Hélas, c'était le jour du petit notaire!... Voici
les propos qu'elle m'a tenus tout à l'heure :
« ... A nous deux, nous disposons de deux forces
sociales qui se complètent l'une l'autre et qui,
réunies, peuvent beaucoup : la fortune et le
nom. Ce n'est pas que des gens fort titrés ne
m'aient déjà recherchée : seulement le blason
qu'ils m'offraient m'eût coûté trop cher à re-
dorer, et ce n'est point à cela, vous pouvez m'en
croire, que je destine l'argent, le bon argent de
M. Lecouturier, mon papa. Vous n'êtes pas
riche, vous, c'est vrai : Château-Frayé, qui vous
reviendra un jour, vaut de cent quatre-vingts
à deux cent mille francs, et j'estime qu'il y aurait une quarantaine de mille francs à y dé-
penser pour en faire quelque chose de bien.

Votre mère a vingt-sept mille francs de rente, dont elle vous assure douze en vous mariant... Évidemment, ce n'est pas le Pérou... Pourtant, cela vaut mieux que rien ; puis, vous n'avez pas de goûts chers, vous êtes ce que j'appelle un mari économique. Avec vous, je ne serais pas inquiète pour ma fortune : avec d'autres, en dépit de toutes les précautions que j'aurais prises, qui sait?... Enfin, vous montez supérieurement à cheval ; vous êtes brun, comme un homme doit l'être ; vous ne savez pas causer, mais vous parlez fort bien ; il paraît que vous ne manquez pas de talent ; vous faites mal vos nœuds de cravate, mais vous avez un joli pied : quelques petites retouches par-ci par-là, et je ne suis pas éloignée de croire que cela pourrait aller... Seulement, si vous voulez que je le croie tout à fait, renoncez aux enfantillages, n'ayez pas tant d'imagination ni de sensibilité ; montrez-moi que vous n'êtes pas incapable de regarder le côté sérieux des choses de la vie ; parlez-moi, non de vos sentiments, que je connais, de votre passion, de vos espérances, de vos anxiétés et autres ritournelles de romances, mais de vos travaux, de vos projets d'avenir,

de vos affaires, des miennes... Et quand vous
m'aurez prouvé que je puis, décidément, faire
quelque chose de vous, eh bien! alors, je ne
vois pas pourquoi j'hésiterais plus longtemps
à dire oui... »

Pendant qu'elle me disait ces choses, nous
marchions sur la mousse, dans le sentier plein
d'ombre. Des fleurs sauvages embaumaient
l'air ; mille chansons d'oiseaux s'entre-croisaient dans le silence des bois ; des morceaux
de ciel bleu apparaissaient à travers les branches ; je ne sais quoi de joyeux, répandu avec
la lumière, remplissait l'espace et donnait à la
nature entière un air d'allégresse et d'hymen...
Ah ! la belle journée que c'eût été pour
aimer !

26 juin.

Je me rappelle une tirade que l'ami Cavaroc
nous a faite un jour, au Voltaire. Nous venions
d'apprendre que l'un de nos camarades se ma-
riait. Cavaroc a crié : « Un grognement pour
le Mariage! » Nous avons grogné avec ensemble. Il a repris : « Un grognement pour la

Femme! » Nous avons grogné derechef, les autres sans conviction, lui avec fureur. Comme il paraissait disposé, contre son ordinaire, à parler, étant un peu gris ce jour-là, nous l'avons sommé de nous faire sa profession de foi. Il s'est levé, et je l'entends encore nous dire : « Vous voulez savoir pourquoi j'ai horreur de la Femme? Parce que c'est un être inepte et malfaisant... On parle des actes de courage qu'elle fait accomplir : que ne parlet-on aussi des lâchetés qu'elle fait commettre? On nomme les chefs-d'œuvre qu'elle a inspirés : qui fera le compte de ceux qu'elle a empêchés de naître?... Armée de la Beauté, comme la Mort de sa faux dans les vieilles images, la femme passe à travers le monde, coupe, taille, abat! Que de talents, que d'énergies, que de jeunes héroïsmes et de jeunes gloires tranchés par elle! Les poètes, qui sont des menteurs, disent que l'Amour féconde : non, l'Amour stérilise!... L'homme qui aime est moins libre, est moins fort... Quand une femme entre en nous, la fierté, la volonté — qui sont notre honneur — en sortent. N'aimez pas, mes enfants, et surtout ne vous mariez

6

jamais ! Travaillez, c'est encore ce qu'il y a de meilleur... Ayez de l'ambition ou des manies, ça occupe... Faites de la métaphysique, comme moi, c'est encore excellent... Ou bien, promenez-vous par le monde et regardez en spectateurs curieux les mille comédies et les mille drames qui s'y jouent. Ouvrez les yeux et les oreilles,... vous verrez comme c'est amusant : cela vous fera rire... à pleurer, quelquefois... Mangez bien, dormez bien, culottez des pipes... Évitez les rhumes de cerveau ;... buvez frais l'été, c'est exquis... Mais pas de femmes, hein ! »

Nous avons ri de cette boutade... Maintenant qu'elle me revient à l'esprit, je me demande si elle ne contenait pas une part de vérité. Hélas ! je le sens bien, Cavaroc avait raison : l'amour rend lâche ! S'il me restait quelque courage, je renoncerais à cette jeune fille, je ne souffrirais pas plus longtemps qu'elle se fasse un jeu de froisser les sentiments qui me sont les plus chers... Je lui dirais que je ne suis pas l'avoué qu'il lui faut pour mari... Je m'en irais... Et je compte les heures qui me séparent du moment où je la verrai demain !...

IX

La coquetterie de Claire a décidément quelque chose de très particulier. C'est une coquetterie qui dédaigne de recourir aux procédés ordinaires, et qui trouve le moyen de séduire d'autant plus, qu'elle affecte de moins chercher à plaire. Je lui disais tout à l'heure que je ne comprenais point qu'une femme n'aimât pas la musique. « Alors, m'a-t-elle dit, qu'est-ce que vous allez penser de moi, qui la déteste? » Et c'est toujours ainsi qu'elle procède. Il semble qu'elle trouve une sorte de plaisir à prendre le contre-pied de mes idées, à me montrer de mille manières que nous sommes, elle et moi, à deux pôles opposés du monde moral. Quand elle vient de faire une de ces profes-

sions de foi, elle me regarde bien en face, pour
voir si je vais oser lui tenir tête : c'est la leçon
de dressage qui commence. Je sens qu'elle
voudrait m'habituer à plier devant elle ; je m'en
indigne intérieurement, j'ai bonne envie de
m'insurger ; mais elle est si jolie à ces mo-
ments-là, son petit air à la fois dominateur et
provocant lui va si bien, que je n'ai pas toujours le cœur de réfuter ses paradoxes. Je me
tais, le plus souvent ; elle triomphe, un joli
sourire me récompense de ma docilité ;... et
voilà comment je me retrouve, l'épreuve ter-
minée, non pas un peu moins épris, comme il
serait logique, mais un peu plus ensorcelé.
Quelquefois aussi je me rebiffe : c'est ce qui est
arrivé aujourd'hui.

Encouragée par la mollesse que j'avais mise
à défendre la musique, — pour laquelle j'ai
cependant un goût très vif, — Claire a eu la
fantaisie de m'apprendre qu'elle n'aimait pas
non plus les enfants. C'était assez mal tomber,
car il se trouve précisément que j'adore ces
petits êtres et que l'idée seule — si je me
marie un jour ! — d'avoir un fils dont je mo-
dèlerais doucement la jeune âme, ainsi que

mon père et ma mère ont modelé la mienne,
un fils que j'élèverais dans l'amour et dans le
respect de tout ce qui est beau, de tout ce qui
est noble, de tout ce qui est grand, — cette
idée-là m'émeut si fort, depuis quelque temps,
qu'elle me fait monter aux yeux, quand je suis
bien sûr d'être seul, une petite larme furtive
d'attendrissement. Or, comme elle me racontait
l'histoire d'une de ses cousines qui s'est mariée
il y a trois ans, Claire a dit tout à coup :

« En voilà une qui est heureuse!... Deux cent
mille livres de rente, un mari qui fait tout ce
qu'elle veut, une des plus belles paires de chevaux qui soient à Paris, et pas de bébé!

— Alors, ai-je demandé, voilà quel est à vos
yeux l'idéal du mariage : grosse fortune, beaux
chevaux, mari qu'on mène à la laisse et pas
d'enfants!... Savez-vous que c'est monstrueux,
tout simplement... »

Elle m'a répliqué en riant :

« Ah! mon Dieu, quel terrible homme vous
êtes... On ne peut rien dire que vous ne le preniez au tragique... Faut-il, pour vous plaire,
que je fasse semblant d'adorer les enfants,
parce que ce goût-là entre, comme celui des

sonates de Mozart, dans le programme de l'éducation féminine telle que vous la concevez? Eh bien! non, je ne les aime pas!... Ça pleure, ça crie, ça bave, c'est sale comme de petits gorets... Et puis, pour une jeune femme, songez, quel ennui! Allez donc au bal, au théâtre, à cheval,... essayez de vous amuser un peu!...

— Seriez-vous assez bonne pour me dire qui vous a donné ces jolies idées-là?

— Personne... Elles me sont venues toutes seules... Est-ce que c'est très mal de les avoir?

— Mais oui... assez... Heureusement, je vous crois un peu fanfaronne d'immoralité... Sinon...

— Eh bien?

— Eh bien! je renoncerais très résolument à l'honneur — que je sollicite toujours — d'essayer, en devenant votre mari, de vous convertir à d'autres sentiments...

— Vous y renonceriez si résolument que ça?

— Oui, mademoiselle, le plus résolument du monde...

— Vous avez donc du caractère?

— Quand il en faut, certainement...

— Ah bah!... Vous m'étonnez... Entre nous,
je vous croyais un peu mouton...

— Excusez-moi : je ne le suis point... Je ne
me donne pas la peine de *vouloir* souvent,
d'abord parce qu'il ne faut pas gaspiller sa volonté, puis parce que la volonté, lorsqu'on la
fait intervenir à tout bout de champ dans les
menus actes de la vie pour régenter la volonté
des autres, n'est plus qu'une des formes de
l'égoïsme, chose assez laide, ou de l'entêtement, chose haïssable et niaise : mais ce que
j'ai une fois voulu, je le veux bien... »

Je parlais avec une certaine fermeté, car je ne
laissais pas de ressentir un peu de dépit à l'idée
que cette jolie personne m'avait pris jusqu'alors
pour une sorte de toton qu'on fait tourner
comme l'on veut. Le sourire moqueur dont elle
avait accueilli mes premières paroles avait cédé
la place à une expression d'étonnement d'abord,
puis d'assez vive curiosité. Je pensai qu'il
n'était pas mauvais — qu'il était loyal, au
contraire — de lui montrer qui je suis avec la
même franchise qu'elle met à me faire voir qui
elle est, et je continuai sur le même ton mon
petit exposé de principes :

« Vous félicitiez tout à l'heure votre cousine d'avoir, outre de beaux chevaux, un mari qui fait tout ce qu'elle veut. Il n'est pas mauvais que vous sachiez ce que je pense d'un mari de cette sorte : c'est un sot.

— Ah ! ah !... me voilà prévenue... Alors, vous seriez un mari despote, vous ?

— Pas le moins du monde... Un mari qui veut trop faire le maître n'est pas moins sot que celui qui ne le fait pas assez.

— Tiens, tiens, tiens !... Mais vous avez aussi vos petites idées sur le mariage, à ce que je vois...

— Oui, mademoiselle... Et ces idées diffèrent essentiellement des vôtres...

— Alors pourquoi voulez-vous m'épouser ?

— Pour faire de vous une vraie femme.

— Qu'est-ce que je suis donc ?

— Quelque chose d'assez complexe... Il y a en vous un petit notaire — qui ne me plaît pas beaucoup — et une jeune fille assez mal élevée, mais droite et franche, que j'aime de tout mon cœur...

— Et comment vous y prendriez-vous pour faire de moi une vraie femme ?

— En contraignant par de puissants exorcismes le petit notaire à sortir de vous.

— Peut-on savoir quel exorcisme vous emploieriez de préférence?

— L'amour.

— Ah! mon Dieu! voilà que vous allez recommencer!... Dites-moi plutôt ce que vous appelez une vraie femme.

— C'est assez difficile à définir... Mais voulez-vous un exemple? Tenez : ma mère en est une...

— Et la mienne?

— Votre mère a droit à tout mon respect... Il me semble toutefois que...

— Bon, bon, cela suffit... Ne pataugez pas... Déjà gendre : vous allez vite en besogne!

— Je vous assure que je n'avais nullement l'intention...

— C'est entendu, c'est entendu!... Eh bien! moi, je vais vous donner une leçon : je la trouve charmante, votre mère.

— Ah! me suis-je écrié, combien je vous suis reconnaissant de ce que vous me dites là!... »

Alors elle s'est mise à me faire une foule de questions. Elle m'a demandé l'âge de maman,

des détails sur sa famille, sur nos relations, sur
la fortune de ma tante, la chanoinesse de Ragincourt, et si j'étais bien avec elle. Je lui ai raconté
comment j'avais été élevé, avec quelle tendre
sollicitude mes parents s'étaient consacrés à la
formation de mon cœur et de mon esprit. Je
lui ai dit tout ce qu'il y avait de vaillance, de
sagesse sereine, d'active et ingénieuse bonté
dans ma mère, la rectitude de son jugement,
la haute distinction de son intelligence, l'étendue et la solidité de son instruction, son goût
si délicat et si sûr, son indulgence pour autrui,
sa sévérité pour elle-même, la noblesse de ses
sentiments, cet amour de la simplicité qui s'unit
en elle à la haine de tout ce qui est vulgaire...

« Bon, a interrompu Claire, je sais maintenant ce que vous appelez une vraie femme... Il
fallait me dire tout de suite que c'est le merle
blanc : j'aurais compris... »

Je lui ai parlé aussi de mon père. J'ai tâché
de faire revivre un instant, d'évoquer devant
elle cette figure fine et fière de soldat-gentil-
homme dont le cher souvenir vivra dans ma
mémoire aussi longtemps que je vivrai moi-
même. J'étais ému ; j'aurais voulu lui dire com-

ment il s'était conduit à Reichshoffen ; mais elle m'a coupé la parole :

« Oui, oui, je sais... Il paraît que ç'a été superbe... L'empereur voulait le faire comte, n'est-ce pas?... La chute de l'empire a dù bien vous ennuyer... »

Enfin, je lui ai conté les dernières années de la vie de mon père. J'ai fait passer devant ses yeux le spectacle de cette noble intimité, si tendre et si grave à la fois, dans laquelle j'ai vu vivre mes parents, de cette parfaite harmonie qui est restée pour moi la plus haute, la plus belle expression de l'amour conjugal, et que je n'ai jamais cessé depuis lors de regarder comme le but même auquel doit tendre le mariage. Claire m'écoutait en mâchonnant un brin d'herbe, les mains dans les poches de sa casa-que. En arrivant à la lisière du bois, elle m'a dit au revoir et m'a tendu la main. Je ne sais quelle tristesse m'avait envahi : j'ai à peine effleuré le bout de ses doigts et je suis parti sans la regarder presque. Je m'éloignais déjà, quand elle m'a rappelé. Je suis revenu sur mes pas, d'assez mauvaise grâce. Elle était toujours à la même place, au milieu du chemin, son

brin d'herbe à la bouche, le poing gauche sur
la hanche, l'autre main appuyée sur son ombrelle, comme sur une canne, le buste un peu
penché à droite.

« Qu'y a-t-il, mademoiselle? » ai-je dit en
m'approchant.

Elle m'a regardé pendant quelques secondes
d'un air singulier, puis elle a répondu :

« Rien... Je voulais vous dire encore un
mot... Mais vous êtes de trop mauvaise humeur
en ce moment... Ce sera pour une autre fois...
Votre servante, monsieur! »

D'un mouvement plein de grâce, qu'accom-
pagnait le plus moqueur des sourires, elle m'a
fait une profonde révérence et s'en est allée...
Que peut bien signifier cette gaminerie?...

Maman, qui sait que nous nous voyons
chaque après-midi, m'a demandé quand je suis
rentré : « Eh bien! a-t-elle été gentille aujour-
d'hui? » Je lui ai raconté notre entrevue, sans
omettre la petite scène de la fin. Ces mères sont
étonnantes! Voici la mienne, — une femme
pleine de sens et de clairvoyance, pourtant, —
que toute sa fermeté, toute sa prudence habi-
tuelles abandonnent, à l'idée seule de marier

son fils. Il n'y a pas d'âme plus désintéressée :
et ce n'est pas seulement parce que je vais peut-
être me marier, c'est encore, c'est surtout parce
que ce mariage serait un *beau* mariage, qu'elle
ne dort plus, qu'elle ne mange plus, qu'elle ne
tient plus en place, qu'elle rit et qu'elle pleure,
s'exalte et se désespère... Je lui en veux quelquefois de s'être laissé gagner à l'optimisme
forcené de ce maudit abbé. Quand j'essaye de
de lui faire part de mes inquiétudes, quand je
lui rapporte tel propos de Claire qui m'a blessé
ou alarmé, elle me répond, comme elle vient de
le faire tout à l'heure : « Bah, bah ! tout cela n'est
pas grave... Elle se fait plus mauvaise qu'elle
n'est... Ça l'amuse, cette enfant, de jouer à la
femme désabusée, et elle est à moitié sincère
dans ce rôle dont elle a pris l'habitude, comme
tu l'étais, toi, il n'y a pas longtemps encore,
dans celui de désespéré... Tu en es revenu, de ce
fameux pessimisme que j'avais le tort de prendre au sérieux : elle reviendra de même, sois-
en sûr, de ce que tu appelles son « cynisme »,
avec le goût que tu as, en qualité d'homme
d'imagination, pour les mots qui grossissent
les choses... Je te répète que le fond est bon...

Laisse-la jeter sa gourme... Tu verras, après,
quelle brave petite femme... Tu lui plais, c'est
l'important... Ton père disait que si l'on a cet
atout-là dans son jeu, il faut être le dernier des
sots pour ne pas gagner la partie... Tu la gagne-
ras... je te dis que tu es en train de la gagner... »

J'ai répondu par un geste exprimant toute
la défiance de moi-même, tout le découragement
dont je me sens repris quelquefois. Comme je
sortais du salon pour aller faire le tour du parc,
j'ai vu qu'elle s'agitait dans son fauteuil et
qu'elle me suivait d'un regard si doux, si tendre,
que je suis revenu sur mes pas, afin de la baiser
au front... Pauvre chère mère, comme je suis
injuste pour elle, peut-être !

                                        Même jour.

Au fait, ne suis-je pas injuste pour Claire
aussi?... Elle ne veut pas se marier sans connaître à fond le caractère, les goûts, les idées
de l'homme qu'elle épousera : quoi de plus
naturel et de plus raisonnable? Elle est coquette; mais l'aimerais-je autant sans ce rien
de recherche et d'apprêt dont elle relève ses

grâces naturelles ? et, si je l'aimais moins, aurais-
je eu la révélation du prix que l'amour donne à
l'existence, quand il s'est emparé, comme chez
moi, de l'âme tout entière ? Il a suffi pourtant
que cette révélation se fît, pour que le voile qui
cachait à mes yeux toute une face des choses
tombât soudain, pour que la vie m'apparût sous
un nouvel aspect, non plus laide, abjecte et
désespérante comme je me le figurais, mais
portant en soi assez de bien pour compenser le
mal, sa lumière à côté de ses ombres, digne,
enfin, qu'on la vive, et que l'on juge, tout
compte fait, les raisons de l'aimer plus nombreuses et meilleures que celles de la maudire.
Si j'ai renoncé aux amertumes, aux révoltes de
cette triste philosophie qui fut la mienne ; si ma
conception de la destinée humaine a changé ;
si j'estime aujourd'hui que, en nous donnant
l'Amour, le Créateur a fait assez pour que nous
n'ayons plus le droit d'invoquer contre lui le
plus grand de nos griefs, qui est de nous avoir
imposé la Mort ; si je trouve aux choses mêmes
qui me charmaient jadis, à la nature, à la
poésie, à l'art, un charme plus puissant, une
beauté qui me pénètre davantage ; si je me sens

plein de jeunesse, d'enthousiasme et de force, si je vis, en un mot, — car je vois bien maintenant que je ne vivais pas, — c'est à Claire que je dois ce bienfait. Pourquoi donc lui reprocher ceci ou cela, d'avoir de l'ambition, par exemple? Quel stimulant ce doit être pour un écrivain que de voir, tandis qu'il travaille, deux beaux yeux dont le regard se pose par moments sur la page commencée, et semble dire en un langage muet : « Eh bien! ami, est-ce cette page que tu écris qui nous rendra célèbres? » Ah! les voir, ces yeux adorés, les voir toujours, et y noyer mon âme!... Ou plutôt, non! Les voir, et réchauffer à leur flamme mon inspiration qui, faute d'un regard d'amour, languit comme une fleur privée de son rayon de soleil; devenir un grand écrivain, illustrer mon nom, afin de pouvoir dire un jour : « Talent, succès, fortune, tout cela vient de vous, tout cela est à vous, et je n'ai voulu tout cela, ô ma bien-aimée, que pour le jeter à vos pieds!... »

X

28 juin.

Ah! la chère créature! Je sais maintenant ce qu'elle voulait me dire hier, et ce mot, ce mot béni qu'elle avait sur les lèvres, c'est par ma faute que j'ai attendu vingt-quatre heures de plus avant de l'entendre, avant de goûter la plénitude de bonheur, l'ineffable ivresse où ma raison se perd depuis que je l'ai entendu!...

Rien n'annonçait pourtant que l'entretien d'aujourd'hui dût se terminer sur la parole décisive qui nous a liés pour jamais l'un à l'autre. Je l'ai rencontrée dans l'allée qui mène à l'Ermitage. Elle m'a dit :

« J'ai beaucoup réfléchi, tandis que vous me parliez, hier. Le mariage, à vos yeux, est

BIBLIOTHÈQUE NATIONALE

7

surtout une idylle : Paul et Virginie **au début**,
Philémon et Baucis à la fin... C'est **charmant**...
Malheureusement, je suis, comme vous **savez**,
assez peu idyllique. Si le notaire qui, **paraît-il**,
est en moi, vous inquiète, croyez bien **que le**
troubadour, l'incorrigible troubadour que je
vois en vous ne laisse pas de m'alarmer... Il y
a des moments où je pense que si j'étais raisonnable, je devrais vous dire : « Monsieur, **je**
suis très honorée de votre recherche, très fière...
un peu touchée même, s'il faut tout vous avouer,
des sentiments que je vous ai inspirés... Vous
ne me déplaisez pas... pas du tout... Je vous le
prouve en me rencontrant dans les bois avec
vous — par hasard, il est vrai — chaque jour,
ou peu s'en faut, depuis trois semaines... Seulement, si je me décide à vous épouser, j'ai un
peu peur que nous ne nous jetions des assiettes
à la tête avant six mois... Il est donc préférable,
dans notre intérêt à tous deux, que nous en
restions là. »

Mon cœur s'est serré; j'ai senti que je pâlis-
sais affreusement, et j'ai dit, d'une voix qui
devait être tremblante : « Alors, mademoiselle,
tout est fini entre nous? »

Elle a paru jouir de mon trouble, puis elle a
repris :

« Attendez donc!... Je n'ai pas achevé... Il
y a aussi des moments où je songe : Voilà un
homme qui m'aime, pas tout à fait comme je
voudrais être aimée, assurément, mais enfin
qui m'aime, moi, au lieu d'être surtout amoureux des écus de mon père... Il n'est pas mal
de sa personne; il est un peu naïf, mais point
sot; ses idées sont bizarres, mais honnêtes;
dans ces conditions, il vaudrait peut-être mieux
ne pas le faire languir plus longtemps, ce pauvre garçon, et lui dire... »

Elle s'est arrêtée. Je ne respirais plus. Mes
tempes battaient avec force. Il me semble, maintenant, que si ce qu'elle m'a dit alors n'avait
point été ce que je pressentais déjà, la surprise,
le désespoir, la colère m'eussent en quelque
sorte foudroyé, et qu'un vaisseau, un nerf,
quelque chose enfin d'essentiel à la vie, se fût
soudain brisé en moi. L'angoisse de cette attente a duré quelques secondes. Je la regardais
fixement, d'un regard qui devait condenser
toutes les puissances de mon être. J'ai vu, pour
la seconde fois, le bleu de ses yeux devenir plus

sombre, s'emplir de tendresse et de pitié. Elle a repris lentement, en parlant plus bas, la phrase interrompue : « ... Il vaudrait mieux lui dire que je veux bien être sa femme... C'est ce que je fais, mon ami... » Elle m'a tendu la main, d'un geste simple et loyal. J'ai pris cette main ; j'ai attiré doucement sur mon cœur celle qui me la tendait et qui n'a point résisté ; mes lèvres se sont posées sur son front pâle, qu'elle ne m'a pas refusé ; j'ai senti tout mon être se fondre dans l'indicible suavité de ce premier baiser ; j'ai fermé les yeux pour lui cacher les larmes que j'y sentais monter ; mais l'émotion était si forte que ce trop-plein de mon cœur a coulé sur mes joues ; j'ai pleuré, sans avoir d'autre sujet de le faire que d'éprouver un excès de bonheur allant jusqu'à la souffrance ; j'ai pleuré comme un enfant, sans savoir pourquoi, sinon que ces larmes me faisaient du bien, qu'elles venaient du plus profond de mon être et que toute ma volonté eût été impuissante à comprimer la source mystérieuse d'où elles jaillissaient... Claire a essuyé mes yeux, d'un mouvement de mère, en me grondant doucement. Elle disait : « Ah ! le grand fou ! le grand fou !...

Que vous êtes peu sage, mon ami!... N'avez-vous pas honte? » J'ai repris un peu posses-sion de moi-même; j'étais confus; je me suis excusé; j'ai protesté de ma joie, de ma gra-titude infinie, de ma tendresse; je lui ai juré qu'elle n'aurait jamais à se repentir de s'être donnée à moi, que je lui ferais une belle et douce vie... J'ai voulu lui conter aussi comment je l'avais aimée dès le premier jour, de quelle soudaine et irrésistible croissance cet amour avait grandi... Mais il ne restait déjà plus rien de cette émotion qu'avait un instant exprimée son visage, de ce trouble que j'ai senti passer en elle au moment où je tenais dans mes bras son corps souple... Elle était redevenue aussi calme, aussi maîtresse d'elle-même que si rien d'extraordinaire ne se fût passé entre nous. « Allons, allons, m'a-t-elle dit, pas d'enfantil-lages... Vous aurez tout le temps de me raconter vos petites histoires... Il faut que je rentre bien vite pour m'habiller, car nous avons du monde, ce soir, à dîner... Dites à votre mère de venir faire la démarche officielle demain, dans l'après-midi... Maintenant que j'ai pris mon parti, je suis d'avis qu'il faut mener rondement les

choses... » Elle a ajouté, avec un sourire charmant : « ... Je pense, monsieur, que vous ne
m'en saurez pas mauvais gré... A demain... »
Et c'est ainsi que nous nous sommes fiancés,
dans le silence et dans la paix des grands bois,
à l'ombre des chênes qui étendaient leurs branches au-dessus de nos têtes, en présence de la
bonne nature, confidente aujourd'hui de ma
béatitude après l'avoir été naguère de ma désespérance, et qui, de même qu'elle m'avait paru
jadis s'associer à ma mélancolie, semblait, en
cet instant suprême, participer obscurément à
l'allégresse dont débordait mon cœur. Je suis
resté longtemps à la place sacrée où Claire s'est
promise à moi : je veux graver si bien dans ma
mémoire l'image de ce lieu, que les années
soient impuissantes à l'effacer et que, plus tard,
à l'heure de la mort, ce soit elle qui vienne
flotter devant mes yeux et me rappeler au seuil
même de l'éternité le plus beau de mes jours.
Et puis, je suis rentré; j'ai traversé la plaine
en promenant des regards d'ami sur tout le cher
paysage familier, sur les gens et sur les bêtes
que je rencontrais, sur les choses mêmes, qui
me félicitaient au passage — car elles ont leurs

sourires, comme elles ont leurs larmes — et je
sentais une immense bonté sourdre en moi,
s'épancher intarissablement sur toute la création... Dieu, que l'amour est beau, Dieu, que
l'amour est grand!

XI

29 juin.

La maison ressemble à une maison de fous.
Maman pleure, rit, m'embrasse, embrasse Martha... Martha parle toute seule, embrasse le
chien : je lui demande ma canne, elle m'apporte un plumeau... Et moi je me répète que
c'en est fait maintenant, que je suis le fiancé
officiellement agréé par les parents de Claire
— son fiancé et le plus heureux des hommes!...

3 juillet.

Fiancés depuis quatre jours, nous serons
mariés dans quinze : Claire tient la promesse
qu'elle m'a faite de « mener rondement les

choses ». Je me demande quelquefois si je n'ai pas rêvé tout ce qui vient de s'accomplir, si cette félicité surhumaine, que je sens toute proche, à laquelle je touche presque, ne va pas s'évanouir soudain, comme un mirage. Et pourtant, quand je m'observe attentivement, je sens qu'une inquiétude sourde se mêle à mon ivresse. Chose étrange, l'approche du grand jour où la femme que j'aime doit être toute à moi m'émeut plus qu'elle. Cette tranquillité de Claire me confond. Si je connaissais moins ma fiancée, je ne verrais peut-être là qu'un effet de sa parfaite innocence. Mais Claire n'est pas naïve. Si elle ne manifeste aucun trouble, ce n'est donc point faute de savoir qu'il y a dans le mariage un mystère... Il me semble qu'elle serait plus touchante, si quelque chose paraissait en elle de la vague appréhension qu'une jeune fille doit éprouver devant ce redoutable inconnu. Je voudrais que son regard supportât le mien avec moins d'assurance, lorsque je sens une flamme — dont j'ai honte — passer malgré moi dans mes yeux; je voudrais, lorsque nous sommes seuls et que je l'attire sur mon cœur, je voudrais voir monter à sa joue la charmante rou-

geur d'une virginité qui s'alarme... Et, s'il faut
tout dire, j'aurais aussi voulu faire durer plus
longtemps la période de nos fiançailles. Il me
semble que deux êtres qui s'aiment et qui vont
s'unir à jamais ne doivent pas se presser d'arriver au terme de cette exquise préface du mariage. On peut bien se recueillir un peu, quand
on a devant soi la vie tout entière pour s'appar-
tenir l'un à l'autre : le bonheur certain que l'on
diffère est un bonheur que l'on savourera davantage ; et la privation même qu'on s'en impose ne va pas sans douceur secrète. Certes,
j'aime Claire de toute mon âme ; pourtant je
n'ai point de hâte ; l'adoration l'emporte sur le
désir, et j'aurais volontiers accepté pour mon
amour, pendant quelques semaines encore, ce
doux stage de la pure tendresse comme prélude
aux félicités de la passion triomphante.

Mais voilà !... Si nous attendions jusqu'à la
fin de juillet, il n'y aurait plus personne à Paris ;
et cette pensée que l'église pourrait bien être à
moitié vide, le jour des noces de sa fille ; que
les comptes rendus des journaux — dont elle
se préoccupe déjà ! — n'auraient à publier qu'une
pauvre petite liste de « personnalités marquan-

tes », quelques noms d'amis, de parents, du
fretin, enfin, cette pensée-là remplit d'horreur
Mme Le Coulturier, née de Bellegarde! Et moi
qui projetais de nous marier ici, tout simplement, dans la vieille petite église de Draveil, où
le bon Dieu, s'il s'occupe de ces détails, serait
aussi bien qu'ailleurs, pour voir deux de ses
créatures plier le genou devant ses autels, et
l'invoquer avant de faire l'œuvre sainte de
vie!... Claire a raison : je ne suis qu'un grand
fou !

C'est à la Madeleine que nous nous marierons ;
et s'il y avait une église plus décorative que la
Madeleine, c'est celle-là que nous aurions choisie.
Il y aura de la musique, beaucoup de musique ;
l'organiste à la mode, — celui qui marie ces
demoiselles du faubourg Saint-Germain, — des
chœurs, des soli étonnants. Claire voudrait bien
Talazac, qui lui a beaucoup plu dans *Lakmé ;*
mais Talazac coûte fort cher, quand il opère
sur un autre théâtre que le sien, et ma belle-
mère a fait la grimace : nous cherchons un sous-
Talazac dans des prix plus doux. Il y aura beaucoup de fleurs : l'autel ressemblera tout à fait à
un jardin d'hiver; beaucoup de cierges aussi,

et ce sera bien mieux qu'au mariage de Mlle de
Bonneville, ·où le « luminaire » a paru pauvre.
Nous aurons un tapis magnifique, très large,
très rouge, jusqu'au bas des marches; le meilleur suisse, celui qui a du ventre et qui ressemble à Louis XVIII... Nous voudrions bien
avoir aussi, outre Talazac, un évêque pour nous
bénir. Le curé de la paroisse, cela semblerait un
peu maigre. Mais c'est le diable de trouver un
évêque disponible. M. Lecouturier, qui ne dédaigne pas la plaisanterie voltairienne à ses moments perdus, prétend qu'ils sont tous à Con-
trexéville en ce moment. Ma mère a télégraphié
à notre cousin, Mgr de Saint-Dié, sur qui comp-
taient ces dames. Nous avons eu une déception :
il est malade. Claire m'a boudé deux heures.
Je me suis rappelé que ma tante connaissait un
autre monseigneur, de second ordre, il est vrai,
ancien missionnaire dans l'Amérique du Sud,
l'évêque *in partibus* d'Araucanie. J'ai offert
d'aller le trouver. On m'a comblé de béné-
dictions; Claire a fait sa paix avec moi; en
gage de réconciliation, elle s'est même laissé
embrasser, *in partibus* de son cou, dans un
coin du billard; et le satin parfumé de ce cou

m'a paru plus doux que le duvet de nos cygnes...
J'ai pris le train; j'étais plein d'espoir et de
résolution; je me disais : « S'il le faut, je pro-
poserai à l'évêque d'Araucanie d'adopter un
petit Patagon, pour qu'il consente à nous marier... » Hélas! il était parti depuis huit jours
pour la Terre de Feu! Je suis revenu tout
penaud; on m'a mal reçu; j'ai dû suspendre
mes études comparatives sur la douceur de
certains épidermes et celle du duvet de mes
cygnes... Alors j'ai pris mon courage à deux
mains et j'ai dit, le soir, avant de partir :
« Puisque les évêques nous manquent, même
ceux *in partibus*, qui ne devraient pourtant
pas quitter Paris pour ces régions invraisem-
blables, tant qu'il y a des jeunes filles du monde
à marier, eh bien, je propose quelque chose qui
ne sera pas banal, qui sera crâne même, c'est
de nous faire bénir par un curé de campagne,
c'est de prendre l'abbé Papillon!

— Au fait, a dit Mme Le Coulturier pensive,
cela ne laissera pas d'avoir assez grand air... »

Ce n'est pas la façon seule dont elle ortho-
graphie son nom, c'est l'âme tout entière de
ma belle-mère qui est féodale : mon projet lui

sourit, parce que le bon abbé aura l'air d'être
son chapelain.

La question des témoins — question capitale, à ce qu'il paraît — n'est pas encore réso-
lue. J'ai les miens, deux intimes amis de mon
père, le vice-amiral de Noirmont, notre cousin,
et le général de La Croix de Manse, ancien gou-
verneur du Sénégal. Aux Ormes, on hésite
encore, on cherche ; je vois que l'on voudrait
des témoins qui eussent de l'allure, comme le
suisse, un titre, un nom, n'importe quoi, mais
quelque chose de ronflant, comme l'évêque
d'Araucanie. M. Lecouturier a proposé son
vieux camarade Clérambot. « Fi donc ! a dit
madame, voyez-vous ce marchand de boîtes à
sardines à côté de M. le comte de Noirmont et
de M. le baron de La Croix de Manse !.. »

Le père de Claire a fait observer que son can-
didat vendait les boîtes à sardines en gros, non au
détail, et qu'il en vendait des centaines de mille
chaque année : il paraît que cela constitue, dans
le commerce, une aristocratie. Mais Mme Lecouturier s'est montrée inflexible. Comme je
les voyais en peine, j'ai parlé de M. Blum (du
Guano). « C'est une plaisanterie, j'imagine ? »

a dit sèchement Claire. J'ai éprouvé une petite satisfaction égoïste et maligne : il y a donc encore des cas où les millions de M. Clérambot et ceux de M. Blum, les boîtes à sardines et le guano, passent après les huit ou dix mille livres de rente de deux vieux soldats couverts de blessures et de gloire!... Merci, mon Dieu, et faites que cela dure!...

L'abbé, qui assistait à cette seconde délibération, a mis alors en avant le nom d'un comte de Cimeuil, qui vient de temps en temps aux Ormes. Maman m'a donné de singuliers détails sur ce personnage. C'est un vrai comte, fort ancien, dont le père a été soupçonné autrefois d'avoir empoisonné sa première femme, qui était noble et pauvre, afin d'épouser la seconde, qui était fille d'un entrepreneur de bâtisses et millionnaire. Lui-même a débuté dans la vie en se faisant refuser sept fois au baccalauréat; après quoi il est entré au service et s'est élevé jusqu'au grade de maréchal des logis, sans protection. Son temps fini, il a mangé en une dizaine d'années ce qui restait de son grand-père maternel, l'entrepreneur de bâtisses. Depuis, il vit d'une façon problématique, de dix

louis qu'on lui prête par-ci par-là, et qu'il rend
quand il en a emprunté vingt autres. On dit
aussi qu'il honore volontiers de son intimité les
familles de la bourgeoisie riche, pour peu que
de menus cadeaux lui soient offerts après chaque bal où il a daigné paraître. Superbe pres-
tance d'ailleurs, l'œil à fleur de tête, le nez
bourbonien, ce qui l'aide à accréditer un bruit
dont il est très fier, à savoir que son arrière-
grand'mère a été distinguée par Louis XV;
ligne politique parfaitement nette, légimitiste
intransigeant : tel est le comte de Cimeuil, et
c'est pourquoi une place d'honneur lui est
réservée dans les dîners du Faubourg, ces dîners où un écrivain qui n'a que du talent, un
artiste simplement illustre, sont relégués au
bas bout de la table. J'ai quelques raisons de
croire que M. de Cimeuil rehaussera de sa présence l'éclat de notre mariage.

Mais ce qui sera plus beau que tout, c'est la
robe de Claire. Nous avons tenu conseil sur le
choix du couturier et décidé de prendre M. Léonard, qui met fièrement sur ses cartes : « Élève
de Worth », un débutant, mais un ambitieux,
un oseur, qui nous composera une robe comme

on n'en a jamais vu, comme on n'en verra jamais, une robe qui fera mourir de jalousie nos meilleures amies, une robe... Ah! qu'il a d'élégance et de grâce, qu'il est souple et charmant, le corps qui sera dans cette robe!

XII

Nous sommes à Paris depuis quatre jours. Maman a loué un appartement meublé rue Saint-Honoré ; Mme Lecouturier est rentrée dans son hôtel. Je ne sais plus comment je vis ; je m'agite, je me démène, je cours, je vais de l'église à la mairie, je ne mange pas, je dors mal, je suis harassé... et, par surcroît, je ne vois plus ma fiancée... Quand j'arrive rue Tronchet, elle est invariablement en conférence avec une couturière, une modiste, une lingère, un fourreur, une corsetière, un bijoutier, une brodeuse, un coiffeur, ou quelque chose d'approchant ; j'entre : elle s'interrompt à peine pour me dire un petit bonjour et me donne une course à l'autre bout de Paris. Nos bans sont

publiés ; je reçois des lettres étranges ; un inven-
teur de ballon dirigeable me demande vingt
francs pour continuer ses expériences ; un
« ancien camarade » dont je n'ai nul souvenir
m'en demande seulement dix pour se faire
arracher une dent ; je rencontre dans la rue
des gens que je connais à peine et qui me donnent des poignées de main terribles, d'un air
pénétré ; d'autres se penchent à mon oreille et
me disent : « Eh bien ! il paraît qu'il y a le sac ! »
Il m'arrive des prospectus extraordinaires, qui
me révèlent l'existence de singulières industries
gravitant autour du mariage : le directeur d'une
agence appelée « le Contentieux universel »,
qui se fait gloire de ne travailler que « dans
l'intérêt des familles », m'offre de procéder discrètement à une petite enquête sur l'état de la
fortune de mon beau-père ; on me propose une
location d'habit noir, avec gilet, pantalon et
claque, à cinq francs la journée ; des restaurants
de la banlieue mettent à ma disposition « une
salle pour réunions de société, repas de corps
de cent couverts », avec « bosquets et escarpo-
lettes »... C'est une obsession. Quand cela
finira-t-il, mon Dieu !

Et le contrat!... Il est prêt, notre contrat; c'est l'œuvre de Mme Lecouturier, encore plus que de son notaire... Hélas! pourquoi faut-il que je sois obligé d'ajouter que Claire aussi s'en est mêlée, et qu'elle a montré, pour cette vilaine cuisine, d'épouvantables aptitudes! Nous nous marions sous le régime de la « communauté réduite aux acquêts ». A moi de faire des « acquêts »! Quelle belle chose que cette prime offerte à l'avarice du mari!... Je ne crois pas que Claire apporte en ménage une boîte d'allumettes qui ne soit désignée dans l'acte : ma belle-mère, qui est une femme pleine de prévoyance, tient fort à ne pas être frustrée d'une épingle dans ses « reprises », au cas où sa fille mourrait avant moi, sans enfant. Si tous les apports de Claire sont pompeusement énumérés, avec une légère tendance au grossissement dans les évaluations, les miens, les pauvres miens, sont tout juste indiqués, avec l'estimation la plus basse possible. Je ne suis pas assez sot pour ne pas voir tout cela, et j'en éprouve un certain dégoût. Maman a failli éclater, hier encore. Je l'ai calmée, en lui disant qu'il ne faut pas faire attention à ces choses, que c'est tant pis pour

Mme Lecouturier si elle a des instincts d'usu-
rier; que cela ne m'empêche pas d'aimer sa
fille ; que nous referons à nous deux l'âme de
Claire...

« Oui, oui, tu as raison, a dit ma mère ; ce
n'est pas sa faute si cette vilaine éducation a un
peu déteint sur elle ; sois tranquille : je t'aiderai
à faire passer cela ! »

Et, pour me venger — en grande dame qu'elle
est — des procédés mesquins dont on use
envers moi, cette chère maman est allée acheter
un magnifique bracelet dont Claire avait envie.

« Tiens, m'a-t-elle dit en riant, offre cela à
ton petit notaire en sus de sa corbeille... et dis-
lui de ne pas être inquiète, que je renonce à
mes reprises sur ce bracelet, que tu le lui donnes en toute propriété !... »

8 juillet.

C'est pour le dix-huit. Plus que dix jours de
ce supplice ! Les abords du mariage, que je me
figurais naguère encore si charmants, sont aussi
laids, en vérité, que ceux d'une grande ville.

Je ne devrais pourtant pas trop me plaindre

aujourd'hui : j'ai passé trois heures entières avec Claire, trois heures sans être dérangé par aucun fournisseur... C'est surprenant!...

Après déjeuner, M. et Mme Lecouturier, qui avaient échangé, comme d'habitude, bon nombre de propos aigres-doux, nous ont laissés seuls. Nous avons fini de plier les lettres de faire part et de mettre les dernières adresses : travail de confiance, paraît-il, dont Claire a bien voulu me charger et auquel j'ai déjà consacré toute la soirée d'hier. Nous avons rangé les lettres par paquets de cinquante, pas une de plus, pas une de moins, car il faut de la méthode en tout, comme dit volontiers mon beau-père. Il y a trente de ces paquets, plus une fraction. « Pourquoi ne pas inviter le Bottin tout entier? » me disais-je avec découragement, en songeant à la prodigieuse quantité d'indifférents et d'inconnus que ces dames ont jugé à propos de convoquer, comme font les auteurs dramatiques pour une première. Claire a regardé notre œuvre, non sans satisfaction, et dit d'un air rêveur : « J'en oublie... mais nous avons encore du temps... Il me reviendra des noms cette nuit... Maintenant, nous allons coller les timbres... » Je me

suis mis à coller avec fureur ; elle collait aussi,
de l'autre côté de la table, sans parler, puis
refaisait les paquets. La jolie chose que d'être
fiancés ! Au quatrième cent : « Claire, me suis-
je écrié, je n'en puis plus ! Dites-moi d'aller
porter un faire part dans la fosse aux ours du
Jardin des Plantes, si vous voulez : j'irai,
mais ne me faites plus coller ! » Elle s'est
mise à rire, du bon rire jeune et franc qu'elle
a quelquefois, et m'a répondu gentiment :
« Allons, soit !... Vous avez gagné votre vie,
aujourd'hui... Prenez vos honoraires !... » Elle
a porté sa main à mes lèvres d'un mouvement
gracieux : j'ai baisé cette petite main longtemps,
longtemps, et aussi ce poignet blanc, délicat,
où le réseau des veines transparaît sous la
finesse de la peau. Elle cherchait à se dégager
doucement, elle retirait son bras, en disant
d'une voix qui riait toujours, mais qui tremblait
un peu : « Laissez-moi donc, Raymond ; si vous
continuez, je vais vous faire gronder par
maman... » O ma belle tendresse des premiers
jours, si pure, si chaste, que vous êtes loin !
Quelque secret instinct lui a-t-il révélé ce qui
se passait en moi ? Je ne sais... Pour la pre-

mière fois, elle n'a pu supporter le regard dont
je l'enveloppais; ses yeux se sont baissés; elle
a détourné la tête et rougi. Nous sommes restés
silencieux et gênés l'un près de l'autre. Je ne
savais que dire; j'étais confus comme si j'avais
commis une sorte de profanation... Ah! ce n'est
pas ainsi que j'avais rêvé de l'aimer... Ce petit
malaise n'a duré qu'un instant, d'ailleurs. Je
craignais d'avoir offensé Claire. Me trompé-je?
il me semble qu'elle s'est au contraire montrée
plus affectueuse, plus tendre que je ne l'avais
vue depuis notre départ de la campagne. Elle
m'a remercié pour le bracelet, pour les bouquets
que je lui envoie chaque matin et qu'elle trouve
trop beaux. « Si vous aviez voulu, m'a-t-elle
dit, maman vous aurait donné une adresse où
cela ne vous aurait pas coûté plus cher qu'au
Marché aux fleurs... Vous en auriez commandé
seulement un gros chez Lion pour la signature
du contrat... Il ne faut pas faire de folies... »
J'ai répliqué que mes bouquets étaient pour
elle, non pour cette cohue que nous allons avoir
après-demain, et que c'est justement parce qu'ils
sont pour elle que je les veux superbes. Et j'ai
dit aussi qu'il y en avait d'autres, plus beaux à

mon gré, que je faisais chaque jour à son intention, et que je lui dédiais sans qu'elle le sût,
des bouquets mystiques composés de toutes les
fleurs de mon âme... J'ai été absurde, enfin,
mais du moins, aujourd'hui, elle s'est dispensée
de me le dire, et j'ai pu divaguer à mon aise.
Elle m'écoutait d'un air sérieux, comme un
enfant qui s'applique à comprendre et n'y par-
vient qu'à moitié...

Ensuite, elle m'a mené dans sa chambre, que
je n'avais pas vue encore. J'étais dans mes jours
de grande folie : j'ai eu envie de me mettre à
genoux, en entrant. Sans doute mon visage a
laissé paraître quelque chose du trouble qui
s'était soudain emparé de moi, car elle m'a demandé ce que j'avais. « Ne sentez-vous pas,
ai-je dit, qu'en cette minute je vous aime im-
mensément? » D'une voix très douce, elle a
répondu : « Oui, je le sens; vous êtes un bon
garçon, décidément... » Puis elle a repris, gaiement : « N'est-ce pas que c'est gentil chez moi? »
Il règne dans cette chambre un ordre parfait;
le goût de la symétrie et de l'uniformité s'y
révèle un peu trop, à mon gré ; toute chose est
à sa place; pas un ruban, pas un chiffon, pas

un peloton de laine ne traîne ici ou là; le parquet est poli à force d'être ciré; les murs sont
nus; l'ensemble m'a paru net et froid. J'ai exprimé ma surprise de ne voir aucun de ces
mille petits riens dont aiment à s'entourer les
jeunes filles, de ces colifichets minuscules dont
elles chargent leurs tables, qu'elles piquent,
accrochent, pendent aux fenêtres, aux portes,
aux cloisons, partout... A quoi Claire a répondu
qu'elle avait horreur du « fouillis ». Je n'ai pas
osé lui dire que le « fouillis » a quelquefois du
bon, quand il est harmonieusement composé,
et que, lorsqu'on y a mis un peu de soi-même,
comme chez maman, il donne aux lieux que
l'on habite je ne sais quoi de plus intime, une
sorte de physionomie éparse, qui n'est point
sans charme. Au moment où je faisais à part
moi la remarque qu'il n'y avait pas une seule
clef sur les meubles — ces meubles luisants,
qui semblent tout neufs, et sur lesquels rien
n'est posé — Claire a tiré de sa poche un trousseau et ouvert le secrétaire. « C'est là, m'a-
t-elle dit, que je mets mes petites valeurs; je
dois avoir quelques coupons à détacher... Vous
irez me les toucher demain matin chez Roth-

schild avant de venir... » J'ai vu des papiers bleus, roses, jaunes, et à côté un paquet de cahiers, ses cahiers de jeune fille. Elle m'a offert de les regarder, pendant qu'elle détacherait ses coupons. « Vous verrez, a-t-elle ajouté en riant, qu'on n'a rien épargné pour vous faire une femme pieuse et instruite ! » J'ai pris le paquet : j'ai trouvé de grands tableaux de chronologie synoptique, avec le nom du souverain qui régnait en Chine, dans le temps où Pharamond était « roi de France » ; des listes de mots à orthographe difficile, comme « ornithorynque » et « hamadryade » ; une carte de la Palestine, aux trois couleurs, avec l'itinéraire de saint Joseph lors de la fuite en Égypte ; enfin, des rédactions « d'instruction religieuse ». J'ai eu la curiosité de lire l'une de ces rédactions, évidemment faite d'après les notes prises au catéchisme. Le prêtre devait avoir comparé, ce jour-là, les péchés à autant de « Goliaths » qui nous assaillent et contre lesquels nous ne pouvons lutter, avec succès sans le secours de « David », c'est-à-dire la foi chrétienne. Au bas du résumé, j'ai vu, moulé en ronde, ce seul mot : *Résolution*. Et au-dessous, d'une grosse

écriture de bébé, encore indécise : « A partir
d'aujourd'hui, je prends la résolution de com-
battre énergiquement mes Goliaths. » Je me
suis mis à rire, je lui ai montré le passage et
j'ai dit : « Ma chère Claire, êtes-vous bien sûre
d'avoir, depuis ce temps-là, suffisamment com-
battu vos Goliaths?... »

9 juillet.

Bouquet des « Dames de la Halle », bouquet
des balayeurs du quartier, bouquet du commis-
sionnaire : il pleut des bouquets chez Claire!...
Allez, braves gens, apportez vos fleurs, appor-
tez-en plus encore, il n'y en aura jamais assez!...
Mme Le Coulturier s'indigne de ces hommages
roturiers et parle de vous faire mettre à la
porte; moi, je vous donne vingt francs en
échange de vos roses blanches, et je voudrais
être plus riche afin de vous donner davantage :
je vous remercie du cadeau que vous faites à
ma bien-aimée, je serre vos mains, car je n'ai
point de fierté mauvaise, car il n'y a place en
moi pour rien qui ne soit bonté, charité et
amour...

XIII

10 juillet.

Signature du contrat. Quatre cents personnes invitées à venir examiner le trousseau, la corbeille et les différents cadeaux qui nous sont offerts à l'occasion de notre mariage... Petite difficulté, le matin, avec Claire, au sujet de la belle pipe que Cavaroc m'a envoyée et de la blague à tabac brodée par Martha. Claire ne voulait pas, et moi je voulais qu'on exposât ces objets, puisque exposition il y a.

« Mais, enfin, c'est ridicule, dit-elle, une pipe et une blague à tabac!

— Pas plus ridicule, ai-je répondu, que la cuillère à poisson de Mme X... ou que le seau à glace de M. Z...

— Cette cuillère et ce seau sont en argent!...

— Cette pipe est en écume et cette blague
est en soie... Rien de plus distingué pour une
pipe et pour une blague... Je ne ferai pas à des
gens que j'aime l'affront de paraître honteux
de leur cadeau... »

Claire s'est mise en colère; j'ai tenu bon; elle
a cédé. Et voilà pourquoi ma pipe et ma blague
ont figuré sur la grande table destinée à l'exhibition, dans un coin, il est vrai, à côté de certaine pince à asperges en ruolz, offerte par une
cousine pauvre : don mesquin, estimé dix-huit
francs par Mme Le Coulturier, et qui a fait passer sur sa lèvre aristocratique un sourire de
pitié!...

A trois heures, on a commencé d'arriver. A
quatre, les salons étaient pleins : Dieu merci, il
y a encore du monde à Paris! J'ai été présenté
une centaine de fois, dans les mêmes termes,
à des inconnus qui m'ont dit et auxquels j'ai
répondu la même chose. Sentant que je deve-
nais tout à fait imbécile, je me suis échappé du
grand salon; j'ai rôdé à droite et à gauche. Les
femmes, en toilettes claires, couvertes de fleurs,
de fruits, de plumes, avaient toutes un petit air
de fièvre, je ne sais quoi d'inquiet dans l'atti-

tude, d'avidement curieux — avec une pointe
de malveillance — dans le regard. Autour de
la table des cadeaux, il y en avait un triple ou
quadruple rang : les premières penchées en
avant, afin de lire le nom des donateurs écrit
sur de petites pancartes munies d'une épingle,
que l'on fiche à côté de chaque objet ; les autres
se dressant sur la pointe des pieds, bousculant
et poussant leurs voisines avec le même sans-
gêne que devant le comptoir d'un magasin de
nouveautés. De cette masse onduleuse et cha-
toyante sortait un bruissement doux d'étoffes
froissées, un murmure de conversations à voix
basse, où je percevais vaguement, revenant à
chaque phrase, les mots « dot, trousseau, corbeille ». Puis c'étaient des exclamations mi-
gnardes qui s'entre-croisaient : « Charmant !...
Ravissant !... Délicieux !... Idéal !... » On se ré-
criait devant une petite voiture haute de quatre
pouces, minuscule image du coupé que M. Blum
offre à Claire ; on se pâmait devant un service
d'argenterie... De l'autre côté de la table, un
clerc de notaire se tenait debout, correctement
rasé, grave, un peu funèbre même ; j'ai appris
que ce jeune homme n'était pas là seulement

pour présenter le contrat à la signature des invités de marque, mais aussi pour jeter de temps
en temps un coup d'œil sur les cadeaux : on ne
sait jamais ce qui peut arriver... La porte de
la chambre de Claire était ouverte : j'ai vu ce
doux sanctuaire où je n'ai pu pénétrer l'autre
jour sans une sorte de religieuse émotion —
je l'ai vu envahi par une foule jacassante de
jeunes filles et de mamans, venues là pour exper-
tiser le trousseau, pour compter les douzaines
de serviettes, pour toucher les draps, pour pal-
per les taies d'oreillers enrubannées de rose...
J'enrageais... Quelqu'un m'a dit tout bas à
l'oreille : « Demande-leur donc si elles ne vou-
draient pas, par hasard, examiner aussi tes
caleçons? » Je n'ai pas eu besoin de me retourner, de voir une longue barbe rousse taillée en
pointes, deux yeux noirs et brillants, un grand
front dénudé d'homme de génie ou de fou, pour
reconnaître la voix mordante de Cavaroc. « Eh
bien ! mon fils, est-ce que tu déchantes déjà? »
m'a-t-il demandé, tandis que son regard aigu
fouillait dans mes yeux. Je n'ai pas répondu.
« Viens, que je te présente, » ai-je dit seulement. Je l'ai emmené. En passant près du buffet,

j'ai aperçu le comte de Cimeuil, qui m'a serré la main avec beaucoup de noblesse : ce gentilhomme si décoratif avait le nez un peu rouge, et je ne jurerais pas que son haleine fût absolument pure de tout relent d'alcool. J'ai présenté Cavaroc à Claire : j'ai cru remarquer qu'ils s'observaient l'un l'autre, tout en échangeant quelques mots insignifiants, avec plus de curiosité que de sympathie. De nouveaux venus sont arrivés : j'ai été bloqué dans un coin, noyé derechef, par des gens dont je savais à peine le nom, sous un flot de congratulations d'une si exaspérante banalité, que j'aurais volontiers battu ceux qui me les adressaient. Pendant ce temps-là, Cavaroc s'esquivait. J'ai essayé de le rejoindre, je voulais lui demander quelle impression Claire avait faite sur lui : peine perdue, il était parti. Pendant que je le cherchais, j'ai saisi au vol, çà et là, quelques fragments de conversations. On disait du mal de Mme Lecouturier et de son mari, de Claire, de sa toilette, du trousseau, des cadeaux, du buffet, de moi... J'ai appris ainsi que les fleurs avaient paru fanées, les sandwichs rances, que ma fiancée avait un bouton sur le nez, et que, sûrement,

je perdrais mes cheveux de bonne heure. Quelques mères de famille, que j'avais remarquées
parmi les plus empressées autour des piles de
linge, s'élevaient contre l'indécence de cette
exhibition. Une dame, derrière la portière de
l'antichambre, disait : « Cette petite Claire est
une pécore... Quand on me persuadera qu'elle
a sept cent mille francs de dot!... » J'ai aperçu,
dans un couloir, des valets de chambre, le coude
en l'air, buvant du champagne à même la bou-
teille... Ah! la jolie chose que le monde, et le
touchant, le respectable usage que celui des
« signatures de contrat » !...

XIV

Aujourd'hui, à deux heures, dans une grande salle munie de banquettes rouges, ornée du buste en plâtre de la République, et sentant le tabac, un négociant en cuirs, maire de notre arrondissement, est apparu ceint d'une écharpe tricolore, et, de par la vertu qui réside en cette écharpe, ce monsieur, au lieu de faire des souliers, comme d'habitude, à pareille heure, a fait de Mlle Claire Lecouturier et de M. Raymond Blachère une paire d'époux. La loi — dont la représentation même devrait toujours être auguste — s'est incarnée en ce petit homme sautillant et guilleret, comme Dieu descend dans l'hostie au moment de l'élévation. Je ne suis pas un bien grand croyant, et ce qui reste en

moi de la foi de mes premières années n'est
guère, au fond, que le regret de l'avoir perdue,
avec l'amertume de sentir que rien jamais ne
me la rendra : je serai plus touché, pourtant, il
me semble, du mystère qui s'accomplira demain
sur l'autel, que je ne l'ai été de la transsubstan-
tiation de ce marchand de chaussures. Il a expé-
dié, avec la hâte qu'on met à se débarrasser
d'une corvée, les paroles qui lient à jamais deux
créatures humaines ; il n'a pas même pu garder
jusqu'au bout l'air de gravité convenue qui fait,
comme l'écharpe, partie de sa tenue les jours
où il officie ! Ensuite, ce personnage dépourvu
de prestige a bredouillé je ne sais quoi : j'ai cru
comprendre qu'il qualifiait nos témoins de « fais-
ceau de notabilités ». On nous a fait mettre
notre signature sur un registre. Tout est en
règle... Nous sommes mariés... En sortant,
Claire m'a dit : « Je ne sais pas ce que toutes
les femmes ont contre le mariage à la mairie...
C'est très bien, ces mariages civils... » Mme Lecouturier s'est approchée de sa fille et l'a saluée
de ces mots : « Bonjour, madame la baronne ! »

J'ai passé le reste de l'après-midi rue Tronchet. Nous avons fait mille charmants projets

d'installation. Claire a un idéal d'appartement
tout en salons, qui me surprend et me déconcerte un peu. Mais nous n'avons le temps de
nous occuper de rien avant l'automne, et d'ici
là... D'ici là, nous allons commencer par faire
un petit voyage. J'aurais préféré qu'elle eût
consenti à passer quelques semaines à Château-
Frayé, où maman serait venue nous retrouver
dans une dizaine de jours... Un médecin de nos
amis m'a donné discrètement à entendre que
l'agitation du voyage ne vaut rien pour les
jeunes femmes... Et j'avais une idée, une idée
chère, qui était de l'emporter là, dans ma vieille
maison, que sa grâce et son sourire eussent
rajeunie, de l'aimer loin du bruit et de la foule,
à l'ombre de mes arbres, dans le mystère de
mon parc, frais et doux nid de verdure qui abri-
tait, il y a vingt-sept ans, les amours de ceux
dont je suis né. Il faut renoncer à ce rêve :
Claire me donne le choix entre Trouville et
Biarritz. Nous partirons donc demain soir ; nous
irons à l'hôtel... Ah ! la chambre toute blanche,
la chambre pleine de fleurs que je lui eusse
offerte dans ma maison, et le silence du parc,
pendant cette première nuit, et les chansons

d'oiseaux, le matin, par la fenêtre entr'ouverte!...
Comme elle me gâte ma fête, la méchante, sans
le savoir!...

Claire ayant déclaré qu'elle voulait se coucher
tôt pour avoir le teint reposé, demain, à l'église,
j'ai dîné à six heures, chez mes beaux-parents.
A sept heures, M. Léonard est arrivé, pour procéder à un suprême essayage. J'ai cédé la place
à cet homme important. Aussi bien, j'étais gêné,
je me sentais vaguement ridicule dans ce rôle
de demi-mari. L'idée m'est venue d'aller finir
ma soirée à Château-Frayé. A huit heures et
demie, je suis entré par la petite porte de la
grille : je me suis rappelé que là, pour la première fois, mes yeux ont rencontré les yeux de
la créature chère et sacrée qui sera ma compagne de vie et la mère de mes enfants. Le
grand sapin était déjà tout noir dans le bas,
mais sa flèche grêle se détachait nettement sur
le ciel empourpré. Le coup de tonnerre qui a
frappé son faîte a tué plus qu'à moitié le vieil
arbre : sois bénie, flamme divine qui m'as touché
et qui m'as seulement vivifié!... J'ai fait le tour
de la maison. Je me suis assis sur le banc de
gazon, au pied du Sylvain, à l'endroit où j'ai

senti la main, la chère petite main qui fermera mes yeux, se poser, un soir, toute tremblante sur mon bras, et je lui ai redit, à l'absente adorée, que je l'aimais d'un amour immortel. La lune, cachée derrière un nuage, a tout à coup rempli l'espace d'une lumière blafarde, et la prairie, où rampaient de légères vapeurs, m'a paru semblable à un lac que la futaie noiràtre entourait comme d'une falaise. Les grenouilles de la pièce d'eau se sont mises à coasser bruyamment; le coassement affaibli de celles du saut-de-loup leur répondait au loin. Je sentais une douceur indicible à remplir mes yeux de ces images familières, mes oreilles des bruits amis qui s'élèvent çà et là dans la paix nocturne des champs... Je suis entré dans la maison; j'ai monté à ma chambre. En y entrant, mes regards se sont arrêtés sur une gravure de Dürer que Cavaroc m'a donnée autrefois, la *Melancholia*. Que le temps me semble donc loin, où je passais des heures à contempler cette sombre allégorie, à méditer et à creuser la pensée de désespérance dont elle procède, à me répéter que le vieux maître avait raison, qu'une amère tristesse est au fond de tout, que tout l'effort

humain aboutit à l'universel désenchantement !
J'étais sincère en croyant à tout cela, comme
je le suis aujourd'hui en n'y croyant plus. Oui,
je le vois maintenant, mon cher abbé avait
raison : la vie est bonne, et si j'ai osé nier qu'elle
le fût, c'est que je n'avais pas encore goûté à ce
qu'il y a de meilleur et de vraiment divin en elle.

Ce dont je rendrai grâces éternellement à
l'amour n'est pas seulement de m'avoir révélé
le mensonge de l'énervante doctrine à laquelle
j'avais été séduit, c'est aussi, c'est surtout de
m'avoir élevé, du jour où il est entré dans mon
cœur, bien au-dessus de ce qui fut le niveau
moyen de moi-même. Je me sens meilleur et
plus grand. Je voudrais faire des choses si
belles qu'on les jugerait folles, me dévouer à la
défense de quelque noble cause et y verser tout
mon sang ; je comprends les martyrs ; j'ose à
peine m'avouer que je les envie presque, tant
est puissant l'instinct d'héroïsme qui s'est emparé de moi depuis que j'aime. Jamais la vie
ne m'a paru si belle, et jamais, pourtant, je
n'ai moins redouté la mort, cette mort dont la
menace importune obsédait jadis ma pensée...

Pendant que je songeais à ces choses, de

petits moucherons, entrés par la fenêtre ouverte, dansaient autour de ma bougie une valse
éperdue. Je voyais leur essaim léger tourbillonner comme un de ces remous que le vent
forme, parfois, dans la poussière. Ces éphé-
mères créatures, dociles sans le savoir à la
grande loi d'amour que je subis comme elles,
se cherchaient, se poursuivaient d'un désir
effréné, plus fort que la crainte; puis, ayant
accompli leur fonction qui est celle de tout être,
à savoir de transmettre la vie qu'on a reçue et
de mourir après, brûlées par la flamme, elles
tombaient pantelantes sur la table. J'ai senti
d'abord une pitié m'envahir au spectacle de ces
frêles agonies; puis, faisant un retour sur moi-
même, j'ai pensé qu'il n'y avait pas lieu de
plaindre ces bestioles, puisque, avant d'être
anéanties, elles avaient aimé.

Dix heures sonnaient. Avant de partir, j'ai
cherché la lettre où mon père m'a laissé ses
instructions dernières. « Sois, écrivait mon père
huit jours avant sa mort, sois ce que les Latins
appelaient *vir unius mulieris*. Aime une femme,
une seule; fais de cette femme-là ta compagne
et la mère de mes petits-enfants, que je ne verrai

pas. Aime-la de toutes les forces de ton être et respecte-la autant que tu l'aimeras. C'est là qu'est la vérité, là qu'est le bonheur : hors de là, il n'y a rien... » J'ai relu ce passage. Mon père, si quelque chose de ce qui fut vous subsiste, non point perdu comme un atome inerte au sein de l'énorme univers, mais animé encore d'une vie propre, gardant le souvenir de ce que vous avez senti, de ce que vous avez pensé, de ce que vous avez aimé durant votre passage sur cette terre, regardez dans mon cœur : n'est-ce pas de la façon prescrite par vous que j'aime celle qui dans quelques heures sera l'épouse de votre fils?...

Je suis revenu à Paris par le dernier train. J'ai dit à ma mère, en rentrant, le pèlerinage que je venais de faire... Je m'étais mis à genoux auprès de son fauteuil pour lui conter cela, comme je fais quand nous sommes seuls, parce que je sais qu'elle aime à me voir ainsi devant elle, en souvenir du temps où j'étais petit et où nous étions trois. Elle a posé ses mains — ses pauvres mains toutes blanches et toutes maigres — sur mon front, d'un geste de bénédiction, sans prononcer un seul mot : mais elle avait les yeux levés au ciel, et ses lèvres remuaient un peu, comme si elle eût adressé là-haut des paroles que je n'entendais point.

Et maintenant me voici seul dans ma chambre, écrivant les dernières lignes de ce journal, qui a été pendant dix semaines le confident de mes plus secrètes pensées, et que je ne continuerai plus, puisque j'aurai désormais, auprès de moi, une âme pour y verser la mienne... Il est très tard; le roulement des voitures s'éteint peu à peu; la rue est déserte, et le silence qui s'épaissit autour de moi m'invite au repos... Mais je n'ai pas sommeil : je songe, je songe obstinément à la bien-aimée qui dort, là-bas, sous ses grands rideaux blancs!...

DEUXIÈME PARTIE

I

Dans un coupé du rapide qui file sur Bordeaux, un jeune homme et une jeune femme sont assis l'un près de l'autre. La jeune femme vient d'enlever son chapeau — une mignonne capote de voyage — et de le déposer, soigneusement enveloppé d'un papier de soie, sur le filet du compartiment. Elle ouvre un sac de toilette, en retire un vaporisateur dont elle passe sur son front le jet parfumé, puis étale sur ses genoux une mantille de dentelle noire et la plie en triangle. Le jeune homme ne quitte pas des yeux sa compagne.

« Où sommes-nous? dit-elle.

— Près d'Étampes.

— Quelle heure est-il?

— Neuf heures un quart.

— A quelle heure arriverons-nous à Bordeaux?

— Demain matin, à six heures quarante-cinq.

— Et à Biarritz?

— A onze heures vingt-cinq. »

Elle continue à vaquer aux préparatifs de sa
toilette de nuit, méthodiquement, sans hâte,
et le regard de son voisin ne se lasse pas de
suivre chacun des mouvements qu'elle fait.
Elle prend un petit peigne d'écaille et lisse
doucement les bandeaux châtains dont elle a
troublé l'harmonie en retirant son chapeau;
elle se coiffe de sa mantille une première fois,
l'enlève, la plie autrement, la remet, se regarde à la glace du compartiment, de face, de
trois quarts, se lève pour mieux voir et tout à
coup :

« Donnez-moi donc les épingles à cheveux
qui sont au fond du sac, dans un papier bleu, »
dit-elle.

Il les lui tend. Un peu secouée par les oscil-
lations du wagon, debout, les bras en l'air,
elle fixe la mantille avec des épingles piquées

dans son chignon. Puis elle se rassoit, referme le sac, souffle dessus pour chasser la poussière, s'enfonce dans son coin et bâille en disant :

« Il me semble que je vais bien dormir... Et vous, Raymond?

— Je n'ai pas sommeil... Est-ce que vous avez mal dormi la nuit dernière?

— Moi?... Quand j'ai vu que ma robe allait bien, je n'ai plus eu qu'une préoccupation : c'était de ne pas avoir l'air d'une déterrée, comme toutes mes amies, le jour de leur mariage... Et je me suis dépêchée de dormir comme un plomb...

— Aussi, vous étiez charmante, ce matin, à l'église... Je crois bien que jamais je ne vous avais vue si jolie, ma chère Claire...

— Oui... J'ai senti que j'avais du succès... Quand mon amie Rose et sa mère sont venues m'embrasser à la sacristie, j'ai cru qu'elles allaient me mordre. Je me suis dit : « C'est bon signe!... »

— Voulez-vous bien vous taire, méchante que vous êtes!

— Si vous croyez que je ne sais pas qu'elles me détestent!

— Pourquoi?

— Parce que Rose a une dot ridicule; parce
que je suis mariée et qu'elle ne l'est pas;
parce que vous êtes baron; parce qu'elles ont
manqué un comte l'année dernière, un comte
du pape, il est vrai, mais enfin c'est toujours
ça; parce que ma toilette m'allait bien; parce
que... Ah çà! vous n'avez pas remarqué comme
elles sont venues — avec quelques autres —
après le défilé, s'embusquer dans les chaises,
près de la sortie?... Savez-vous ce qu'elles vou-
laient voir? Si le bouton qu'elles me prédisaient
le jour du contrat ne m'était pas poussé sur le
nez, depuis la sacristie... Ça les aurait un peu
consolées, ces pauvres femmes... Je ne leur en
veux pas, d'ailleurs. A leur place, j'aurais été
comme elles.

— J'espère bien que non.

— Je vous assure que si... Vous ne comprenez rien aux femmes : c'est un sentiment
qui nous est naturel...

— L'envie?

— Eh bien! oui... Nous en avons toutes un
petit fonds... A propos, et l'abbé Papillon,
comment s'en est-il tiré?

— Très bien... Il a parlé divinement.

— Vous l'avez donc entendu?

— Parfaitement... Vous, pas?

— Non... Je n'ai pas eu le temps d'écouter... J'étais très occupée de ne pas chiffonner ma traîne et mon voile... Qu'est-ce qu'il a dit?

— C'était tout ce qu'il y a de plus joli et de plus touchant... Il a développé cette idée que le mariage est la mise à l'unisson de deux âmes...

— La mise à l'unisson de deux âmes?... Ah!... A-t-il dit un mot aimable pour les témoins?

— Non... A quoi bon?

— Ça se fait... Maman le lui avait bien recommandé, pourtant... Et sur nos deux familles, rien non plus, il me semble...

— Rien.

— Voilà ce que c'est que de prendre un curé de campagne... Ils ne sont pas au courant... Un évêque n'aurait pas manqué de le faire.

— Mais c'eût été de la réclame, voyons, et dans une pareille circonstance...

— Bah!... Un peu de réclame ne nuit jamais : il en reste toujours quelque chose... Enfin, vous avez été content de l'abbé?

— Je ne peux pas vous dire à quel point il

m'a ému... Et puis les cierges, l'encens, la
robe rouge des enfants de chœur... Il y a
quelque chose de grand dans cette cérémonie :
je ne m'attendais pas à en être aussi touché...
Avez-vous remarqué combien ces prières sont
belles ?

— Très belles... Et la musique, en avez-vous
été content ?

— Tout à fait... Sauf de la marche, à la fin,
que j'ai trouvée trop bruyante, trop gaie...

— Pas moi... C'est la marche qu'on a jouée
au mariage de la petite Campomayor.

— Ah ! vraiment... Eh bien ! entre nous, ça
m'est égal... J'aurais préféré autre chose.

— Talazac a bien chanté, n'est-ce pas ?

— Très bien !

— Je l'ai trouvé encore meilleur que dans
Lakmé... Et puis, au moins, on ne s'aperçoit
pas, là, qu'il a du ventre...

— Est-ce à cela que vous pensiez pendant
qu'il chantait ?

— Pas plus qu'à autre chose... Je regardais
le suisse...

— C'est un beau suisse, en effet...

— Superbe !... Je regardais aussi un vieux

prêtre, dans le chœur, qui avait l'air bien
malheureux de ne pouvoir priser... Et puis, surtout, j'avais envie de regarder en cachette par-
dessus mon épaule pour voir s'il y avait beaucoup de monde.

— Qu'est-ce que cela pouvait bien vous
faire?

— En voilà une question!... Maman m'a dit
tout bas : « Je crois que c'est plein. » Sans
cela, j'aurais fini par me retourner : je ne pouvais plus y tenir...

— Votre mère ne priait donc pas?... Moi qui
la croyais si pieuse!

— Mais si, elle priait!... Moi aussi, d'ailleurs... Ça n'empêche pas... Vous n'allez pas
croire au moins que maman n'est pas pieuse :
savez-vous ce qu'elle a fait, il y a six ou sept
ans, à la mort de Pie IX?

— Elle a envoyé dix mille francs au Denier
de Saint-Pierre?

— Non. Elle a pris le deuil... Un deuil très
sévère, trois semaines de crêpe, s'il vous plaît!
Comme elle sortait beaucoup, tout de même,
ses amies lui demandaient : « Qui donc avez-
vous perdu, ma chère? » Maman répondait en

soupirant : « Eh! ma bonne amie, c'est ce pauvre Saint-Père! » Papa s'est assez moqué d'elle à ce propos-là... Lui, je ne le défends pas : il n'est pas religieux du tout. Mais maman !

— Eh bien... et vous?

— Dame, moi, vous savez, c'est difficile à expliquer... Enfin, je ne voudrais pas me faire sœur de charité...

— Mais vous porteriez, au besoin, le deuil de Léon XIII... Merci, je suis fixé. »

Ils se mirent à rire tous les deux.

« Tiens! reprit-elle, vous avez donc de l'esprit?

— Quelquefois, quand j'écris... Et encore!... Rarement, autant dire jamais, quand je parle.

— Vous venez d'en avoir, pourtant.

— C'est vous qui me l'avez donné.

— Allons, voilà maintenant un petit madrigal... Vous êtes en progrès, décidément... Où sommes-nous?

— Pas bien loin d'Orléans, je crois.

— Déjà! Quelle belle invention que ces chemins de fer! Papa dit qu'il trouve une locomotive plus belle que le radeau de la Méduse.

— C'est une opinion... Mais il y a encore autre chose au Louvre... Dites-le-lui...

— Orléans, chef-lieu du Loiret, sous-préfectures... Tiens, je ne sais plus mes sous-préfectures!... Qu'est-ce que peut bien faire votre mère en ce moment-ci?

— Elle pense à nous;... elle prie pour nous... Elle demande à Dieu de faire que vous m'aimiez un peu, et que cet unisson dont parlait l'abbé ce matin — cet unisson dont nous sommes loin encore, je le sais — s'établisse entre nous... Elle cherche à deviner si vous rendrez son fils heureux, si ces premiers temps du mariage, qui sont une époque critique, pleine de périls, seront pour nous le commencement d'un bonheur durable, ou bien...

— Ou bien?... Dites...

— Ah! je ne veux pas même penser à cela... Comme cette mantille vous va bien!...

— Oui, n'est-ce pas, on me l'a toujours dit.

— Il n'y aura plus que moi qui vous le dirai, maintenant.

— Vous êtes jaloux?

— Cela dépend... Il y a deux jalousies : l'une qui est une offense, l'autre qui est un hommage... Vous ne serez jamais de ma part l'objet que de la seconde.

— Charmant!... Ainsi, je ne pourrai plus recevoir un pauvre petit compliment?

— C'est selon... Les compliments qu'on adresse aux femmes, voyez-vous, c'est comme les papillotes de chocolat : on ne sait pas ce qu'il y a dedans.

— Tiens, voilà qui n'est pas mal... Il faudra le mettre dans votre prochain roman...

— Si je le fais !

— Ah ! mais, dites donc, vous savez que je n'entends pas de cette oreille-là !.. Il va falloir travailler, monsieur mon mari, et me gagner de la réputation... Du reste, soyez tranquille... Je vous aiderai...

— Vous m'aiderez?... Comment?...

— Cela ne vous regarde pas... Laissez-moi faire... J'ai mon idée là-dessus... comme sur tout.

— Quelle drôle de petite femme vous êtes !

— Mais oui, mais oui... Vous verrez !... Et maintenant, si vous me laissiez dormir, qu'en dites-vous ? »

Raymond se mit à genoux devant elle, passa

doucement un bras autour de la taille de sa jeune femme et reprit :

« Je dis que si vous étiez gentille, vous dormiriez cette nuit la tête appuyée sur mon épaule, et qu'ayant l'oreille près de mon cœur, vous sauriez à quel point il est plein de vous.

— Mais non... je suis bien mieux là... Allez vous étendre sur la banquette...

— Vous avez pris toute la place pour vos affaires...

— Tiens, oui, c'est vrai... C'est une habitude que j'ai... Laissez-moi, mon ami, vous m'étouffez, je vous assure... »

Raymond se releva brusquement et, allant à l'autre portière, baissa la vitre, afin d'exposer pendant quelques instants sa tête en feu au vent frais de la nuit. Quand il se retourna, Claire était toujours à la même place, les yeux fermés ; mais la respiration précipitée qui soulevait et abaissait sa gorge prouvait qu'elle ne dormait point. Raymond s'approcha d'elle, baisa lentement ses paupières sans qu'elle bougeât, l'enveloppa dans une grande couverture, avec les mouvements doux d'une mère qui borde son

enfant, et, s'approchant de son oreille, lui dit
tout bas :

« N'ayez pas peur de moi... Dormez, ma
femme, dormez bien... »

Puis il tira le rideau bleu devant le réflec-
teur, afin que la lumière trop vive ne la fati-
guât point, et, pendant tout le reste de la nuit,
il la regarda dormir.

Comme on approchait de Bordeaux, le soleil
étant déjà haut sur l'horizon, il se décida à la
réveiller, à cause de l'arrêt et du changement de
train. Au lieu de rester blottie dans son coin, elle
avait fini par s'allonger tout à fait sur la banquette. Dans les mouvements inconscients du
rêve, elle avait repoussé un peu la couverture,
qui lui tenait trop chaud, sans doute ; étendue
sur le dos, la tête soutenue par un châle de
voyage roulé en forme d'oreiller, elle dormait
dans une pose d'innocence, les mains jointes,
et les lèvres entr'ouvertes par un sourire enfan-
tin. Il la contempla longuement. Il pensait :
« Je t'aimerai comme si j'étais ton père, car tu
n'as pas eu de père ; comme si j'étais ta mère,
car tu n'as pas eu de mère ; et tu seras, tête
chère et sacrée, ô ma compagne d'élection,

bénie par ton époux entre toutes les femmes ! »
Le train ralentissait sa marche.

« Claire, dit Raymond en l'embrassant au
front, il faut vous arranger... »

Elle ouvrit les yeux, de grands yeux étonnés,
se redressa, rajusta sa mantille, et demanda :

« Où sommes-nous ?...

— A Bordeaux, bientôt.

— Ah ! mon Dieu, donnez-moi vite mon sac...
Figurez-vous que je rêvais... Et quel bête de
rêve ! Je me promenais au Jardin d'acclimata-
tion avec ma mère. Maman marchait au bras
de M. de Cimeuil, qui était habillé en suisse,
comme celui de la Madeleine, et portait sur
l'épaule une hallebarde en or, que papa lui
avait donnée. Maman disait : « J'ai lu dans
d'Hozier, monsieur le comte, qu'un de vos
aïeux... »

— Vos billets, s'il vous plaît ! » cria tout à
coup un employé, dont la tête parut à la portière.

Quelques heures après, ils arrivèrent à Biarritz. Jusqu'à la fin du trajet, Claire avait été
d'une humeur charmante, riant, parlant à tort
et à travers, rappelant à son mari comment ils

s'étaient enfuis clandestinement de la Madeleine dans un coupé, leur retour à la maison,
l'arrivée des parents, des amis, des insatiables,
à qui les embrassades de la sacristie ne suffi-
sent pas ; le lunch, la distribution des fleurs
d'oranger aux jeunes filles, « à qui, disait-elle,
un gros sac servirait plus que ce fétiche pour
trouver un mari » ; l'air bête des garçons d'honneur et les petites mines de leurs « demoiselles », pour qui les fonctions qu'elles exer-
cent ce jour-là sont comme la répétition générale
de leurs propres noces, une sorte de communion blanche du mariage ; les regards atten-
dris des mamans, le départ pour la gare d'Orléans... Raymond écoutait, d'un air quelque peu
préoccupé, ce gentil babillage. Un omnibus les
déposa sous la véranda de l'hôtel d'Angleterre.

« Monsieur et madame désirent une chambre ?
demanda le gérant.

— Deux chambres ! » répliqua vivement Raymond.

Alors, Claire s'approcha de lui, et, moitié
confuse, moitié moqueuse :

« Raymond, lui dit-elle tout bas, à quoi bon
faire de la dépense inutile ? »

II

Le lendemain matin, comme la cloche sonnait le déjeuner, Claire, suivie de son mari, traversait le vestibule de l'hôtel. Au moment où ils passaient devant le bureau, elle vit un registre destiné à recevoir le nom des voyageurs.

« Tiens, dit-elle, je vais nous inscrire. »

Et, d'une grande écriture droite, ferme et serrée, elle mit au milieu d'une page blanche :
« Baron et baronne Raymond Blachère, Paris. »
Puis elle entra dans la salle à manger.

« Nous prenons une table séparée, n'est-ce pas? demanda Raymond.

— Pourquoi?... Nous serons aussi bien à la table d'hôte. »

Le déjeuner fini, elle proposa d'aller s'asseoir, pour prendre le café, sur une sorte de terrasse

qui règne devant l'hôtel et où des sièges étaient
disposés avec de petites tables. Raymond ayant
objecté qu'il y avait bien du monde à cet endroit :

« Eh bien ! dit-elle, qu'est-ce que cela fait ? »

Ils prirent place à côté d'un groupe d'hommes
et de femmes qui se livraient, avec l'apparence
du plus vif intérêt, à une de ces conversations
de bains de mer ou de villes d'eaux qui ne diffèrent jamais entre elles que par un seul point :
savoir, que la médisance paraît l'emporter,
dans quelques-unes, sur la sottise, et que dans
d'autres, au contraire, la niaiserie se montre
franchement prépondérante. On échangeait et
on commentait les nouvelles de l'endroit.
Mlle X... avait encore fait une pleine eau avec
son beau-frère : cela tournait au scandale ; la
belle Mme Z... avait dû changer de baigneur ;
comme on lui demandait pourquoi, elle avait
répondu en rougissant : « Je sens, depuis quelques jours, que cet homme devient amoureux
de moi. » La grosse Mme A..., prenant son
bain, la veille, s'était tout à coup mise à pousser
des cris affreux, se figurant qu'un crabe venait
de la pincer au mollet : ce n'était pas un crabe,

mais son neveu, « le petit Bob », comme on l'appelle, un enfant de treize ans, plein d'une charmante espièglerie, qui passe son temps à plonger autour de ces dames et à leur glisser dans les jambes comme une anguille. On avait pris, à la côte des Basques, un énorme poisson : en lui ouvrant le ventre pour le vider, les pêcheurs y avaient trouvé une boîte à sardines d'un modèle ancien, parfaitement conservée, qu'un marchand de curiosités avait achetée trente sous et revendue deux cents francs à une vieille Anglaise, comme pièce historique provenant de la bataille de Trafalgar ; le marquis espagnol du premier, qui faisait tant d'effet au Casino, était parti sans payer la note de son appartement à trois louis par jour : on avait saisi sa magnifique valise en cuir de Russie, mais on n'y avait trouvé qu'un bâton de cosmétique rance et un peigne fort sale ; c'était une chose absolument certaine que la princesse polonaise du rez-de-chaussée payait six mille francs par an une dame de compagnie ayant le même pied qu'elle, et dont l'unique fonction était de porter ses bottines neuves pendant quelque jours, afin de les lui briser ;

on attendait l'acteur N..., du Palais-Royal : on
aurait enfin quelques monologues et des imitations de Sarah Bernardt, dont on était bien
privé...

« A propos, demanda quelqu'un, qu'est-ce
que c'est donc que ce baron Blachère dont je
viens de voir le nom sur le registre ? »

Raymond s'agitait sur sa chaise ; Claire souriait.

« Blachère ?... répliqua un vieux monsieur
décoré, il y a eu un général de ce nom.

— Voulez-vous des renseignements ? » dit un
jeune homme qui tenait à la main le *Gaulois*,
qu'on venait d'apporter.

Et il se mit à lire à haute voix une colonne con-
sacrée tout entière au mariage de l'avant-veille.

« Allons-nous-en, Claire ! fit tout bas Raymond de plus en plus agacé.

— Mais non, répondit-elle, c'est très amusant ! »

Raymond fut obligé de subir jusqu'au bout
cette lecture, qui le mettait au supplice. La
robe de Claire était minutieusement décrite ;
une mention flatteuse était accordée à la toilette
de Mme Le Coulturier, née de Bellegarde-Belle-

garde, « qui n'a pas dérogé en échangeant son nom de fille des preux contre celui d'un des princes de l'industrie » ; les témoins, « parmi lesquels on se montrait le profil bourbonien du comte de Cimeuil », les parents, les amis, tout le monde avait son petit bon point, un mot, un rien, mais si délicatement tourné ! Comme le lecteur arrivait à la fin de l'article, un domesti-que parut, portant sur un plateau une lettre et plusieurs journaux.

« Mme la baronne Blachère ? » demanda-t-il en cherchant des yeux.

Il se fit un silence subit dans le groupe voisin.

« Donnez, dit Claire, sans paraître troublée le moins du monde par les regards curieux qui convergèrent aussitôt sur elle. C'est un envoi de maman... Venez-vous faire un tour?... »

Elle se leva, ouvrit son ombrelle rouge et s'en alla nonchalamment, son paquet sous le bras.

« Tiens, tiens... dit le vieux monsieur, c'est cette petite femme-là... Quand a eu lieu le ma-riage, s'il vous plaît ?

— Avant-hier.

— Ah ! mais alors... »

Le vieux monsieur mit son lorgnon et la
suivit des yeux en donnant les marques d'un si
vif intérêt, qu'ils se mirent tous, les femmes
comme les hommes, à rire d'un petit rire discrètement égrillard, qui sans doute eût changé
en irritation la gêne et le dépit qu'éprouvait
Raymond.

Il n'entendit rien, heureusement. Claire était
sortie de l'hôtel et lisait sa lettre tout en marchant. Ils allèrent visiter le casino, la villa
Eugénie, le phare et l'excavation de la falaise,
qu'on nomme dans le pays « la Chambre
d'Amour », en souvenir d'un jeune homme et
d'une jeune fille qui autrefois y furent surpris,
pendant un rendez-vous, par la marée montante et noyés. Ils s'assirent sur un rocher.

« Enfin, nous voilà seuls! dit Raymond, et
il en profita pour embrasser sa femme.

— Raymond, dit Claire, m'aimez-vous plus
aujourd'hui qu'hier?

— Comment ne vous aimerais-je pas davantage, maintenant qu'à mon amour s'ajoute une
gratitude sans bornes? »

Elle se prit à sourire, d'un sourire mystérieux, et son regard, qu'elle promenait sur

l'infini des eaux, s'emplissait de rêve, devenait peu à peu vague et profond comme l'immense océan.

« A quoi pensez-vous? demanda Raymond après un silence.

— Dame, dit-elle en reprenant aussitôt son expression ordinaire de hardiesse et de moquerie, ça n'est pas bien difficile à deviner... Vous comprenez qu'on n'est pas mariée depuis deux jours sans avoir quelques petits sujets de réflexion...

— Et peut-on savoir quelles sont vos réflexions?

— Vous êtes trop pressé, mon cher; donnez-moi le temps de m'y reconnaître... Vous ne trouverez pas mauvais, je pense, qu'avant d'en être, comme vous, à la période de la gratitude, je passe par celle de l'étonnement... Ne rougissez pas, je vous prie; vous allez me faire croire que je dis des énormités... et que votre pudeur s'en alarme...

— Ma chère Claire, répondit Raymond, vous avez beaucoup d'esprit... J'en suis charmé, pour vous et pour moi... Seulement, laissez-moi vous dire, — très doucement et sans vouloir jouer le personnage assez sot d'un mari qui morigène à tout bout de champ sa jeune femme, — laissez-moi vous dire que vous manquez un peu de réserve, et que s'il est une situation dans la vie où le bon goût, à défaut d'autre sentiment, impose la retenue, dans les paroles comme dans les actes, c'est précisément celle où nous nous trouvons... Tout à l'heure, par exemple, après le déjeuner...

— Oui, oui, je sais; j'ai vu que je vous scandalisais... Comme vous parlez bien! Vous auriez fait un confesseur délicieux!... Si j'ai péché par inconvenance dans mes propos ou dans ma tenue, dites-le-moi, mon père, afin que je combatte à l'avenir le Goliath de l'immodestie!... »

En prononçant ces mots, elle joignit les mains et prit une petite mine hypocritement repentante, qui lui valut son absolution sous la forme de nouveaux baisers.

« Raymond, disait-elle, en essayant faiblement de dérober ses lèvres, vous manquez de retenue, vous devenez immodeste... Je crois que vous êtes en proie à un Goliath,... au plus affreux de tous... Si vous continuez, vous allez nous faire surprendre par la marée montante... »

Et elle s'échapppa, riante et frémissante, de ses bras.

Ils revinrent à l'hôtel, afin d'écrire à Paris avant le départ du courrier. Le billet de Raymond portait : « Je n'ai rien à vous dire, ma chère mère, sinon que je suis le plus heureux des hommes. Dans quelques jours, je vous écrirai plus longuement, je vous donnerai des détails sur la douce vie commune que nous venons de commencer. Aujourd'hui, je ne saurais songer à autre chose qu'à ma félicité : je me laisse bercer par elle, comme cette mouette que je viens de voir se poser sur une vague... Votre fille me charge de joindre ses tendresses à celles que je vous envoie. Dites à notre bon abbé combien je lui suis reconnaissant des paroles qu'il a trouvées dans son cœur et qui sont allées tout droit au mien. Donnez un souvenir affectueux de ma part à Martha et à Jean. Soignez-vous bien, ne marchez pas sans votre canne... Je vous aime, ma mère, et je vous vénère. »

La lettre de Claire était ainsi conçue : « Chère

maman, nous sommes installés à l'hôtel d'Angleterre, dans une bonne chambre, au premier, avec vue sur la mer. C'est un peu cher, mais confortable. Avec mon café au lait du matin, nos deux repas à table d'hôte, il faut compter dans les quarante francs par jour : je ne comprends dans ce prix ni le vin, qui est à part, ni le blanchissage. Raymond est très gentil pour moi. Il y a déjà beaucoup de monde : je crois que nous ne nous ennuierons pas. J'ai reçu le petit mot où tu m'annonçais l'envoi des journaux parus le soir de notre mariage : j'ai trouvé les comptes rendus très bien. S'il y a quelque chose d'intéressant dans ceux du lendemain matin, ne manque pas de me les envoyer : je veux couper et garder tous les articles. Envoie-moi donc aussi, par colis postal, un petit corsage de dessous, en toile, coulissant du haut. Prends-le un peu plus ajusté que ceux de la douzaine du trousseau. C'est pour mettre sous mon costume de bain, parce que, sans cela, je vois qu'on a l'air d'un paquet en sortant de l'eau. Tu pourrais aussi m'envoyer mon amazone : on monte beaucoup ici. Dis à Tom que je lui recommande de bien soigner

Trilby : une petite promenade tous les matins, avec un temps de galop, et surtout pas trop d'avoine, car il ne faut pas échauffer cette bête. Ton gendre t'adresse ses hommages. Je t'embrasse, ainsi que papa. — Ta baronne de fille. »

Quand ils eurent fini d'écrire, Raymond proposa d'aller faire un tour du côté du Port-Vieux.

« Vous n'y pensez pas, dit Claire ; j'ai un tas de choses à faire encore.

— Lesquelles ?

— Il faut que j'écrive ma dépense... Voilà deux jours que je n'ai pas mis mon carnet au courant.

— Mais vous n'avez rien dépensé...

— Et ma boîte de caramels au buffet de Morcenx, et mes espadrilles, tout à l'heure ?...

— Ce ne sont pas des dépenses... Vous écrivez tout cela ?

— Mais certainement, et depuis l'âge de douze ans.

— Alors si vous donniez deux sous à un pauvre...

— Oh ! cela ne m'arrive pas souvent... Jusqu'à présent, j'ai remis tous les ans vingt francs à papa le 1er janvier, sur mes économies. Papa

ajoute cela aux cent francs qu'il donne de son
côté. On porte le tout au bureau de bienfaisance
du quartier, et l'affaire est faite. Cela vaut bien
mieux que de donner à tort et à travers. D'abord,
c'est assommant de faire l'aumône soi-même :
on a toujours peur d'être volée...

— Ah!... Enfin, vos comptes ne vont pas
vous prendre des heures entières...

— Non, mais il faut que je mette de l'ordre
ici, que je finisse de défaire ma malle, que je
garnisse de papier blanc ces tiroirs de commode et ces planches d'armoire à glace... Tout
cela est dans un état!... Et vos affaires, je vois
bien qu'il va falloir que je les range aussi, car
vous êtes un sans-soin... Ce n'est pas ma faute
si vous ne m'avez pas laissée travailler ce matin, monsieur!.. Rappelez-vous quelle vie vous
m'avez faite quand j'ai voulu commencer mes
rangements. Moi qui me lève à sept heures et
qui suis toujours habillée à huit, j'ai failli
arriver en retard au déjeuner, à cause de
vous... Allons, laissez-moi... Descendez les
lettres, promenez-vous jusqu'au dîner... et ne
me regardez pas comme cela. J'espère que vous
n'allez pas vous croire dans la « Chambre

d'Amour » toutes les fois que nous nous trou-
verons en tête-à-tête : cela finirait par devenir
monotone, vous savez... Allons, sauvez-vous,
partez, partez... Ça me gêne de vous sentir sur
mon dos... A tout à l'heure! »

Raymond quitta la chambre sans répondre.
Il alla s'asseoir sur la falaise, en un endroit
solitaire, d'où la vue découvre au loin, à peine
estompées à l'horizon, les côtes montagneuses
de l'Espagne. Au-dessous de lui, les grosses
lames de ce golfe, ouvert au vent du large,
brisaient sur des récifs déchiquetés qu'elles
couvraient et découvraient tour à tour ; à chaque
assaut de la vague, un bruit sourd et formi-
dable, comme celui d'une canonnade lointaine,
sortait des cavernes que le flot a creusées dans
le flanc éternellement sapé de la falaise. Raymond songeait que cette vague, dont l'embrun
montait en poussière salée jusqu'à lui, que cette
brise vivifiante dont il remplissait ses poumons,
n'avaient, depuis l'Amérique d'où elles venaient, rencontré aucune terre ; et il trouvait
un charme secret à venger sa faiblesse de
pauvre être débile, que la grandeur de la nature
écrase, en constatant qu'il portait en lui-même

quelque chose d'aussi incommensurable que
cet infini. Il passa là deux heures à rêver.
L'océan, où la crête des lames commençait à
s'ourler d'écume, avait cessé de miroiter à ses
pieds comme une immense nappe de métal en
fusion; le sourire des flots se changeait en menace; des plaques, d'un ton glauque ou laiteux,
formaient çà et là sur la mer des îlots sombres
au milieu du vert pâle qui dominait encore. La
brise se déchaînait à travers l'espace avec des
sifflements de rage, ainsi qu'une force malfaisante qui s'exaspère de ne rien trouver à détruire; sa plainte stridente, pleine de voix
désespérées et de cris d'agonie, se mêlait au
mugissement des flots et au bruit crépitant des
galets roulés sur la grève. Après avoir rassasié
ses yeux de la beauté de ce spectacle, Raymond
se prit à penser qu'il eût été plus doux de le
contempler à deux. Et soudain un malaise indéfinissable l'envahit; il sentit qu'un souffle de
tristesse s'abattait sur son âme et la troublait
jusqu'au fond, comme cette rafale venait de
bouleverser en un instant la mer sous ses yeux.

Il reprit le chemin de l'hôtel; l'accueil gracieux que lui fit Claire effaça les derniers ves-

tiges de l'impression pénible qu'il avait vaguement ressentie.

« Bonjour, monsieur mon mari, dit-elle
en lui offrant sa joue; voyez si j'ai bien travaillé! »

De fait, l'industrieuse activité de la jeune
femme avait déjà transformé la chambre. De
jolies embrasses, faites d'un nœud de ruban
rose, relevaient les rideaux des fenêtres; des
flacons, méthodiquement disposés par ordre de
grandeur, s'alignaient sur le marbre de la che-
minée, avec des brosses d'ivoire, des ciseaux,
des limes, des pelotes d'épingles; les cannes,
les parapluies, les ombrelles étaient soigneusement rangés dans un coin; les tiroirs de la commode, du secrétaire et de l'armoire à glace
étaient pleins; les différents objets contenus
dans chacun d'eux étaient énumérés sur un
petit papier qu'on apercevait en ouvrant. Raymond remarqua même que les taies d'oreiller
des deux lits portaient maintenant une cou-
ronne de baron brodée.

« C'est merveilleux, dit-il; vous avez travaillé comme un ange... Vous aviez donc apporté des taies d'oreiller de Paris?

—Oh! je crois bien,... c'est bien plus propre...
Et puis cela fait très bon effet dans un hôtel...
Maman me l'avait assez recommandé.

— Ah!... Vous n'avez pas apporté des draps
aussi? »

Elle se mit à rire et répondit :

« Cela n'eût pas été convenable... Sans
compter que nous avions déjà bien assez d'ex-
cédent... »

Ils dînèrent gaiement. Le vieux monsieur
décoré s'était placé en face d'elle et continuait à
paraître prodigieusement intéressé par la vue
d'une si jeune mariée. Indifférente à l'attention
générale dont elle était l'objet, Claire mangeait
comme un loup, parlait haut, ou bien se penchait vers son mari pour lui glisser à l'oreille
quelque observation maligne sur leurs voisins.
Quand on en fut au dessert, elle prit et mit tranquillement dans sa poche deux ou trois petits
gâteaux secs.

« Voyons, Claire, on vous regarde! dit tout
bas Raymond ; mangez ces gâteaux ou laissez-
les dans votre assiette... »

Elle parut surprise de l'observation, et répondit que c'était pour son café au lait du len-

demain. Après le dîner, ils allèrent se promener
dans la ville et passèrent quelque temps à regarder les devantures des magasins. Elle mar-
chanda pendant dix minutes un bonnet de bain
en toile gommée, dont la ruche de laine bleue
lui parut arrangée avec goût.

« Vous avez donc l'intention de prendre des
bains de mer? demanda Raymond.

— Ça vous étonne : pourquoi donc pas? »

Finalement elle n'acheta point le bonnet, sur
cette réflexion qu'il était plus simple de s'en
faire envoyer un pareil du Bon Marché, par sa
mère.

Neuf heures sonnèrent. Elle traînait son mari
de boutique en boutique, s'arrêtait à l'étalage,
examinait, touchait les objets, faisait des com-
paraisons avec les prix de Paris. Raymond
l'écoutait à peine et lui répondait distraitement. Des souvenirs, plus troublants à mesure
qu'avançait l'heure, se présentaient à son
esprit...

« Vous êtes restée debout toute la journée,
lui dit-il doucement; vous devez être fatiguée?

— Moi?... Pas du tout.

— S'il ne vous plaît pas de rentrer, voulez-vous que nous allions faire un tour sur la plage?

— Encore!... C'est une manie, décidément... Eh bien, et le Casino, quand est-ce que vous m'y mènerez?... »

III

« ... Notre vie, écrivait quelque temps après Raymond à sa mère, est maintenant fort agitée. Ma femme, qui connaît le monde entier, a retrouvé ici trois ou quatre familles avec lesquelles la sienne est en relation à Paris. Nous ne sommes plus seuls une minute. On déjeune et on dîne de compagnie, on se promène ensemble, on rentre ensemble, ensemble on fait des parties de campagne. J'aurais souhaité un peu plus de tranquillité. Claire est toujours charmante pour moi ; mais elle l'est aussi pour les autres. Je ne voudrais point jouer le rôle de trouble-fête ; pourtant il m'arrive quelquefois de souffrir un peu, en constatant qu'elle n'est déjà plus toute à moi. Que sera-ce, mon Dieu,

cet hiver, à Paris, s'il faut que, même ici, le
monde vienne me la prendre!... »

Depuis une quinzaine, en effet, que le « jeune
ménage » était installé à Biarritz, Claire avait
rencontré au Casino, où elle se faisait conduire tous les soirs par son mari, bon nombre
d'anciennes connaissances. Les déjeuners sur
l'herbe, les promenades en voiture, les courses
à la barre de l'Adour, à Bayonne, à Saint-
Jean-de-Luz avaient aussitôt commencé. C'était
chaque jour de nouvelles parties, d'autant plus
bruyantes et plus folles que l'on y trouvait, au
fond, moins de plaisir, mais qu'il était de bon
goût de paraître s'y prodigieusement amuser;
on rentrait le soir, harassés de fatigue et de
chaleur, blancs de poussière; on se donnait
rendez-vous au Casino, afin d'y dresser, après
dîner, le plan de quelque nouvelle expédition,
aussi agréable, pour le lendemain; et Raymond
assistait avec une sorte de stupeur aux efforts
désespérés de ces mondains pour tromper l'ennui, le morne ennui qui s'abat sur eux dès
qu'ils ont quitté leur Paris. Un soir qu'il écoutait, sans y prendre part, une conversation fort
animée où l'on élaborait le programme d'une

excursion à Fontarabie en breack à quatre chevaux, quelqu'un lui reprocha gaiement de ne pas s'associer avec plus d'entrain à ces divertissements.

« Ne faites pas attention ! s'écria Claire, irritée de l'air un peu maussade que le jeune homme apportait invariablement à ces réunions. Mon mari a toujours beaucoup admiré les stoïciens du tableau de Couture : laissons-le gémir sur la frivolité de ses contemporains... »

Raymond ne parut pas remarquer cette boutade ; mais, vers minuit, quand ils furent rentrés dans leur chambre, il eut une explication avec sa femme.

« Ma chère Claire, lui dit-il d'un ton qu'elle ne lui connaissait pas, vous vous êtes moquée de moi ce soir devant dix personnes. Cela n'est pas très généreux, car je ne vous avais point provoquée, et vous saviez fort bien que je ne me défendrais pas... Je vous interdis de recommencer jamais... »

Lorsqu'elle entendit ces paroles impérieuses sortir d'une bouche qui ne lui avait encore adressé que des paroles d'amour, la jeune femme parut d'abord assez disposée à se rebiffer ; mais au moment où elle haussait les épaules, d'un air de bravade, Claire rencontra un regard si ferme que, pour la première fois de sa vie, elle se sentit aux prises avec une volonté plus forte que la sienne. Surprise et confuse, elle balbutia quelques mots où perçait son dépit, fit sa toilette de nuit en un tour de main, et se coucha, face au mur, sans dire bonsoir à Raymond. Elle sommeillait depuis une heure à peu près quand le bruit d'une porte qui se fermait avec fracas dans le couloir la réveilla. Elle leva un peu la tête et regarda. Le clair de lune entrait dans la chambre par la fenêtre, dont les volets n'avaient pas été fermés; Raymond s'était couché, mais, ne pouvant pas dormir, il se tenait assis sur son lit, placé à l'autre bout de la pièce; la jeune femme le vit porter à plusieurs reprises un mouchoir à ses yeux. Une émotion qu'elle n'avait jamais éprouvée jusqu'alors envahit Claire à ce spectacle; elle eut la révélation soudaine d'une haute valeur morale, d'une énergie virile, accompagnée de douceur et de tendresse, toutes choses qu'elle ne connaissait point, ne les ayant encore rencontrées ni dans son père, ni dans aucune autre personne. Elle se sentit fière d'être aimée par cet homme, qui venait, avec un seul mot, de lui fermer la bouche, et qui maintenant pleurait comme un enfant, tant il souffrait, sans doute, d'avoir été contraint de parler durement à la femme qu'il adorait. Touchée jusqu'au fond du cœur, Claire se redressa, sortit de son lit, traversa la chambre nu-pieds...

« Pardon ! » dit-elle, en se glissant doucement auprès de Raymond.

Et la lune, dont la blanche clarté semblait plus blanche encore en passant à travers les rideaux de mousseline, fut témoin cette nuit-là du premier baiser d'amour vrai que Claire eût encore donné à son mari.

Elle descendit le lendemain plus tard que d'ordinaire. Le vieux monsieur décoré — qui s'était fait présenter à elle et qui se trouvait par hasard, chaque matin, au bas de l'escalier quand elle sortait de sa chambre — remarqua même qu'elle était un peu pâle, et que sa démarche trahissait une sorte de langueur.

« Eh bien ! belle dame, dit-il, en s'approchant pour la saluer, avez-vous bien dormi malgré le vent ?... Seize jours déjà que nous sommes mariée, n'est-ce pas? Comme le temps passe...

— Ne m'en parlez pas, répondit Claire en jetant un regard à Raymond ; il me semble que c'est d'hier ! »

Et elle tourna le dos, assez impoliment, au vieux monsieur : impertinence qui combla d'aise son mari.

Cette journée-là parut courte à Raymond, car il la passa tout entière en tête-à-tête avec sa femme. Ils retournèrent à la « Chambre d'Amour », en se donnant la main, « comme deux mariés des Batignolles, disait Claire, qui vont faire leur pèlerinage à la Cascade ». Ils agitèrent la question du « tu » et du « vous ».

« Savez-vous ce qui est arrivé à mon père, quelque temps après son mariage?... dit le jeune homme. Étant invité à un bal aux Tuileries, il alla se faire couper les cheveux. « *Vous* devriez mettre un peu de cosmétique à monsieur », dit la femme du coiffeur en s'adressant à son mari. Deux heures après, papa et maman entrent dans la salle des maréchaux : « *Tu* connais le capitaine Blachère, n'est-ce pas, Eugénie? » dit l'empereur à l'impératrice. Ce soir-là, mon père et ma mère prirent la résolution de se tutoyer...»

Claire persistant à trouver le « vous » plus distingué, Raymond n'insista pas, bien qu'il préférât le « tu », comme ayant quelque chose de moins solennel, de plus intime, et qui, par conséquent, convenait mieux entre époux.

« Avec les idées que vous avez sur le mariage, disait Claire, je ne comprends pas que vous préfériez dire « tu » à votre femme. Car, enfin, ce serait lui parler comme vous avez parlé à vos maîtresses... On tutoie toujours sa maîtresse, n'est-ce pas?

— Mon Dieu, ma chère Claire, je ne me suis pas livré à des études spéciales sur cette matière...

— Oh!... vous ne me direz pas, j'imagine... D'abord, je vous trouverais stupide, si vous n'en aviez pas eu... Si j'avais été garçon, moi, je vous réponds que...

— Claire!

— Ah! mon Dieu, voilà que je redeviens inconvenante... C'est la « Chambre d'Amour » qui veut ça, décidément... Voyons, mon petit Raymond, soyez gentil et je vous embrasserai bien... Parlez-moi de vos maîtresses... Vous en avez eu beaucoup, n'est-ce pas?... Dites-moi si elles

étaient aussi jolies que moi, et si vous les avez
autant aimées?

— Vous êtes folle, ma chère, de m'adresser
des questions semblables...

— Pourquoi?

— Parce que vous êtes ma femme et qu'une
femme qui parle à son mari de choses pareilles
diminue le respect qu'il doit avoir pour elle.

— Le respect?... Ma foi, pourvu que vous
m'aimiez et que vous ne me trompiez pas, je
crois que je ne tiens pas trop à votre respect...

— Vous avez tort... Le respect est précisément ce qui distingue l'amour qu'on a pour sa
femme de celui qu'on a eu pour une maîtresse...
Ne dites pas de mal du respect, Claire, et plaignez les ménages où il n'existe pas!

— On ne vous a jamais dit que vous parliez
quelquefois comme un pasteur protestant?... Un
jour, à l'Oratoire, j'ai entendu un sermon
dans ce goût-là... C'était à un mariage... Il y
avait en chaire un grand diable de ministre,
maigre et roux. Il nous a dit les mêmes choses
que vous. En sortant, j'ai appris qu'il avait qua-
torze enfants et qu'il en était à sa quatrième
femme, les trois premières étant mortes, je ne

sais pas pourquoi... Jamais, mon ami, je n'ai entendu parler avec tant d'éloquence du respect que l'époux doit à l'épouse!... Non, décidément, le respect, je vous en tiens quitte... C'est trop dangereux... J'aime mieux autre chose.

— Qu'est-ce qu'il vous faut alors?

— Je vous l'ai déjà dit : de la fidélité, parce que je ne suis pas prêteuse...

— Oui, la fourmi non plus... C'est votre moindre défaut... Et ensuite?

— Ensuite, je vous le répète, de l'amour.

— Lequel?... Il y en a plusieurs, et, vraiment, je commence à ne plus savoir quel est celui que vous demandez.

— Raymond, voilà que vous faites votre œil méchant!... Quel amour je veux? Est-ce que je sais, moi?... Évidemment, ce n'est pas un amour de ministre protestant. Ça serait plutôt... Je n'ose pas le dire : vous me feriez une scène...

— Dites toujours.

— Eh bien! ce serait plutôt un amour comme celui qu'un homme du monde doit avoir, il me semble, pour...

— Pour sa maîtresse?

— Oh! mais entendons-nous bien : une maî-

tresse femme du monde, pas la première
venue!... Si vous voulez que je vous dise toute
ma pensée, je me figure que cela serait charmant de nous aimer ainsi... Pas besoin de nous
cacher, puisque nous sommes en règle avec
M. le maire et M. le curé... Vie large, facile,
puisque nous avons déjà tout ce qu'il nous faut,
en attendant que nous soyons très riches... Un
bel appartement tel que je le conçois : chambre
à coucher, salle à manger, lingerie avec le gaz,
trois salons, fumoir, grande antichambre...
Réceptions bien organisées : ni trop de monde,
ni trop peu ; pas de femmes trop compromises ni
d'hommes trop tarés ; quelques diplomates : il
n'y a rien de plus meublant que les diplomates ;
un ou deux compositeurs, pour le piano, des compositeurs jeunes, de bonne volonté, à qui l'on
puisse faire jouer d'autre musique que la leur ;
— des gens de lettres, parce qu'un écrivain qui
reçoit ses confrères semble toujours avoir plus
de talent qu'eux ; un grand homme, mais pas
plus d'un à la fois... Comme je sens que je vous
arrangerai cela, et que je vous ferai honneur, et
que nous serons avant six mois le ménage le
plus envié de Paris, si vous me laissez faire!...

— Ma chère Claire, dit Raymond, je n'ai pas besoin de vous dire que votre programme de vie s'éloigne assez sensiblement du mien. Nous recauserons de tout cela quand il en sera temps... Sachez seulement, pour aujourd'hui, que l'immoralité inconsciente qui se montre quelquefois en vous me confond... et qu'elle me désespérerait, si je n'avais l'espoir et la volonté de vous en guérir.

— Quelle immoralité? demanda-t-elle, surprise. J'ai dit quelque chose de mal?

— Non... Rien... Ce n'est pas votre faute... Vous êtes un enfant, qui ne sait pas ce qu'il dit, et qui aurait honte de lui-même s'il le savait... Allons-nous-en... »

Ils marchèrent en silence à côté l'un de l'autre pendant quelques instants. Tout à coup, Claire se mit à rire et dit :

« Est-ce que vous portez toujours un parapluie, Raymond?

— A quel propos me demandez-vous cela?

— Oh! c'est une question que j'ai envie de vous faire depuis longtemps... Tenez, depuis le jour où je vous ai rencontré au presbytère avec l'abbé...

— Ah!... Eh bien! puisque cela vous inté-
resse, j'en porte lorsque le temps me paraît
menaçant, comme aujourd'hui.

— Oui... Sans doute... Seulement, il me
semble que le temps vous paraît souvent me-
nacer... Et puis, là, vrai, vous avez des parapluies de l'autre monde... Enfin, vous ne comprenez rien au parapluie... Celui que vous avez
à la main, par exemple, est déplorable. Voyez
comme il est gros, comme il est lourd... C'est
une tente... Le pasteur protestant dont je vous
parlais tout à l'heure en a un dans ce genre-là :
il y a place dessous pour toute sa famille...

— Voilà, dit Raymond, que vous recom-
mencez à vous moquer de moi... Enfin, nous
sommes seuls, je vous pardonne... Seriez-vous
assez bonne pour me communiquer maintenant
vos idées sur cette grave matière?

— Plus grave que vous ne pensez... »

Et elle se mit à développer, de verve, la
théorie de l'importance du parapluie dans la toilette masculine. Elle décrivit tous les aspects
qu'il peut prendre, selon qu'il est ouvert, fermé,
roulé, avec ou sans fourreau, mince ou gros,
lourd ou léger, fin ou épais de manche : chacun

de ces aspects, prétendait-elle, a la valeur d'une
révélation sur les goûts, le caractère, le tempérament, l'état social du porteur. Il est des
parapluies aristocratiques et il en est de bourgeois ; quelques-uns ont l'air vieux, las, décou-
ragé ; d'autres, l'air jeune, artiste et conquérant ;
le même ne saurait convenir à un attaché d'ambassade et à un membre de l'Institut, à un offi-
cier en civil et à un notaire, à un peintre et à
un dentiste ; certains ont je ne sais quoi de rustique et de vétérinaire qui peut encore se supporter à la campagne, mais qui choque sur le
boulevard ; ceux-ci éveillent des idées de sacristie, comme les redingotes des pions de Sta-
nislas, ceux-là des idées de confort, d'élégance,
de luxe, de haute vie... Enfin, c'est un monde !

« Vous êtes très amusante, ma chère Claire,
dit Raymond avec un sourire un peu triste ;
vous devez avoir beaucoup de succès dans le
monde...

— Oh ! jusqu'à présent, je n'y ai pas encore
débuté pour de bon... C'est si gênant d'être
jeune fille ! Il faut toujours avoir sa langue dans
sa poche, faire la grue...

— Je vous conseille d'éviter cette expression.

— Pourquoi?

— Elle n'a pas toujours le sens que vous lui attribuez... et dans l'autre sens elle est inconvenante.

— Tiens, je ne savais pas; c'est étonnant...

— Oui,... j'ai remarqué que vous étiez assez bien informée, en général.

— Mon Dieu, vous savez, on apprend le plus qu'on peut... Je vous disais donc que je compte bien avoir du succès, cet hiver... Vous verrez comme vous serez content de moi!... Et, maintenant, allons prendre notre bain, voulez-vous? »

Raymond avait reçu la veille, de sa mère, une lettre où celle-ci lui conseillait d'obtenir, dans l'intérêt même de la santé de Claire, que la jeune femme se livrât avec beaucoup plus de modération à son goût pour les bains de mer : et il avait lu entre les lignes la pensée de tendre sollicitude qui inspirait ces recommandations. Il profita donc de l'occasion qui s'offrait pour indiquer discrètement que ces bains trop fréquents étaient de nature à compromettre la plus douce et la plus chère de ses espérances.

— N'insistez pas, mon cher, répliqua Claire

d'un ton sec; j'en prendrais deux par jour, si j'étais sûre de ce que vous me dites. »

Raymond devint tout pâle; et cette journée, si bien commencée, se termina pour lui dans une tristesse affreuse.

IV

Parmi les membres de la colonie parisienne qui vient chaque été passer un mois ou deux à Biarritz, les gens du pays citent avec orgueil, comme une des plus fidèles habituées de leur plage, la très riche et très noble marquise de Sizerac. La marquise est une femme entre deux âges, plus près de celui qu'on cache que de celui qu'on avoue, grande, et conservant d'honorables vestiges d'une beauté blonde qui brilla du plus vif éclat dans les dernières années de l'empire. Depuis lors, sa taille s'est un peu épaissie; sa gorge, qui eut de bonne heure une tendance à l'épanouissement, es devenue prépondérante à charmer les yeux de Rubens; mais les lignes du visage sont restées si pures, le port si majestueux, — d'une majesté naturelle, sans raideur comme sans apprêt, — qu'elle ne laisse pas de faire encore, le soir surtout, beaucoup d'effet dans un salon, et qu'il faudrait avoir l'esprit chagrin pour regretter outre mesure sa métamorphose de Vénus en Junon. Le bruit court que cette belle déesse a daigné s'humaniser plus d'une fois; qu'ayant un cœur sensible et compatissant, elle a souvent — quelques-uns disent toujours! — trouvé cruel d'infliger à ses adorateurs les rigueurs de cette intransigeante vertu qui décourage l'amour; on cite des noms, — beaucoup de noms, — une interminable liste de soupirants auxquels elle se serait montrée pitoyable... Mais que ne dit-on pas, dans le monde?

Elle vit séparée depuis longtemps du marquis, excellent gentilhomme, membre du Cercle agricole et spécialiste dans les affaires d'honneur, qui, moyennant une forte pension annuelle, laisse à sa femme toutes les libertés qu'un mari bourgeois ne saurait laisser, même gratis, à la sienne sans y gagner un fâcheux renom. La marquise a trois grands fils, « un peu niais, dit-elle, tout le portrait de leur père », dont elle se soucie à peu près autant

que de son mari, deux belles-filles, qu'elle
dépeint volontiers, comme étant d'une bêtise
phénoménale, et plusieurs petits-enfants, dont
elle ne sait pas au juste le nombre. L'indépendance de ses allures, qui n'a d'égale que celle
de son langage; la hardiesse de ses opinions,
le tour ironique et paradoxal de son esprit, le
dédain qu'elle affiche pour toutes les petites
pruderies mondaines, ne laissent pas de scan-
daliser un peu, au Faubourg. On lui reproche
de s'encanailler à plaisir. Et, de fait, son salon
est le rendez-vous d'un monde bizarre : poètes
symboliques ou déliquescents, philosophes illu-
minés, artistes méconnus, compositeurs dont
la musique fait aboyer les chiens, spirites,
chiromanciens, graphologues, attachés d'ambassade japonais, s'y rencontrent avec des
femmes de lettres qui écrivent des romans in-
dous, des voyageuses anglaises qui parcourent
l'Europe en tricycle, et des jeunes filles russes,
nihilistes, qui jouent du violoncelle. Toute
compromise qu'elle est par ses goûts bohèmes,
et bien que la médisance trouve à s'exercer
sur la cour de petits jeunes gens dont elle
aime à s'entourer, sous prétexte de protéger

et de mettre en lumière des talents naissants,
la marquise a conservé de très belles relations. Elle est reçue partout; on va chez elle
le mardi, jour qu'elle a réservé pour le vrai
monde et où l'on a chance, en venant la voir,
de ne pas tomber sur des expériences de tables
tournantes ou une audition de mélodies mon-
ténégrines. Les autres jours de la semaine, de
quatre à sept, appartiennent à ses vrais amis.
Dans ce petit cénacle, elle se laisse traiter en
camarade, sans s'interdire de redevenir grande
dame à l'occasion et de remettre à leur place,
avec une impertinence hautaine, les nouveaux
venus qui se sont permis d'aller dans la voie de
la familiarité plus vite et plus loin qu'il ne lui
plaît. Telle qu'elle est, — avec son mépris des
conventions et des préjugés, sa haine de
l'hypocrisie, l'audace de sa conduite, de ses
propos et de ses idées, sa passion pour les
choses de l'esprit, son intelligence très vive,
éprise de tout ce qui est nouveau, original,
étrange même, son immoralité tranquille et
saine, si l'on peut dire, car ses caprices, qu'elle
ne se donne même pas la peine de cacher, sont
imputables à un tempérament trop riche, au

lieu de l'être, comme il arrive si souvent aujourd'hui, à certain dévergondage de l'imagination, — la marquise donne assez bien l'idée
d'une femme de la Renaissance ou de la cour
des derniers Valois, égarée dans le bourgeoi-
sisme de notre siècle.

Raymond, dont le père avait été autrefois
en relation avec elle, ne put se dispenser de
lui présenter sa femme. Mme de Sizerac fit à
Claire le plus gracieux accueil; on alla voir, de
compagnie, à Saint-Sébastien, des courses de
taureaux où devait paraître une « première
épée » que la marquise proclama, avec conviction, l'homme le mieux fait qu'elle eût encore
vu : louange qui, venant d'une personne aussi
compétente, était particulièrement flatteuse
pour le toréador.

« Eh bien ! que vous semble des courses
de taureaux ? » demanda-t-elle quand tout fut
fini.

Raymond répondit que l'éventrement des
chevaux lui avait paru chose immonde.

« Bah !... dit Claire, ils sont si vieux !

— Ah çà ! s'écria la marquise en riant, quel
ménage faites-vous donc?... Comment, c'est le

mari qui a le cœur sensible et la femme qui ne
l'a pas !... »

Ils rentrèrent à Biarritz par le train du soir.
Chemin faisant, Mme de Sizerac s'étendit en
considérations très ingénieuses sur la finesse
des attaches et la vigueur du jarret chez les
Espagnols. Sa conclusion, assez inattendue,
fut que Claire devait être fière de son mari
pour plusieurs raisons, et pour celle-ci entre
autres, que Raymond avait une structure émi-
nemment espagnole. Claire pensa intérieurement que cette grande dame aimait à s'occuper
de choses qui ne la regardaient pas, et que la
structure de Raymond se serait fort bien passée
de cet éloge. Puis elle eut un petit mouvement
de dépit, sans trop savoir pourquoi, examina
son mari avec plus de soin qu'elle n'en mettait
d'ordinaire à le considérer, et, après avoir
dressé un rapide inventaire de sa « structure »,
trouva, en fin de compte, que la marquise
n'avait pas déjà si tort.

Comme on causait de Biarritz et des
gens qu'on y voyait, le nom du vieux monsieur décoré vint à passer dans la conversation.

13

« Vous connaissez sa spécialité? demanda
négligemment Mme de Sizerac.

— Ma foi, non, répondit Claire.

— D'où sortez-vous, ma petite?... C'est un
frôleur, ce bon vieillard!...

— Un frôleur?

— Comment, vous ne savez pas?... Votre
mari ne vous a donc rien appris : à quoi passe-
t-il son temps?... Eh! oui, un frôleur : le monde
en est peuplé... Il s'accroche aux jeunes
femmes, surtout nouvellement mariées... Ça
lui donne du ton,... ça le ragaillardit, enfin...
Vous lui expliquerez cela, n'est-ce pas, monsieur?...

— C'est donc ça, dit Claire, qu'il a une façon
si drôle de donner la main,... en vous massant
un peu,... comme s'il voulait vous amincir le
bout des doigts!

— Chut! fit la marquise, qui riait comme
une folle, nous scandalisons votre mari... »

Elle se mit alors à interroger Raymond sur
ses travaux, et celui-ci répondit d'autant plus
volontiers qu'il n'avait eu, depuis longtemps,
l'occasion d'en parler à personne. Il exposa le
plan du roman que son mariage avait inter-

rompu; la marquise en trouva l'idée ingénieuse
et déclara qu'elle croyait au succès. Encouragé
par ces paroles bienveillantes, heureux des
questions qui lui étaient adressées avec une
intelligente curiosité, le jeune homme dépouilla
une certaine sauvagerie un peu hautaine et se
livra tout à fait. Il parla d'une comédie dont il
avait depuis plusieurs mois le scénario en
portefeuille, d'un volume de vers qu'il comptait publier quelque jour.

« Mais vous ne m'avez jamais dit un mot de
tout cela! s'écria Claire, soudain reprise d'un
accès de mauvaise humeur.

— Excusez-moi, ma chère, répondit Raymond. Je savais que ces questions vous intéres-
saient fort peu. »

Et, sans remarquer qu'elle se rencognait,
d'un air boudeur, dans un coin du wagon, il se
remit à causer tranquillement avec Mme de
Sizerac. Claire faisait semblant de dormir, mais
elle ne perdait pas un mot de ce qui se disait.
Il lui parut que son mari s'exprimait décidément fort bien, que sa voix grave donnait je ne
sais quel charme à sa parole, qu'il avait des
idées à lui et une façon de les exposer qui ne

ressemblait point à celle de tout le monde;
mais ce qui la frappa surtout, c'est que la marquise l'écoutait avec un manifeste intérêt.

Le lendemain matin, ils reçurent un billet
de Mme de Sizerac qui les invitait, pour le soir
même, à venir dîner chez elle, « tout à fait
sans cérémonie, avec quelques amis de passage ». Ils arrivèrent vers six heures à la villa
Hortense, sorte de chalet construit sur la falaise,
au milieu d'un grand jardin plein de fleurs,
que d'épais massifs de tamaris protègent contre
les vents du large. Étendue, en plein air, sur
une chaise longue, la marquise, vraiment fort
belle dans sa toilette de crêpe de Chine blanc,
rehaussée de nœuds de velours grenat, fumait
des cigarettes, tandis qu'une jeune négresse
agitait au-dessus de sa tête un immense éventail en plumes de paon. Cinq ou six personnes étaient groupées autour d'elle, en des
poses aussi abandonnées que la sienne : un
vieux monsieur chauve et portant lunettes se
montrait, à quatre pattes, au milieu d'une pelouse, dans l'attitude d'un animal qui broute,
laquelle est aussi celle des gens qui observent
les fourmis; un autre, jeune, était allongé dans

l'herbe, sur le dos, les bras en croix, et paraissait dormir; un troisième, la pipe à la bouche,
chevauchait une chaise; deux étaient assis, à
peu près convenablement, sur un banc; une
grosse femme brune, écroulée dans un fauteuil à bascule, se balançait en imprimant avec
le pied un mouvement de va-et-vient à son
siège; des bouteilles de *pale-ale*, une carafe de
limonade, des verres étaient disposés sur une
table.

« Tiens, dit Claire à mi-voix, on dirait que
nous arrivons à Robinson. »

En apercevant la jeune femme, Mme de
Sizerac se leva et toussa légèrement, ce qui eut
pour effet immédiat de leur faire prendre à tous
des postures plus correctes. Avec une aisance
parfaite, elle fit les présentations. Claire apprit
ainsi que la grosse dame brune — dont
l'effroyable corpulence rendait incertain le
résultat du conflit engagé entre ses charmes et
son corset — était une phanariote, Mme Théo-
phanie Contouriadès, qui « s'occupait de
poésie ». Le vieux monsieur s'appelait Durand-
Bey : il avait longtemps habité l'Égypte, voyagé
chez les Nyams-Nyams, et composé un ou-

vrage fort intéressant sur les mœurs des ter-
mites; un petit jeune homme blond, à moustache naissante et frisée, rose de teint, timide
comme une jeune fille, était Cyprien Bordère,
romancier dont les débuts avaient eu un certain
retentissement; les trois autres appartenaient
également au monde de la littérature ou des
arts et portaient des noms absolument inconnus,
que la marquise énonça d'un air plein de considération.

On fit le tour du jardin, puis on se mit à
table. Raymond était à la droite de la maîtresse
de la maison, qui lui faisait toutes les grâces
imaginables. Le jeune homme blond et rose
raconta une nouvelle qu'il allait bientôt publier.
C'était une « contribution à l'enquête sociale »,
la « monographie » d'une fille de cuisine, mise
à mal, au premier chapitre, par un hercule de
foire, et qui, après avoir au second accouché
— avec les fers — d'un enfant mort, mourait
au troisième, asphyxiée dans sa cuisine par les
exhalaisons de l'évier, un jour d'orage qu'elle
épluchait des carottes.

« J'ai mis près de deux ans à documenter
mon étude, ajouta-t-il timidement. L'accouche-

ment, surtout, m'a donné beaucoup de mal... à cause des fers.

— Je vous crois!... fit Mme de Sizerac. Avez-vous un bon titre au moins? »

Il baissa les yeux et répondit d'un air modeste.

« *Souillon* », madame la marquise.

— Ah! dit-elle, ces jeunes gens d'aujourd'hui ont des idées charmantes!... Vous aurez un succès énorme, mon cher!... cinquante éditions! »

Sur ce, la conversation devint générale; on parla des dernières œuvres publiées par les auteurs les plus en vue, on en fit la critique ou l'éloge. Claire n'aurait pas été fâchée de dire son mot, comme les autres, mais elle se sentait trop peu solide sur ce terrain pour oser s'y aventurer, et souffrait d'autant plus cruellement dans son amour-propre de cette abstention forcée, qui risquait de la faire passer pour une sotte, qu'elle avait une propension à mettre le plus possible son envahissante petite personne en avant.

A mesure que la conversation s'animait, elle se trouvait plus dépaysée dans ce milieu; le

spectacle de cette femme à la mode, riche,
titrée, qui semblait s'intéresser passionnément
à la discussion et ne dédaignait pas d'y prendre
part, enlevait à Claire la consolation de penser,
comme elle n'eût pas manqué de le faire, que
les questions littéraires étaient bonnes seulement pour des cuistres.

Cependant Raymond avait pris à partie Bordère, et attaquait vigoureusement les théories
que venait d'émettre l'éphèbe naturaliste. Il
revendiquait, pour les romanciers, le droit de
compléter, de modifier, de transformer même,
au gré de leur imagination, les données fournies
par l'observation, soutenant qu'il n'y a véritablement œuvre d'art qu'à ce prix. Contre cette
thèse, Bordère invoquait les arguments ordi-
nairement employés par son école : la vérité
plus grande, le caractère plus profondément
humain, la puissance, l'intensité de vie des
œuvres directement inspirées par la réalité.
Stimulé par la contradiction, Raymond apporta
dans sa réplique une verve et une éloquence
singulières; tous les regards s'étaient tournés
vers lui; on l'écoutait avec quelque chose de
plus que la simple attention, avec une sympa-

thie qui s'adressait moins à ses idées qu'au talent dont il faisait preuve en les défendant. Claire ne s'y trompa point; et la surprise qu'elle éprouva de cette constatation eut pour effet de la mettre en un état d'esprit singulier. Elle se sentit tout ensemble satisfaite et mécontente; flattée dans son amour-propre de femme du succès qu'obtenait Raymond, particulièrement auprès de Mme de Sizerac, et en même temps furieuse, aussi bien contre lui que contre la marquise, de ce succès même; fière de son mari, pour la première fois, mais irritée, aussi, par la révélation soudaine d'une supériorité qui reléguait son propre mérite — dont elle avait une opinion fort avantageuse — au second plan, et qu'elle ne se résignait point à rencontrer chez autrui, fût-ce chez l'homme dont elle portait le nom, sans que le premier mouvement de sa nature très personnelle fût d'en concevoir un peu d'envie.

Le dîner fini, on passa au salon.

« Eh bien! dit la marquise en entraînant Claire dans un coin, êtes-vous contente?... Votre mari a eu un véritable triomphe! Vous allez nous faire de la musique, tout à l'heure?

— Excusez-moi... Je ne suis pas musicienne ; je n'aime pas plus la musique que la littérature... »

A cette phrase, jetée d'un ton sec, la marquise riposta avec un peu de hauteur :

« Vraiment?... Eh bien ! tant pis pour vous, chère madame... »

Et, lui tournant le dos comme on fait à un enfant grognon, elle alla rejoindre Raymond, qui causait à l'autre bout du salon. « Décidément, pensa Claire, tout le monde ici me dédaigne : ceux-ci, parce que je ne connais rien à leur littérature ; celle-là, parce que je ne suis pas née au Faubourg... » Ayant eu jusqu'alors mainte occasion de voir, dans le monde où elle fréquentait, la considération se mesurer à la fortune, la jeune ambitieuse ne put, sans étonnement et sans dépit, constater que ces millions paternels, qui naguère lui valaient encore tant d'hommages, semblaient, dans un milieu nouveau, perdre de leur vertu. Cette humiliante découverte, tout en fournissant à sa mauvaise humeur un grief de plus contre ce mari qui lui dérobait les égards qu'elle se croyait dus, eut aussi pour effet de la contraindre à s'avouer qu'en l'épousant elle n'avait pas déjà fait un si mauvais marché, et de placer par conséquent Raymond un peu plus haut qu'auparavant dans son estime, c'est-à-dire dans son affection : car l'instinct utilitaire de sa nature la portait à s'attacher aux gens en raison des avantages qu'elle tirait d'eux.

« Messieurs, dit tout à coup la marquise, je crois être votre interprète en demandant à Mme Contouriadès de nous dire quelques vers... »

Cette motion fut bruyamment approuvée. Claire, sentant qu'il était ridicule d'avoir l'air de bouder dans un coin, se rapprocha du groupe et joignit ses instances à celles de Mme de Sizerac. La poétesse, après une assez molle défense, se leva. Ils s'assirent ; un silence se fit ; elle mit la main sur son cœur et jeta d'abord ce seul mot : « Chinoiserie ».

Puis, d'une voix où sonnait un reste d'accent exotique et qui roulait terriblement les *r*, l'énorme dame commença :

J'habite en une tour de fine porcelaine...

La marquise et Claire échangèrent un regard dénotant l'étonnement que leur inspirait le choix de ce domicile.

> Sur la rive du grand Peï-Ho
> Où les noirs caïmans à la fétide haleine...

« Bravo ! » cria le romancier naturaliste.

> Pleurent, le soir, au bord de l'eau.
> Je suis mignonne et frêle autant qu'un oiseau-mouche...

Claire et la marquise se regardèrent derechef, en agitant leurs éventails afin de dissimuler une légère envie de rire.

> J'ai des yeux verts, de fins sourcils;
> L'imperceptible pied perdu dans ma babouche
> Me console de tous soucis.
> . . . .

Une salve d'applaudissements salua la dernière strophe.

« Eh bien ! baron, dit Mme de Sizerac, et vous ?... Est-ce que vous n'allez pas nous dire quelque chose à votre tour ?... Vous ne savez rien par cœur : mauvaise défaite... Tenez, voici mon album à autographes : je ne vous laisse point sortir d'ici que vous ne m'ayez au moins écrit quelques vers sur cette page. Nous allons respirer un moment dehors ; mettez-vous à l'ouvrage, personne ne vous dérangera.

Ils rentrèrent au bout d'une demi-heure, après avoir fait le tour du jardin.

« Eh bien! dit Claire à mi-voix en s'approchant de son mari, les beaux yeux de la marquise vous ont-ils heureusement inspiré?

— Je ne crois pas, répondit-il simplement; j'ai fabriqué tant bien que mal quatre pauvres strophes : c'est tout ce que j'ai pu faire... »

A la demande générale, il lut ces vers :

Albert Dürer, vieux maître au pinceau hiératique,
Toi qui d'un nimbe d'or cerclais le front des saints,
Et qui des séraphins, par piété mystique
Faisais dans tes ciels bleus voltiger les essaims!

Quand tu portais en toi la vision amère
Que ta main, rude encor, au burin confia,
Et que dans ton esprit, comme en un sein de mère
Tu sentais palpiter ta Melancholia,

Si celle qui m'est chère avait pu t'apparaître,
Qu'elle eût fixé sur toi son regard triste et doux,
Peut-être aurais-tu bien devant elle, ô vieux maître,
Comme au pied des autels plié les deux genoux.

Tu te serais caché la face contre terre,
Éperdu, tressaillant d'un indicible effroi,
Et demandant à Dieu par quel profond mystère
Ton rêve respirait et marchait devant toi!

« Bravo, bravo, bravo! » s'écria Mme de Sizerac avec enthousiasme.

Elle ajouta, en se penchant à l'oreille de
Claire :

« Savez-vous que je ne vous plains pas
d'avoir un mari comme celui-là ! »

Claire ne répondit pas. « C'est la seconde
fois depuis hier, pensait-elle, que cette marquise me félicite d'avoir Raymond pour mari;
quand donc le félicitera-t-elle, lui, de m'avoir
pour femme? » Elle traversa le salon; et, tirant
brusquement Raymond par la manche :

« Allons-nous-en, dit-elle tout bas, d'un ton sec
et impérieux. J'ai assez de poésie comme cela !...»

Ils revinrent à l'hôtel sans échanger une
parole. A mesure qu'elle repassait dans son
esprit les divers incidents de la soirée, Claire se
sentait de plus en plus envahie par la colère,
— une de ces colères folles, comme en ont les
enfants et les femmes, en qui l'imagination,
sous l'empire d'une émotion, s'exalte soudain,
se grise en quelque sorte, grossit, dénature les
faits, invente des circonstances, déraisonne enfin
à plaisir. Elle récapitulait avec rage ses griefs
contre la marquise, contre les gens qu'elle avait
rencontrés là, contre son mari même : on l'avait
traitée comme une petite pensionnaire incapable

d'avoir où d'exprimer une idée ; on ne lui avait
ni parlé ni fourni l'occasion de dire un mot ;
cette femme, qui recevait des individus sortis on
ne sait d'où, n'était qu'une vieille coquette et
une impertinente... Lancée sur cette voie, elle
eut bonne envie, pour se soulager, de faire une
scène à Raymond ; mais le souvenir de la manière dont il avait froncé les sourcils au moment
où elle le tirait par la manche, son air sévère,
depuis qu'ils avaient quitté la villa, lui en ôtè-
rent le courage. Aux divers sujets d'étonnement que cette soirée lui avait fournis s'ajouta
donc celui de sentir qu'un vague instinct de
docilité s'était insensiblement substitué en elle,
sans qu'elle sût quand ni comment, à l'habitude
depuis si longtemps prise de tout braver et
de ne demander jamais conseil pour agir qu'à
sa fantaisie seule. En vain, pour se donner du
cœur, elle évoqua le souvenir de diverses circonstances où elle avait cherché querelle, soit
à son père, soit à sa mère, et fait plier la
volonté de ses parents devant la sienne ; en y
réfléchissant, il lui parut au-dessus de ses
forces de tenter la même expérience sur Raymond. Sans vouloir s'avouer que cette timidité

nouvelle était, au fond, un hommage rendu à ce mari qui, par le seul ascendant de son caractère, lui avait si vite enseigné le respect, Claire comprit, ce soir-là, que le temps des rébellions était passé : et ce fut sans regret, avec une sorte de gratitude même, qu'elle se sentit à demi domptée, car la plus grande joie de la femme, après celle d'aimer, est celle d'obéir.

Quand ils rentrèrent dans leur chambre, elle était déjà beaucoup plus calme.

« Peut-on savoir qui est la personne que vous avez appelée dans vos vers « celle qui m'est chère »? dit-elle tout à coup.

— Qu'importe?... Ne m'avez-vous pas déclaré tout à l'heure que vous étiez lasse de poésie?... Laissons cela.

— Non... Je veux savoir... Qui est-ce? »

Il fit un mouvement d'impatience et répondit avec une certaine brusquerie :

« Eh bien! c'est vous... Vous sembliez triste, après le dîner... Votre air m'a fait penser, je ne sais pourquoi, à une gravure d'Albert Dürer que j'ai dans ma chambre, à Château-Frayé. Mme de Sizerac m'ayant demandé quelques vers, j'ai pris la première idée venue, qui s'est trouvée être celle-là...

— Alors, je vous suis toujours chère? » interrogea-t-elle d'une voix très douce. Elle penchait un peu de côté la tête en le regardant, comme un enfant câlin qui mendie une caresse. Mais il n'y fit pas attention, étant occupé à chercher quelque chose au fond d'un tiroir.

« Pourriez-vous me dire où vous avez rangé ma pipe? » fit-il froidement, sans répondre à la question. Elle tressaillit, et le rouge de la colère reparut sur ses joues.

« Votre pipe!... Je suppose que vous n'allez pas empester la chambre de tabac, à cette heure?...

— Rassurez-vous... Je vais fumer dehors... »

Il sortit. Claire resta immobile un instant, comme frappée de stupeur. Puis elle se déshabilla et se coucha. Quand elle fut au lit, ses nerfs se détendirent tout à coup et elle se mit à sangloter, ce qui ne lui était pas arrivé depuis son enfance. De grosses larmes roulaient sur ses joues, larmes de rage, d'humiliation, larmes de désespoir aussi, car il lui semblait que pour avoir répondu si durement, pour être parti sans

14

lui dire bonsoir, sans l'embrasser, sans la regarder même, il fallait que son mari ne l'aimât
déjà plus ; et cette idée, qui pour la première
fois se présentait à son esprit, la remplissait
d'une intolérable angoisse. Elle cacha sa tête
dans l'oreiller humide de pleurs ; des secousses
nerveuses agitèrent violemment son corps sous
les draps, qu'elle mordait en proférant contre
la marquise des menaces entrecoupées d'une
sorte de hoquet convulsif. A un certain moment, elle se redressa, croyant entendre le pas
de Raymond ; et son cœur battait avec force,
elle tendait les bras vers la porte, elle murmurait tout bas son nom ; mais le bruit de pas
s'éloigna, se perdit dans le couloir. Alors elle
sauta à bas du lit, courut à la fenêtre, l'ouvrit
toute grande et se pencha en avant pour regarder : la nuit était noire, le grondement sinistre
de la mer remplissait l'espace, un coup de vent
s'engouffra dans les grands rideaux blancs et
les gonfla comme une voile en éteignant presque la bougie... Claire eut peur, referma la
fenêtre et se blottit en frissonnant dans son lit
froid. Elle songeait : « Il y a trois semaines,
c'était lui qui pleurait, pendant la nuit, comme

je fais en ce moment... J'ai été le consoler...
Pourquoi ne vient-il pas près de moi, comme
je suis allée près de lui?... Où est-il?... A quoi
pense-t-il? A cette femme, sans doute!... » Ses
larmes coulèrent de nouveau, chaudes et pres-
sées, jusqu'au moment où, une torpeur d'acca-
blement l'ayant envahie, elle ferma les yeux
et, ramassée en une pose frileuse qui la faisait
paraître aussi petite qu'un enfant, s'endormit
tout d'un coup, la bouche ouverte, avant même
que le dernier pleur eût séché sur sa joue.

Pendant ce temps-là, Raymond se promenait
sur la plage en fumant la pipe de Cavaroc, qu'il
n'avait pas encore essayée et qui lui parut excellente.

« Je serais bien sot, pensait-il, de me priver
plus longtemps de fumer. »

Puis il se mit à songer à la soirée qui venait
de s'écouler, aux compliments qu'il avait reçus
et dont la douceur avait laissé quelque chose
de suave dans sa mémoire, comme on garde
aux lèvres le bouquet d'un vin généreux longtemps après qu'on l'a bu; il se sut gré à lui-
même du petit succès qu'il avait remporté et
sentit son ambition stimulée par le désir d'en

remporter d'autres et de plus retentissants; il
décida que la marquise était une fort aimable
personne, hospitalière, intelligente, instruite,
spirituelle, jugea d'autant plus déplacée l'attitude maussade que sa femme avait cru devoir
prendre, et s'indigna tout de bon au souvenir
de la brusque et discourtoise retraite qu'une
incompréhensible fantaisie de Claire lui avait
imposée.

Il rentra d'assez méchante humeur. Toutefois, ayant ressenti une sorte de remords en se
rappelant qu'il n'avait pas dit bonsoir à sa
femme, il s'approcha du lit et la regarda. Elle
dormait profondément. S'il avait pu soupçon-
ner ce qui s'était passé quelques minutes auparavant dans cette jolie tête pâle et fatiguée,
tout son amour, son bel amour des premiers
jours, l'aurait soudain ressaisi et jeté à genoux
près de cette couche. Mais il était à l'une de
ces heures où l'amour, sans commencer encore à décroître, a cessé de grandir; or cet
amour, que le désenchantement guette déjà,
ne sait plus deviner, chez l'être aimé, les mystérieuses choses du cœur qu'un sûr instinct
lui révélait naguère. Raymond ne s'aperçut pas

plus que les cheveux de Claire étaient épars
sur l'oreiller, qu'il n'eut l'idée de passer ses
doigts dans leurs ondes soyeuses pour se donner à lui-même la volupté de frémir à la douceur de ce contact; il ne vit ni le cercle de
bistre qui estompait les paupières baissées, ni
le sillon laissé par les larmes sur le duvet de
la joue. « Elle dort », pensa-t-il; et il craignit
de la réveiller en mettant un baiser sur ces
lèvres qui, l'instant d'avant, réclamaient les
siennes; et il alla se coucher, sans se douter
que jamais cette charmante femme, qu'il laissait dormir seule, ne l'avait encore aimé autant
qu'elle venait de l'aimer ce soir-là.

V

Le lendemain matin, Claire, à peine réveillée, exprima le désir de partir le jour même pour Paris, au lieu de rester à Biarritz une huitaine encore, comme il, avait été convenu : Biarritz l'ennuyait, décidément; la saison s'avançait, et il était grand temps de songer à l'installation de leur appartement; surtout, elle éprouvait le besoin de revoir sa mère... Raymond, un peu surpris de cet accès de tendresse subite, objecta qu'on aurait de la peine à être prêts, qu'il y avait à faire quelques visites d'adieu.

« Ah! oui, dit-elle, chez la marquise... Eh bien! la marquise se contentera d'un P. P. C. qu'on ira porter chez elle après déjeuner... A moins que vous ne préfériez composer d'ici là une épître en vers pour lui annoncer notre départ. Cela serait du dernier galant; qu'en dites-vous?... »

Quelques heures après, quand le train s'ébranla pour quitter la gare, Raymond et Claire, seuls en face l'un de l'autre dans leur compartiment, se regardèrent, et le regard qu'ils échangèrent fut grave comme les pensées qui s'agitaient dans leur esprit. Au même instant, et sans qu'ils eussent besoin de la parole pour s'en faire part, le même sentiment s'empara d'eux. Ils se disaient que cette minute était solennelle, parce qu'ils entraient dans l'inconnu d'une nouvelle phase de leur vie; parce que quelque chose venait de finir qui jamais plus ne recommencerait pour eux; parce qu'enfin ils quittaient, sans savoir quand ils reverraient, ni même s'ils devaient revoir ces lieux auxquels ils se sentaient maintenant attachés par mille liens mystérieux, ce coin de terre qu'ils croyaient naguère encore semblable à un autre et qui ne l'était point, puisqu'il se parait soudain, au moment même où ils l'abandonnaient, d'un charme spécial tout à la fois doux et mélancolique, fait du souvenir de ces premiers baisers qu'ils y avaient échangés. Et, tandis qu'ils

voyaient fuir le paysage devenu depuis six
semaines familier à leurs yeux, une tristesse
subtile les pénétrait l'un et l'autre, s'insinuait
jusque dans les plus intimes profondeurs de
leur être : car c'est une des misères de l'homme
de ne pouvoir quitter un lieu pour un autre
sans que l'importune idée de sa fragilité l'as-
saille aussitôt ; — sans que l'incertitude où il
est de revenir jamais à cet endroit éveille en
lui l'appréhension vague d'un départ autrement
terrible ; — sans qu'il se mêle, enfin, à l'adieu
qu'il jette à ce point de l'espace, je ne sais quel
regret des heures qu'il y a consumées, si douces qu'elles aient pu être, parce qu'il sent diminué d'autant le nombre de celles dont il dispose
encore.

Quand le dernier coteau, le dernier bouquet
d'arbres, la dernière maison qui leur rappelait
Biarritz eut disparu, Claire et Raymond, cessant
de contempler la campagne, se regardèrent de
nouveau l'un l'autre, sans parler. Le jeune
homme soupira profondément, et, fermant les
yeux, renversa sa tête en arrière.

« Vous êtes triste, dit Claire.

— Un peu... Et vous ?

« — Moi aussi;... nous étions plus gais en venant.

— Hélas ! oui, c'est vrai... »

Ils ne se dirent plus rien, chacun d'eux éprouvant le besoin de s'isoler dans ses pensées, de cacher à l'autre l'indéfinissable souffrance qui venait de l'envahir et dont il cherchait en vain la cause.

Ce fut Claire qui, la première, rompit ce long et pénible silence. Comme la nuit était tombée, elle vint s'asseoir près de son mari et dit :

« Voulez-vous me donner votre épaule pour dormir,... puisque vous ne me l'avez pas donnée hier soir ? »

Sans répondre, Raymond passa un bras autour du cou de sa femme et lui fit prendre la position qu'elle aimait. Quand elle fut là, blottie contre sa poitrine, elle lui dit très doucement :

« Savez-vous à quoi je pense?... Vous vous rappelez notre première nuit, en chemin de fer ?... C'est vous qui m'offriez alors votre épaule pour y reposer ma tête : aujourd'hui, c'est moi qui vous la demande... Cela ne prouverait-il pas que je vous aime davantage et que vous m'aimez moins ?

— Quand les enfants ont sommeil, ils ne
savent plus ce qu'ils disent... Voilà, — fit-il en
la baisant au front, — comment on répond à
de pareilles questions. »

De fait, il eût été embarrassé, s'il avait dû
lui répondre d'une manière plus explicite; car
ce doute qu'elle venait d'exprimer, le jeune
homme commençait précisément, depuis deux
ou trois jours, à l'éprouver lui-même, et, s'il
repoussait encore avec une sorte d'horreur
l'idée de s'avouer qu'il aimait moins sa femme,
quelque chose pourtant lui faisait déjà pressentir que cet amour n'était plus tout à fait
semblable à celui qu'il avait pour elle deux
mois auparavant. Afin de s'en assurer, Raymond
s'interrogea de nouveau. Il lui parut que sa
tendresse n'avait pas diminué, mais qu'un peu
de découragement s'y mêlait, provenant sans
doute de mille petites meurtrissures qu'elle avait
reçues et qui l'avaient contrainte à se replier,
pour ainsi dire, sur elle-même, comme une
feuille de sensitive qui n'aurait pas été touchée
d'une main assez légère. « Ah ! pensait-il, la
vilaine enfant, qui n'a pas voulu du bel amour
que je lui offrais !... » Il fit un mouvement pour

s'écarter de Claire, mais elle se rapprocha aussitôt, en murmurant d'une voix endormie :

« Prenez-moi bien… Tout près de vous… J'ai froid… »

Et, pas plus que la veille, il ne comprit qu'un sentiment nouveau était né dans cette femme, qui ne pouvait plus dormir, maintenant, que sur le cœur de son mari.

Ils arrivèrent à Paris le lendemain matin et repartirent aussitôt pour les Ormes, où il avait été décidé qu'ils resteraient jusqu'à la fin de l'été. Après avoir salué ses beaux-parents, Raymond prit congé d'eux, en annonçant qu'il allait passer le reste de la journée auprès de sa mère. Claire, très occupée de déplier ses robes et de faire ses « rangements » habituels dans l'appartement que Mme Lecouturier avait préparé pour les recevoir, ne manifesta point l'intention d'accompagner son mari, qui partit à pied pour Château-Frayé. En revoyant son fils, le premier mot de la générale fut :

« Eh bien ! mon enfant, y a-t-il quelque chose de nouveau ? »

Et le regard qu'elle plongea dans les yeux de Raymond, l'attente anxieuse qu'exprima toute

sa physionomie, disaient assez le sens attaché
par elle à ces paroles.

« Non, ma mère, répondit-il en faisant effort
sur lui-même pour prendre un air dégagé. Rien
encore...

— Ah ! » dit-elle seulement. Et elle passa
aussitôt à un autre sujet.

Tandis qu'ils parlaient ensemble de Biarritz,
des courses de taureaux, des mille petits incidents du voyage, Jean annonça l'abbé Papillon.
Le bon abbé parut, le nez au vent, le rabat de
travers, comme d'habitude, les souliers blancs
de poussière. Il commença par secouer vigoureusement la main du jeune homme, puis avec
sa mine joyeuse et goguenarde :

« Eh bien ! dit-il, à quand le baptême ?

— Ah ! mon cher abbé, se hâta de répondre
Mme Blachère, que vous êtes pressé !

— Certainement, je le suis ! C'est notre façon
d'être pères, à nous autres curés, que de faire
des petits chrétiens... Dépêchez-vous, pares-
seux !

— Mon Dieu, dit Raymond avec un peu de
contrainte, je ne crois pas qu'il y ait de temps
perdu... Accordez-nous un sursis, de grâce ! »

La porte du salon où avait lieu cette conversation s'ouvrit tout à coup et Martha se montra en criant : « Madame, madame !.. c'est Mme Raymond qui arrive... » Sans en rien dire à Claire, Raymond avait trouvé de mauvais goût qu'elle le laissât venir seul à Château-Frayé ; il passa aussitôt dans le vestibule pour aller au-devant d'elle et la remercier de n'avoir pas remis cette visite au lendemain. Au lieu de la voir arriver en voiture, comme il s'y attendait, il l'aperçut, au milieu de la cour d'honneur, qui descendait de son cheval, luisant de sueur. A peine eut-elle touché terre, qu'elle se pencha vivement de côté pour ramasser le bas de son amazone ; puis elle vint à lui en courant, le teint frais, l'air heureux, charmante dans ce corsage étroit qui moulait la rondeur ferme de sa taille. Mais cette gentillesse et cette grâce furent impuissantes à désarmer l'irritation soudaine dont venait d'être pris Raymond.

« Après les bains de mer, le cheval !... dit-il avec un peu de rudesse dans le ton. C'est un parti pris, décidément... »

Elle s'arrêta, stupéfaite de cet accueil ; puis, passant devant lui sans répondre, elle entra

dans le salon, serra la main de l'abbé, tendit
ses joues à sa belle-mère et demanda :

« Est-ce que c'est un bien grand crime,
comme a l'air de le prétendre votre fils, d'avoir
pris mon cheval pour venir vous embrasser
plus vite ?

— Non, mon enfant, répondit la générale,
ce n'est pas un grand crime... Mais ce serait un
grand malheur que vous n'eussiez pas un jour
une petite fille pour lui apprendre à porter
l'amazone avec autant de grâce que vous-
même... Et c'est parce qu'il pense un peu trop
à ces choses, auxquelles vous ne songez pas
assez, vous, ma mignonne, qu'il boude au lieu
de vous remercier de la gentille attention que
vous avez eue pour votre vieille belle-mère...
Raymond, viens me donner le plaisir de te voir
embrasser ta femme devant moi. »

Il vint à elle, la main tendue, et l'embrassa.

« Aimez-vous, mes enfants, disait Mme Blachère en les enveloppant d'un regard attendri.
Aimez-vous bien, aimez-vous toujours...

— *Et multiplicamini !* » ajouta tout bas
l'abbé, qui suivait son idée.

Les jours suivants furent consacrés à la re-

cherche d'un appartement à Paris. Mme Lecouturier, qui en avait visité plusieurs à leur intention pendant qu'ils étaient à Biarritz, leur servait de guide, avec une sollicitude que son
gendre ne tarda pas à trouver excessive. Le
choix de ces dames s'arrêta sur un premier de
la rue de Lisbonne, dans une maison pourvue
d'un large escalier, d'un ascenseur, de vastes
salons, mais manquant de vue et de soleil :
Raymond en fit l'observation avec assez peu de
succès, et, piqué de voir qu'on ne semblait tenir
aucun compte de ses goûts, n'insista pas davantage, de sorte que l'appartement, qui ne lui
plaisait point, fut loué. Vint ensuite la question
de l'ameublement. Il tenait de sa mère le goût
des vieilles étoffes, des meubles de forme ancienne et rare ; il avait toujours pensé que ce
devait être chose charmante, pour deux jeunes
mariés, de faire leur nid avec amour, de chercher ensemble, et longtemps s'il le fallait, ten-
tures, sièges, bahuts, toutes ces jolies choses
du temps passé, qui tranchent sur l'horrible banalité du mobilier moderne. Mais Mme Lecouturier avait d'autres idées, et elle sut les
faire partager à sa fille. Claire, qui n'y était

d'ailleurs que trop disposée, se laissa persuader par elle qu'il fallait procéder en toute hâte
à une installation complète et définitive, afin
d'être en mesure de recevoir au moins à partir
du mois de décembre. Elles s'entendirent avec
un tapissier, qui prit l'engagement de mettre
l'appartement en état d'être habité pour le milieu d'octobre. Raymond fut invité à discuter le
devis et les projets de cet homme; mais, après
avoir assisté à deux ou trois conférences où il
vit sa belle-mère et sa femme se livrer sur
chaque article à un marchandage effréné, il prit
le parti de leur laisser diriger seules les travaux.
Mme Lecouturier approuva fort cette résolution.

« Les hommes d'imagination comme vous,
disait-elle à son gendre, ne connaissent rien à
ces questions d'intérieur ; elles ne sont pas
dignes d'eux ; laissez-nous faire : vous serez
content de votre installation... »

L'homme d'imagination accepta sans pro-
tester cet arrêt ; pourtant il lui parut qu'on
aurait pu lui accorder au moins une voix con-
sultative, et que son intervention n'aurait pas
été tout à fait inutile, quand bien même elle
n'aurait eu pour effet que d'empêcher la pelu-

che, qui sévissait cette année-là, — et pour
laquelle il avait un goût moins vif que Mme Lecouturier, — de tout envahir, fauteuils, rideaux,
dessus de cheminées et tours de glaces, dans
son appartement.

Chaque jour, excepté le dimanche, Claire et
sa mère allaient à Paris et passaient l'après-
midi à courir de magasin en magasin, à monter
et à descendre des étages, à prendre des me-
sures, à grimper aux échelles, afin de contrôler
par elles-mêmes la façon dont chaque clou avait
été posé, et si le tapissier ne leur faisait point
de tort sur le métrage des étoffes. C'était une
idée fixe de Mme Lecouturier qu'on en détour-
nait de petits morceaux, et cette idée la mettait
au supplice ; il fallut que Raymond se fâchât
pour empêcher Claire d'exiger que toutes les
rognures fussent mises de côté. En dépit de la
fatigue physique qui les accablait après de pareilles séances, elles rapportaient aux Ormes
une surexcitation d'esprit singulière qui leur
donnait quelque chose d'inquiet et de fiévreux.
Elles parlaient intarissablement, répétant avec
une sorte de frénésie ce qu'elles avaient déjà dit
cent fois, se plaignant sans cesse de la lenteur

15

des ouvriers, de la mauvaise foi des marchands, du prix des meubles... Cette installation était devenue non pas seulement la grande,
mais l'unique affaire de leur vie : elles s'en
entretenaient le jour, tantôt avec tendresse,
tantôt avec colère et désespoir ; la nuit, elles
en rêvaient : le reste, à leurs yeux, existait à
peine.

« Que devient Claire? » demandait Mme Blachère à son fils. Et celui-ci lui répondait :

« Elle pense appartement. »

Le mois de septembre s'écoula ainsi. Claire,
toujours levée de très bonne heure, s'équipait
en un tour de main et se rendait dans la chambre de sa mère, où elle passait la matinée à
dresser le plan des opérations de la journée ;
on déjeunait ensemble, à la hâte ; après quoi
son mari ne la revoyait plus que le soir. L'exécution quotidienne de ce programme ne laissait
pas aux jeunes époux beaucoup de temps pour
l'intimité. Aux heures mêmes, trop rares à son
gré, où il n'était pas privé de sa femme, Raymond la voyait si agitée, si préoccupée de mille
choses tout à fait étrangères aux questions
d'ordre sentimental, qu'il refoulait au dedans

de lui-même les effusions de tendresse qui montaient souvent encore, mais moins souvent que
naguère, de son cœur à ses lèvres.

« Je sens, disait-il encore, un tapissier entre
elle et moi... Cela me glace. »

Il avait soin d'accompagner ces mots d'un
sourire, afin de ne pas donner d'inquiétude à
sa mère ; ce qui n'empêchait pas Mme Blachère
de froncer le sourcil et de répondre sur un ton
d'impatience :

« Enfin, avance-t-il, au moins, ce maudit appartement ? »

Un dimanche, même, la générale se fit conduire aux Ormes. Avec un tact, une prudence
infinis, elle dit à Mme Lecouturier de très jolies
choses, sur l'inconvénient de distraire deux
jeunes mariés de ce qui doit être leur grande
affaire, savoir, la mise en harmonie de leurs
sentiments, de leurs idées... Mais la femme de
l'ingénieur ne comprit pas, ou feignit de ne pas
comprendre la leçon. Une tentative semblable,
faite auprès de Claire, ne réussit pas mieux.

« Comment, dit-elle à sa belle-mère, vous
avez l'air de trouver que je m'occupe trop de
mon appartement et pas assez de mon mari?...

Est-ce ma faute s'il ne s'en occupe pas avec
moi?... Je suis bien peu récompensée, vraiment, du mal que je me donne! »

Mme Blachère se garda bien d'insister, sentant qu'il fallait conserver à tout prix, dans
l'intérêt même de Raymond, ce qu'elle avait
pu prendre déjà d'influence sur cette nature
irritable.

« Là, là, répliqua-t-elle, calmons-nous, ma
fille... Ne faites pas comme un jeune coq qui
hérisse ses plumes... Ce que j'en disais, c'était
pour votre bien à tous deux : n'en parlons plus.
Dépêchez-vous seulement de finir, et emmé-
nagez bien vite... »

Afin de remplir le vide de ses journées, Raymond essaya de se mettre au travail. Mais il
éprouva une peine extrême à reprendre et à
continuer le développement interrompu de son
roman. Pour se dédommager, il écrivit une
nouvelle, qui lui parut assez bien venue, et sur
laquelle il eût aimé à consulter sa femme.
Malheureusement, le soir où il offrit de lui en
faire la lecture, Claire avait à examiner avec
sa mère un mémoire très important.

« Demain, mon ami, si vous voulez... et avec

grand plaisir », lui dit-elle. Le lendemain, Mme Lecouturier et sa fille commencèrent, en se mettant à table, à délibérer sur la question de l'éclairage des appartements. La discussion qui s'engagea sur les mérites respectifs de l'huile, du pétrole et du gaz remplit toute la soirée et fit complètement oublier la lecture. Raymond n'en adressa aucun reproche à sa femme : mais il jeta le manuscrit de sa nouvelle au fond d'un tiroir et ne se sentit plus le moindre goût au travail.

Chaque jour, après leur départ, il faisait une visite à sa mère, lui tenait compagnie pendant une heure, puis allait errer, sous prétexte de travailler et de lire, avec quelques feuilles de papier et un livre, dans le parc. Il s'asseyait à l'une de ses places favorites, près du saut-de-loup, ou bien au pied de la statue du Sylvain, et trouvait une douceur infinie à rester là long-temps, perdu dans une de ces rêveries qu'il aimait autrefois, où tout devenait vague, déli-cieusement trouble, au dedans et au dehors de lui-même, ses pensées comme les formes des objets.

Sa mère, qui l'épiait des fenêtres du salon,

s'alarmait du goût qu'il recommençait à montrer pour ces promenades solitaires et ces songeries sans fin.

« Je ne suis pas contente de toi, mon enfant, disait-elle; tu me rappelles le Raymond d'il y a six mois... Voyons, que se passe-t-il dans cette tête-là?... Qu'as-tu?

— Moi?... Que voulez-vous que j'aie, ma mère?

— Enfin, es-tu heureux?... On en douterait, à te voir...

— Mais certainement, je suis heureux... Pourquoi ne le serais-je pas? »

Il prenait aussitôt un air joyeux, il s'ingéniait à la faire rire en racontant de plaisantes histoires sur Mme Lecouturier; mais sa mère n'était point dupe de cette gaieté, car elle y percevait quelque chose de contraint, qui, peut-être, révélait une souffrance cachée.

Souvent aussi Raymond allait se promener dans cette partie de la forêt qu'il avait si souvent parcourue, au printemps, avec Claire. Il reconnaissait, tant l'image de ces lieux s'était gravée dans son esprit, le moindre accident de terrain, la moindre touffe d'herbe. « Ici, pen-

sait-il, elle a enjambé ce petit fossé; là, elle
s'est assise sur cette roche moussue; voici le
bouquet de coudriers où je lui ai taillé une ba-
dine, le bloc de grès où elle a posé son pied
pour refaire le nœud du lacet de sa bottine... »
Tout cela — dont quelques mois à peine le séparaient — lui semblait très ancien déjà; et la
seule explication qu'il trouvât de ce fait était
de se dire que, sans doute, il avait beaucoup
vieilli lui-même depuis lors. Il marchait ainsi
tout droit devant lui, lentement, sans but,
comme un désœuvré qui s'ennuie et qui cherche
à tuer le temps. Un vieux garde qui le rencontra, la tête basse, au détour d'un chemin,
lui dit :

« Ça ne va donc pas, monsieur Raymond?...
Vous avez quasiment l'air d'un corps sans âme! »

Un jour, il alla revoir la place où Claire
s'était fiancée à lui. Les arbres, tout verdoyants
au mois de juin, commençaient à se dépouiller
de leurs frondaisons jaunies. Quelques feuilles
mortes tombèrent en tournoyant autour du
jeune homme; cette vue le rendit mélancolique,
et, avec le tour particulier de son imagination
de poète, il se prit à penser que la forêt avait

l'air de pleurer sur quelqu'un. Aussitôt il
s'empressa de donner une autre direction à ses
idées, car il évitait tou'e réflexion qui pouvait
l'induire à descendre très profondément dans
sa conscience : comme s'il eût reculé d'instinct
devant les découvertes qu'il aurait pu faire en
essayant de dresser avec trop de soin l'inventaire de son état moral. Ce n'était pas sa mère
seule, en effet, mais lui-même aussi qu'il cherchait à rassurer en disant : Pourquoi ne serais-je pas heureux? Et il y parvenait à peu
près, car une analyse très subtile des mille petites causes de son désenchantement eût seule
pu lui permettre de mesurer exactement jusqu'à quel point ce désenchantement avait déjà
grandi et combien il grandissait encore chaque
jour; or cette enquête, on l'a vu, Raymond ne
se décidait point à la faire. Il resta donc dans
une sorte d'incertitude volontaire sur ce qui se
passait en lui-même, vaguement inquiet pourtant, car il croyait sentir, à de certains moments, qu'un voile de tristesse s'étendait sur
son âme, pareil à celui que la saison jetait sur
la forêt moins verte, sur la campagne moins
joyeuse; et il se demandait avec angoisse si le

plus beau de tous les sentiments, celui qu'il
croyait naguère encore devoir rester en lui
impérissablement jeune, était soumis à la même
loi de prompte caducité que le feuillage des
bois. « Hélas! pensait-il, quelle affreuse chose,
s'il fallait que ce fût déjà l'automne de mon
amour! » Alors il cherchait à se persuader
que cette crainte était vaine, il se mettait tout
à coup à embrasser sa femme avec une sorte
de fureur, en lui adressant de grandes tirades
pleines de passion, mais d'une passion moins
naïve et par conséquent moins touchante qu'autrefois, dont l'expression trop littéraire le faisait douter lui-même s'il parlait en son nom,
ou si, à son insu, il ne s'exerçait pas plutôt à tra-
duire les sentiments de quelque amoureux fictif,
qu'il mettrait un jour en scène dans un roman.

Cette nuance échappait à Claire, qui avait
d'autres préoccupations en tête que d'étudier
son mari. Elle s'était laissé reprendre tout entière aux idées de sa mère, qui, ne connaissant
pas de bonheur plus grand que celui de paraître, la poussait avec un étrange aveuglement
à mettre le plus tôt possible en voie d'exécution le programme de vie mondaine qu'elles

avaient élaboré ensemble. Cette perspective de
visites, de réceptions, de fêtes, de toilettes, de
succès, de représentation sous toutes les formes,
enivrait Claire ; elle soupirait après les plaisirs de l'hiver, les goûtait par avance, suppu-
tait les résultats de la campagne qu'elle allait
entreprendre afin de forcer l'attention et de
s'élever, du premier coup, au rang des « femmes
à la mode », dont elle avait depuis longtemps
déjà résolu d'être un jour. A mesure que le
moment approchait, quelque chose entrait en
elle de l'impatience, non de l'appréhension
qu'éprouvent la veille d'un début les acteurs
sûrs de leurs moyens. Des bouffées d'ambition
lui montaient au cerveau ; elle se voyait déjà
recherchée, choyée, adulée, régnant sur tous
les salons de Paris par sa beauté, son esprit,
sa fortune, comme ces cinq ou six privilégiées
dont on cite les noms, dont on décrit les toilettes, chaque matin, à la première page des
journaux, et dont l'entrée dans une loge, au
théâtre, fait que toute la salle se retourne pour
les voir. Aucun bonheur ne lui semblait com-
parable à la félicité de ces femmes-là. Elle se
tenait avec une vigilance envieuse au courant

de leurs faits et gestes, de l'état de leur fortune
et de celui de leur beauté, de leurs habitudes,
de leurs goûts, de leurs aventures, et sentait
que, avant même de les connaître, elle les haïs-
sait déjà. « Comment, pensait-elle quelquefois,
comment pourrai-je m'y prendre pour les sup-
planter, ou tout au moins pour me tailler une
part de royauté à côté d'elles?... Toutes ont
quelque chose de particulier qui les signale :
l'une, son collier de perles, qui est unique;
l'autre, son talent de musicienne; celle-ci, son
profil de Diane; celle-là, son salon politique :
quelle sera mon originalité, à moi?... » Et elle
s'enfonçait en de profondes méditations, dont
sa mère seule devinait l'objet.

Le moment approchait, cependant, où le
jeune ménage devait quitter les Ormes. Ce
n'était point pour Raymond seul que ce long
séjour à la campagne avait eu de fâcheuses
conséquences. Depuis le jour où Claire s'était
de nouveau trouvée aux côtés de sa mère, dans
une atmosphère morale si différente de celle
où son mari l'avait fait vivre durant leur voyage
de noce, la métamorphose qui commençait à
s'opérer en elle, qui la rendait déjà plus docile

et plus douce, en même temps que plus aimante, avait subi un brusque temps d'arrêt.
Six semaines auparavant, le simple penchant
qu'elle avait d'abord eu pour Raymond s'élevait
insensiblement à la dignité d'une de ces belles
tendresses conjugales, faites d'estime, de confiance, de respect mutuels, qui sont sans doute
ce qu'il y a de plus noble ici-bas dans l'ordre
du sentiment. Sa conception première du mariage, de la vie même, semblait sur le point de
changer ; le moment n'était pas loin, peut-être,
où elle aurait cherché le bonheur non dans les
satisfactions de la vanité, mais dans les joies
intimes du cœur. Ce temps passé par Claire
dans la société de la plus frivole et de la plus
vaniteuse des femmes interrompit malheureusement la rénovation de son être moral ; l'iden-
tification de son âme à celle de l'homme qu'elle
avait pris pour époux, tout cet invisible travail
qui, par la vertu de l'amour naissant, s'accom-
plissait mystérieusement en elle, quand ils
étaient revenus de Biarritz, resta en suspens.

La seconde quinzaine d'octobre arriva ; l'appartement était enfin prêt à les recevoir ; ils
partirent pour Paris.

VI

« Eh bien! demanda Claire, après avoir promené de pièce en pièce son mari, vous ne me
dites pas que nous avons bien travaillé, maman
et moi?

— Mais si, ma chère;... c'est superbe.

— Quel drôle d'air vous avez... On dirait que
vous n'êtes pas content... Qu'est-ce qui vous
déplaît?

— Rien, je vous assure... C'est très beau,
très riche... Un peu trop de dorures, peut-être...
Mais tous ces ors s'éteindront, j'espère, à la
longue... Beaucoup de peluche, aussi... J'aurais préféré quelques étoffes anciennes, ici ou
là... Mais, vous savez, je n'y connais rien...
Votre appartement vous fera honneur.

— Pourquoi pas *notre?*...

« — *Notre*, si vous voulez. »

En lui-même, il pensait que ce grand appartement somptueux et banal avait un genre de
magnificence qui faisait involontairement penser
à l'Hôtel Continental.

A cette première impression succédèrent le
soulagement de ne plus vivre sous le même
toit que sa belle-mère, et la satisfaction de
rentrer enfin en possession de sa femme. Il prit
plaisir à s'installer dans son cabinet de travail.
Là seulement, grâce à la présence de ses livres,
de ses papiers, de photographies et de gravures
dont il couvrit les murs, Raymond trouvait je
ne sais quoi d'intime qui manquait à toutes les
autres pièces et qui lui donnait la sensation
d'être « chez lui ». Il se remit au travail avec
beaucoup d'ardeur et ajouta un nouveau chapitre à son roman.

« Enfin, dit-il à Claire, je vais donc pouvoir
rattraper le temps perdu ! Si vous saviez combien
j'ai hâte de finir ce livre et de voir si Mme de
Sizerac avait raison de me prédire du succès !...

— Fort bien, répliqua la jeune femme ; mais
vous n'oubliez pas que nous avons nos visites
de noce à faire... »

Elles commencèrent dès la première semaine
de novembre. Chaque matin, Claire dressait
une liste de noms, avec des adresses en regard.
On partait dans le coupé donné par M. Blum.
On entrait dans un premier salon où se trouvaient déjà huit ou dix femmes, rangées en
cercle, tenant toutes leur carnet de visites à la
main, avec des attitudes de poupées savantes.
Claire présentait son mari à la maîtresse de la
maison, échangeait avec elle quelques propos
d'une parfaite insignifiance, jetait un coup d'œil
sur la toilette de ses voisines, sur l'ameublement de la pièce, puis se levait et partait.
Après quoi, on remontait en voiture, on entrait
dans un nouveau salon où l'on trouvait d'autres
dames également rangées en cercle, tenant
toutes, et de la même manière exactement, que
les autres, leur petit livre à la main; on échangeait avec la maîtresse de la maison les mêmes
politesses, les mêmes questions et les mêmes
réponses; puis on passait à un troisième, à un
cinquième, à un dixième, à un quinzième salon,
où la même scène, invariablement, se reproduisait. Cela dura pendant six semaines, tous
les jours de deux à sept heures.

« Claire, disait Raymond, vous avez monté
aujourd'hui soixante-douze étages, trois de
moins qu'hier, cinq de plus qu'avant-hier...
Vous avez contemplé cent quatre-vingt-dix
femmes assises en rond et tenant un cartier à
la main... Vous m'avez présenté vingt-deux
fois à vingt-deux dames, qui toutes m'ont dit :
« Vous travaillez beaucoup, monsieur?.., » On
vous a demandé soixante-dix-sept fois si vous
comptiez aller beaucoup dans le monde cet
hiver... Claire, êtes-vous contente de votre
journée?... Moi, je sens que je tombe en
enfance. »

Vers le milieu de décembre, il ne restait plus
qu'une trentaine de visites, l'affaire de deux
jours au plus. Raymond allait donc pouvoir
reprendre son roman et l'achever. Mais, à la
même époque, Claire devait commencer à recevoir, le lundi et le vendredi de chaque semaine.
Dès le premier jour de réception, l'appartement
de la rue de Lisbonne fut envahi par un flot de
visiteurs : les coups de sonnette, le roulement
des voitures sous la voûte, le bruit des portes
ouvertes et fermées harcelaient Raymond dans
son cabinet et mettaient en fuite ses idées. Il

essaya d'aller travailler de tête dans quelque
endroit solitaire, le long des quais; mais il
s'aperçut que sa pensée, quand il n'avait pas
sous la main une plume pour la saisir et la
fixer au moment même où elle prenait son vol,
lui échappait bientôt, s'égarait et finissait par
se perdre dans la région vague de la rêverie.
Alors il rentra. Dans l'escalier, il rencontra
trois messieurs, qu'il se souvint d'avoir vus
quelque part, pendant les visites de noce. Ils
descendaient en causant bruyamment; l'un
d'eux riait et disait d'un air fat : « Elle est
vraiment très gentille... » Raymond crut comprendre qu'on parlait de sa femme, et fronça
les sourcils. Désormais, il s'abstint de sortir les
jours où Claire recevait, et fit salon avec elle,
en dépit de l'ennui qu'il éprouvait à entendre
pendant quatre heures d'horloge des propos
dont la moyenne ne s'élevait pas sensiblement
au-dessus de la puérilité d'une conversation de
petites filles jouant « à la dame ». Il vit arriver
chez lui, deux fois par semaine, le ban et
l'arrière-ban des « danseurs » de Claire, de
petits messieurs serrés dans leurs habits, les
membres grêles, les pieds longs et plats, une

16

fleur à la boutonnière. Ils s'empressaient autour de sa femme, qui semblait ravie de les revoir ; ils lui rappelaient les bals de l'hiver précédent, les cotillons qu'elle avait conduits, parlaient boston, pavane et menuet. Et quand ils étaient partis, d'autres arrivaient, semblables de tout point aux premiers, gentils, pommadés et un peu niais. « Dieu, pensait Raymond, comme il y a des « danseurs » à Paris ! »

Quand une jeune fille mondaine se marie, les messieurs un peu mûrs qui s'amusaient à lui faire la cour — une cour pour rire, sans conséquence — disparaissent pendant les premiers mois. Puis on les voit reparaître un beau jour : ils se présentent en éclaireurs, sans idée bien arrêtée encore, l'air bonhomme, « et pourtant l'œil luisant », prêts à tout, aussi bien à jouer le rôle de vieil ami, si c'est celui-là qu'on leur impose, qu'à reprendre incontinent, si l'on semble le leur permettre, celui de soupirant. En un tour de main, ils vous ont jaugé le mari et savent à quoi s'en tenir sur l'affection qu'il inspire à sa femme, la domination qu'il exerce sur elle, l'aptitude plus ou moins grande qu'il peut avoir à se laisser berner ; d'un coup d'œil ils constatent si le ménage est solide ou s'il craque : dans le premier cas, ils s'éclipsent de nouveau et on ne les revoit plus ; dans le second, ils reviennent. Ils ont un flair merveilleux pour discerner le fruit déjà piqué, une patience sans égale pour attendre qu'il tombe, et — ce qui achève de les rendre particulièrement redoutables — le talent de secouer l'arbre sans en avoir l'air, afin d'avancer le moment de la chute. Il vint chez Claire bon nombre de ces hommes entre deux âges qui rôdent autour des jeunes ménages. Ils trouvèrent une petite personne rieuse, coquette, aimant les compliments ; mais, derrière cette petite personne, ils virent un grand gaillard dont les yeux prenaient un mauvais regard quand on s'occupait trop de sa femme : et ils allèrent chercher fortune ailleurs, car ces galants sur le retour ont grand souci du confortable, même en amour, et se tiennent volontiers à distance des maris dont l'humeur est revêche.

Cette petite expérience confirma Raymond dans l'opinion qu'il avait sur les bons effets de la présence réelle des maris auprès de leur femme. Et il continua de recevoir avec la

sienne, tout en se disant qu'il eût bien mieux
aimé rester à travailler tranquillement dans
son cabinet.

Le mois de janvier ouvrit la série des invita-
tions à dîner et des bals. Presque toutes ses
soirées furent prises. Il se couchait tard, se
levait de même, la tête lourde et comme vide
de pensées, écrivait péniblement quelques
lignes, puis, de lassitude et de dégoût, jetait sa
plume et s'en allait prendre l'air. Ces fêtes, ces
réunions mondaines qui se succédaient presque
sans interruption le fatiguaient horriblement.
Il y respirait un mortel ennui; on le voyait
errer dans les salons à la recherche d'un coin
isolé, fuyant l'éclat aveuglant des lumières, le
brouhaha de la foule et sa gaieté bruyante :
pendant que Claire, les yeux brillants de plaisir, riait, bavardait, dansait, heureuse de tous
ces regards qui se posaient sur elle et détail-
laient sa beauté. Assis mélancoliquement au
fond de quelque boudoir, Raymond la contemplait de loin, se disant que si cette jolie fleur
avait trouvé là le milieu propre à son plein
épanouissement, il n'en allait pas pour lui de
même, et qu'il n'était point fait pour cette vie.

En février, Claire s'avisa que deux « jours » par semaine ne suffisaient pas, et qu'il lui fallait en outre le mercredi, un *five o'clock tea*. Cette idée, combattue par Raymond et par sa mère, — qui venait de temps en temps passer quarante-huit heures à Paris, — fut au contraire vivement approuvée par Mme Lecouturier. Claire eut donc son thé de cinq heures, comme un certain nombre de femmes à la mode. Afin de rehausser l'éclat de ces petites réunions, elle imagina d'y produire quelques sujets rares : un attaché d'ambassade qui se préparait à représenter la France en colportant de salon en salon d'ineptes monologues ; un autre diplomate qui faisait à ravir des « imitations » et des « conférences humoristiques » ; enfin, un jeune médecin qui obtenait le plus vif succès en donnant de petites séances intimes d'hypnotisme. Un jour, Mme Lecouturier arriva chez sa fille le visage rayonnant ; elle lui apportait la nouvelle qu'un grand journal du matin venait d'accorder, par la plume d'un des hommes si distingués qui rédigent son « *bloc-notes* de la mondanité », une mention flatteuse au « *five o'clock tea very select* de Mme la baronne Raymond Blachère ».

Claire partagea l'allégresse maternelle et ne comprit pas du tout pourquoi son mari pestait si violemment contre le gentilhomme anglo-français, au lieu de lui envoyer sa carte avec un mot de remerciement.

Le printemps arriva, et avec lui le concours hippique. C'est le moment où une partie de Paris se prépare à procéder avec solennité à l'apothéose du cheval et se rend, en habits de fête, au palais de l'Industrie, pour assister à l'ouverture des grands jours du Palfreniérisme. Claire y traîna son mari ; elle eût souhaité qu'il portât dès le matin la carte des abonnés à cent francs pendue à un bouton de sa jaquette.

« Cela se fait, disait-elle, c'est très chic...

— Voulez-vous aussi, répondit Raymond, que je porte des bottes à revers, afin d'avoir l'air encore plus « homme de cheval ? »

Elle se consola en arborant pour cette céré-monie un de ces costumes dont chaque détail, depuis l'horrible col droit, cassé aux coins, jus-qu'au mouchoir orné de fers à cheval en cou-leur, semble destiné à éveiller des idées d'écurie.

Après le concours hippique, ce fut le tour des expositions. Il s'en ouvrit de tous les côtés,

autant que de bourgeons au marronnier du
20 mars : Aquarellistes, Pastellistes, Cercle
Volney, Mirlitons, Indépendants, Femmes pein-
tres, etc. Claire eût jugé déshonorant de manquer une seule de ces ouvertures; non pas
qu'elle s'intéressât le moins du monde à l'art,
qui d'ailleurs n'a pas grand'chose à faire en ces
endroits, mais parce qu'il entrait, dans le programme qu'elle s'était imposé, des devoirs
d'une femme à la mode, de se montrer, ces
jours-là, en public avec un chapeau neuf.

Cette fureur d'attirer sur soi les regards
l'avait déjà induite en de singulières tentations
d'excentricité. Elle fut sur le point d'arrêter
comme valet de chambre un ancien turco du
plus beau noir; il lui semblait qu'elle aurait
plaisir à le voir ouvrir, en costume arabe, la
porte de son salon, et se montra pendant deux
jours inconsolable du *veto* opposé par Raymond
à l'introduction de ce Touareg dans sa maison.
Elle eut envie d'un molosse, et s'étonna d'entendre sa belle-mère exprimer tranquillement
l'idée que les sujets de cette race étaient un
peu encombrants, comme chiens d'appartement.
Elle eut aussi l'idée de remplacer la sonnette

de sa salle à manger par un gong, pour faire
comme une jeune femme très élégante et très
spirituelle, dont on citait ce trait avec admira-
tion ; son mari eut quelque peine à lui faire
comprendre que le gong, à la latitude de Paris,
manque un peu de simplicité.

Ses recherches d'originalité n'avaient eu jusqu'alors qu'un assez pauvre succès : Claire
s'en rendait compte. Il lui parut qu'elle avait
fait fausse route en se contentant de copier les
autres. Raymond la vit tout à coup se jeter
dans des lectures sans fin. Enflammée d'un zèle
soudain pour la littérature, elle l'accablait de
questions sur les écrivains contemporains, sur
leurs œuvres, leur vie, leurs doctrines, et prenait au vol ses réponses pour les consigner sur
un petit calepin spécial qui ne la quittait plus.
Un jour il la trouva plongée dans l'étude d'un
manuel de baccalauréat : n'ayant pas le temps
de lire Alfred de Vigny, Lamartine, Musset et
Hugo, dont ils avaient parlé la veille, elle enri-
chissait son calepin de quelques idées générales supplémentaires sur chacun de ces poètes.

« Dans le genre de ceux-là, qu'est-ce qu'il y
a..., en moins banal ? demanda-t-elle.

— Comment... en moins banal?... Que voulez-vous dire par là?...

— Enfin, des poètes que tout le monde ne
sache pas par cœur...

— Leconte de l'Isle,... Théophile Gautier,...
Baudelaire,... Sully-Prudhomme,... Coppée...
En voulez-vous d'autres?

— Non... Je ferai mon affaire avec ceux-là... »

Le lendemain, en se mettant à table pour
déjeuner, elle déclama :

> En la trentième année, au siècle de l'épreuve,
> Étant captif parmi les cavaliers d'Assur,
> Thogorma, le voyant, fils d'Elam, fils de Thur,
> Eut ce rêve, couché dans les roseaux du fleuve,
> A l'heure où le soleil blanchit l'herbe et le mur...

Puis, éclatant de rire, elle dit :

« Croyez-vous qu'il y ait beaucoup de
femmes qui soient capables de réciter du Kaïn,
et du Kaïn avec un K, encore? »

Ce jour-là, Raymond comprit pourquoi Claire
s'intéressait si fort, depuis quelques semaines,
à la littérature. Il avait eu la naïveté de croire
que c'était afin de pouvoir vivre en plus étroite
communion d'idées avec lui, et il souffrit de
s'être aussi lourdement trompé.

C'est de la même époque que data le goût su-
bitement manifesté par la jeune femme pour la
musique de Wagner et pour la peinture de Puvis
de Chavannes : sa prédilection avait hésité
quelque temps entre ce dernier et Manet; mais
elle apprit que Manet était déjà pris, comme
Zola en littérature, par deux ou trois femmes
très en vue, ce qui la décida en faveur de l'autre.

« Ah çà! dit un jour Mme Blachère à son
fils, qu'est-ce que ta femme est venue me
chanter hier?... Elle aime mieux la Chevauchée
de *la Walkyrie* que le duo de *Roméo*, maintenant!... Elle me parle de *Lohengrin* comme si
c'était son cousin! Qu'est-ce que c'est encore
que cette lubie-là?

— Ne faites pas attention, répondit-il en
haussant les épaules. Claire se prépare à jouer
un rôle... et elle répète. Un de ces jours vous
l'entendrez citer une phrase de Tolstoï : il n'y
a plus que lui, depuis qu'elle a découvert le
roman russe. »

Cependant le bruit commençait à se répandre
que le petit bataillon des femmes du monde,
amies de la littérature et des arts, s'était enrichi
d'une jeune et brillante recrue. On se la mon-

trait, à toutes les « premières », écoutant attentivement la pièce, causant pendant les entr'actes
avec des « critiques influents », des hommes de
lettres ou des artistes, et, si c'était un opéra,
étalant la partition sur le devant de sa loge. On
signalait sa présence à la réunion annuelle des
cinq académies, où le célèbre orientaliste X...
avait fait une lecture « sur l'organisation admi-
nistrative des satrapies dans l'empire de Da-
rius » ; on disait même qu'elle s'était fait présenter, à la sortie, ce savant, afin de lui demander
un supplément d'informations sur les satrapes.

« J'espère, disait-elle à son mari, que vous
ne me reprocherez plus de ne pas aimer la littérature...

— Je vous reprocherais plutôt de l'aimer
trop, ma chère », répondait mélancoliquement
Raymond.

Et il souffrait à la pensée que le zèle intem-
pérant de la jeune femme prêtait peut-être à
rire aux malveillants, d'autant plus nombreux,
sans doute, que sa grâce, sa beauté, son esprit
l'exposaient davantage à l'envie.

« Pas tant de manifestations ! lui disait-il
encore. Ne criez pas sur les toits que vous

vivez pour la littérature, la musique et l'art,
dont vous vous souciiez, il y a six mois, comme
un poisson d'une pomme... C'est trop... Vous
finirez par fatiguer les gens, je vous assure... »

Claire ne tint aucun compte de cet avertissement fort sage. Elle avait pris goût à son rôle
et le jouait non seulement avec plaisir, mais
presque avec conviction ; il lui venait des remords
d'être restée si longtemps étrangère à toutes
ces choses d'ordre intellectuel, qu'elle trouvait
maintenant fort distinguées ; sa mère commençait à lui sembler « commune », parce qu'elle
ne connaissait pas les poésies de Mme Acker-
mann, le journal d'Amiel, ni les pensées de
l'abbé Roux. Et c'était chose prodigieusement
réjouissante que de voir cette petite échappée
de la bourgeoisie prendre des airs artistes
et se griser de littérature, comme une jeune
grive de raisin au moment des vendanges.

Ses ennemies, — elle en avait déjà, le savait
et s'en félicitait fort, l'imprudente! — ses ennemies prétendaient qu'on avait trouvé un jour
dans un salon qu'elle venait de quitter quelques feuillets tombés de sa poche, et qu'on y
avait lu, écrit de sa main, un fragment de nou-

velle où la manière du célèbre romancier X...
était outrageusement pastichée. On ne put
jamais savoir la vérité sur cette petite histoire.
Ce qui n'était pas douteux, c'est que la jeune
femme parlait volontiers du roman de Raymond, et cela d'un ton de connaisseur, avec
de petites mines mystérieuses dont s'autori-
saient les gens prévenus contre elle pour répandre perfidement le bruit qu'elle cherchait à
se donner des airs de collaboration avec son
mari. Cette collaboration existait, d'ailleurs,
au moins dans l'esprit de Claire. Pauvre d'imagination, mais aimant, en digne fille de son
père, la précision, la minutie même, c'est dans
les théories de l'école dite « d'observation »
que Claire avait d'instinct puisé les éléments du
petit *credo* littéraire dont elle avait jugé bon
de se pourvoir. Depuis lors, elle travaillait —
avec la conscience que les femmes mettent
presque toujours dans les besognes qu'elles
font — à fournir des « documents » à Raymond. Seulement, comme le sens de la critique est, avec la faculté de concevoir des idées
générales, ce qui manque le plus à son sexe,
tout intelligente et avisée qu'elle fût, ces « do-

cuments », dont elle recueillait chaque jour
une moisson effroyablement abondante, étaient
en général d'une extrême puérilité. Elle se
conformait aux préceptes de l'école avec une
application un peu servile qui excluait tout
examen et tout choix. Sous couleur d'exacti-
tude, elle se croyait obligée de noter les plus
pauvres, les plus insignifiants détails de costume ou d'ameublement ; des « mots » soi-di-
sant originaux, et qui, précisément, manquaient
surtout d'originalité ; des fragments de conversation, surpris au passage, qui lui avaient paru
remarquables, caractéristiques, et qui étaient,
en réalité, absolument dépourvus d'intérêt.

Déplorant que son mari donnât trop à l'imagination, et convaincue que la vraie recette
pour faire un beau livre est — comme elle
disait en un langage un peu pédant — de « le
documenter fortement », Claire croyait de bonne
foi rendre service à Raymond en grapillant
pour lui, à droite et à gauche, de menus faits
ou des semblants d'idées. Et rien n'était amusant comme de la voir dans un salon chercher
des yeux, aussitôt qu'elle entrait, l'homme important, écrivain, artiste, député, savant, mé-

decin ou diplomate, s'attaquer à lui avec une
imperturbable assurance, le mettre sur la sellette, l'interroger sur ses goûts, ses opinions,
ses idées, en prenant un petit air sérieux qui
trahissait la contention d'esprit qu'elle se donnait pour grouper, bien en ordre, les résultats
de l'enquête au fond de sa mémoire et retenir jusqu'aux termes mêmes dont l'interlo-
cuteur s'était servi. Elle se figurait, assez naï-
vement, que ce manège passait inaperçu : on
savait fort bien, au contraire, que cette jolie
abeille avait pour habitude de butiner la fleur
de l'intelligence d'autrui. Les uns se laissaient
faire en souriant, car elle avait assez de grâce
pour que sa gentillesse servît d'excuse à ses
instincts déprédateurs ; d'autres ne laissaient
circuler devant elle que les gros sous de leur esprit, ou même le cachaient tout à fait, comme
certains collectionneurs mettent sous clef leurs
bibelots à la vue d'un amateur suspect ; il y
avait enfin des gens moins bien informés ou
moins perspicaces, qui ne soupçonnaient point
que les jolies façons d'une si jeune femme
cachassent tant de machiavélisme : ceux-là se
livraient à plaisir, et c'est pour eux que Claire

gardait ses plus séduisants sourires. Toutefois,
cette manie de ne jamais adresser à personne
une question qui fût désintéressée, « d'*inter-
wiewer* » les gens sous prétexte de causer avec
eux ; cette tendance à enrichir son propre fonds
du fruit de mille petits larcins commis çà et là,
à piller des traits d'esprit, des aperçus ingé-
nieux dans un salon afin de les utiliser dans un
autre, toute cette diplomatie qui pouvait paraître
empruntée à la fable du *Geai paré des plumes
du Paon*, commençait d'exciter contre elle une
irritation assez vive. Tout le monde ne faisait
pas — comme il aurait fallu — la part de la jeunesse, de l'inexpérience, de l'entraînement, ni ne
remarquait par combien de qualités charmantes
elle rachetait son petit travers. De malignes
anecdotes circulaient déjà : ne racontait-on
pas, par exemple, qu'on l'avait vue, un soir, dans
l'antichambre d'une maison où elle avait dîné,
écrire une note au crayon sur la manchette de
son mari? Raymond, fort mécontent de toutes
ces façons d'agir, essaya d'indiquer discrètement
qu'elles auraient pour principal résultat de les ri-
diculiser l'un et l'autre ; mais Claire feignit de ne
pas comprendre, et continua de rassembler les

matériaux du roman d'observation, « parisien
et vécu », qu'elle ne désespérait pas de lui voir
écrire un jour, et dont elle se réservait d'être
l'inspiratrice.

Elle avait imaginé de travailler pour lui d'une
autre manière encore, en donnant ce qu'elle
appelait des « dîners utiles ». Les hommes
seuls, journalistes ou critiques, étaient conviés
à ces réunions, d'où ils sortaient la tête un peu
montée, tant par les vins, qui étaient généreux,
que par les prévenances, les flatteries et les
grâces dont la maîtresse de maison ne se montrait point avare. Elle eut l'habileté d'intéresser
l'amour-propre maternel de Mme Blachère au
succès de cette petite campagne, et d'obtenir que
la générale elle-même donnât à son fils le conseil de ne pas se tenir obstinément à l'écart de
gens qui peuvent faire à un jeune écrivain tant
de bien ou tant de mal. Parmi les invités de
Claire se trouva un vieux bonhomme qu'un long
stage, en qualité de pion, dans un collège de
jésuites, avait préparé à tenir, avec quelques-
unes des qualités requises, la férule de la critique dans un journal catholique. Une fois par
semaine, il y morigénait ses contemporains en

une prose mystique et populacière, qui sentait
à la fois la sacristie et le faubourg, comme celle
de Veuillot, dont il se disait fièrement le dis-
ciple. Sa critique empruntait quelque chose de
particulièrement amer à une dyspepsie opiniâtre
dont il souffrait depuis l'âge de vingt ans, et qui
avait, à la longue, saturé de bile son âme comme
son corps. Ce bourru malfaisant, qui adminis-
trait avec volupté la discipline aux autres et se
glorifiait d'avoir distribué plus de horions que
saint Labre ne comptait de pous dans son manteau, — ce vieux noircisseur de papier, qui
déchiquetait les gens du bout de sa plume, qui
n'avait jamais souri à une œuvre nouvelle, qui
avait donné le plus bel exemple connu d'une
critique invariablement négative et découra-
geante, se gardant de la sympathie comme d'un
péché mortel ; — cet inflexible, cet incorrup-
tible, ce juste, — fut ensorcelé par Claire. Quelques jours après qu'il eut dîné chez elle, il fit,
— d'assez mauvaise grâce, d'ailleurs, un peu
comme un bouledogue qui pense, en léchant,
au plaisir de mordre, — il fit dans sa chronique
l'éloge d'une nouvelle que Raymond, pour ses
débuts, venait de publier en feuilleton au *Figaro*,

Ce fut une grande surprise de voir qu'un homme
si ferme sur les principes donnait, à son tour,
dans la critique de digestion; ce fut aussi un
beau triomphe pour Claire, qui dit à son mari :

« Vous voyez bien !... Vous voilà lancé, maintenant... Avais-je assez raison de dire que je
vous aiderais !... »

Telle était sa joie, qu'elle ne put se priver du
plaisir de lui annoncer une surprise : un beau
costume de moine, avec capuchon et corde-
lière, pour mettre dans son cabinet de travail,
comme Balzac. Raymond trouva d'assez mauvais goût l'idée de vouloir qu'il s'affublât d'un
froc; surtout il fut horriblement humilié des
félicitations qu'on lui fit, avec de petits sourires
équivoques, au sujet de l'article.

Le mois de mai touchait à sa fin. Claire, qui
avait eu déjà beaucoup de succès au « vernis-
sage », était maintenant toute à l'élaboration de
la toilette qu'elle devait porter au Grand Prix.
A cette époque de l'année, Paris est charmant,
avec ses marronniers dont la verdure est vierge
encore des brutales caresses du soleil d'été, ses
jonchées de lilas, de giroflées et de pivoines
dans les petites voitures des marchands ambu-

lants, ce je ne sais quel air pimpant et coquet
que prennent ses jardins, ses squares, ses ave-
nues... Souvent, Raymond allait flâner au parc
Monceau, l'un des coins de Paris pour lesquels
il avait tendresse de cœur. Assis à sa place favo-
rite, sur un banc, près de la pièce d'eau qu'enveloppe à demi une colonnade brisée, il prenait
plaisir à écouter le roucoulement monotone
et doux des ramiers dans les grands platanes,
et, vers le soir, les cris aigres des corneilles
qui s'ébattent bruyamment au bord de leurs nids
embroussaillés. En ce lieu, dont le charme un
peu triste lui rappelait Château-Frayé, le jeune
homme se livrait à de longues et mélancoliques
méditations ; il constatait, avec l'amertume d'une
profonde déception, que le mariage n'avait point
répondu à ce qu'il attendait de lui ; qu'au lieu
d'être l'union de deux âmes, comme il l'avait
rêvé, ce n'était au fond qu'une vulgaire association matérielle, sans intimité vraie, sans
poésie, sans noblesse. Il éprouvait une sorte de
souffrance à sentir que le respect de la femme,
— dont les enseignements de sa mère l'avaient
rempli, — le respect même de l'épouse, dimi-
nuaient en lui ; et c'était Claire qu'il rendait res-

ponsable de cette décroissance, à laquelle il ne
pouvait pas encore se résigner sans un mortel
regret de son bel idéal. De grandes jeunes filles,
à l'air doux et modeste, passaient devant lui, et
il pensait : « Celle-là, pourtant, aurait pu être ma
femme... Ce doit être une âme fière et tendre...
A quoi tient la destinée?... A une rencontre que
l'on fait, à un sourire, à un voile de gaze bleue
qui donne un air angélique à la moins angélique des femmes... » Puis, sa générosité native
reprenant le dessus, il avait honte de ces pensées et s'accusait d'être injuste pour Claire.
D'autres fois, c'étaient des enfants qui venaient
jouer près de lui, qui lançaient leur cerceau ou
leur ballon dans ses jambes; et il regardait avec
un étrange attendrissement ces belles petites
têtes bouclées, ces yeux limpides où riait la joie
d'être au monde, et de crier, et de bondir, et de
s'épanouir à la vie comme des fleurs au soleil.
Il lui arrivait de caresser furtivement la joue
de l'un d'eux, de lui adresser un sourire, auquel
l'innocent répondait, trouvant sans doute, dans
les yeux de cet inconnu, quelque chose qui lui
rappelait le regard de son père. Alors Raymond
soupirait. Ah! comme il l'aurait aimé, son fils,

s'il en avait eu un ! Dans quelle pâte de loyauté,
de courage, d'honneur, de patriotisme il l'aurait modelé ! Quel petit héros modeste il en
aurait fait ! Et il se voyait, marchant auprès
de son enfant en tenant sa petite main dans la
sienne, formant doucement ce jeune cœur, lui
faisant aimer et respecter tout ce qu'il respec-
tait, tout ce qu'il aimait lui-même ; et il songeait que ce doit être consolant, quand on se sent
mourir, de laisser derrière soi un être dont le
corps est votre chair et dont l'esprit est votre
âme.

Un jour qu'il avait pensé à toutes ces choses
plus longuement encore et plus tristement que
de coutume, Raymond se sentit en proie à une
détresse morale si cruelle, que le mot redoutable qu'il s'obstinait encore à ne pas vouloir
prononcer jaillit soudain de ses lèvres :

« Mon Dieu, dit-il, que je suis malheureux ! »

VII

Mme Blachère ayant souhaité que le jeune
ménage passât l'été auprès d'elle, Raymond et
Claire quittèrent Paris au commencement de
juillet 1885 pour s'installer à Château-Frayé.
Ils y étaient depuis une semaine à peu près,
lorsqu'un matin Claire trouva sur la table de
sa chambre un énorme bouquet.

« Tiens, au fait, c'est vrai, dit-elle, il y a déjà
un an que nous sommes mariés!... C'est gentil
à vous, Raymond, d'y avoir pensé. »

Raymond fut obligé d'avouer que l'idée n'était
pas de lui, mais de sa mère.

« Ah! dit Claire après un silence, ce n'est pas
bien... Nous n'aurions pas dû laisser à d'autres,
fût-ce à votre mère, le soin de nous rappeler
cet anniversaire...

— Bah! répondit Raymond, qu'est-ce que cela fait? »

Or, tandis qu'il jetait dédaigneusement ces paroles, d'un ton d'indifférence affectée, sa pensée remontait le cours des jours écoulés depuis celui qui les avait unis l'un à l'autre; il se revit tel qu'il avait été ce jour-là, heureux de vivre, confiant dans l'avenir : et la comparaison qu'il fit de l'état présent de son âme à la sainte allégresse dont elle débordait alors lui parut si désespérante, que son cœur se serra. Comme il se tenait près de la fenêtre, le visage tourné du côté du parc, le contact d'une main qui se posait doucement sur son épaule le fit tressaillir. Il se retourna vivement : Claire était devant lui et le regardait avec une expression de tendresse grave qu'il n'avait pas rencontrée, depuis bien des mois, dans ses yeux.

« Réparons notre oubli, dit-elle, embrassons-nous. »

Il prit entre ses mains la tête de la jeune femme et baisa longuement ses paupières baissées. Elle s'abandonnait à cette caresse, et songeait que c'était à Biarritz, dans la « Chambre d'Amour », qu'il l'avait pour la première fois embrassée ainsi. Quand elle rouvrit les yeux, le visage de Raymond était si pâle, si douloureux, qu'elle eut peur.

« Ah! mon Dieu, qu'avez-vous?

— Rien », dit-il.

A son tour, il ferma les yeux, et deux grosses larmes roulèrent le long de ses joues. Il les essuya du revers de la main avec une sorte de rage, comme s'il avait eu honte de cette faiblesse; puis il se mit à parler bruyamment de choses indifférentes, tandis que Claire se demandait quelle pouvait bien être la source cachée d'amertume d'où ces larmes avaient jailli. Les jours suivants, elle pensa plus d'une fois à cette petite scène, qui la préoccupait d'autant plus que Raymond refusait d'en parler avec elle et de lui révéler les causes de cette inexplicable émotion.

« Ne songez donc pas à cela, lui répondait-il d'un air dégagé; il y a des moments où je suis nerveux et impressionnable comme une femme… C'est une infirmité; vous m'humiliez en me la rappelant… »

Mais Claire ne se payait pas de ces mauvaises raisons et revoyait sans cesse la figure de son mari, telle qu'elle lui était apparue pendant une

seconde, les traits contractés par une mortelle
angoisse. L'idée lui vint de procéder à un petit
examen de conscience : il lui parut qu'elle avait,
depuis un an, fait son métier de femme le plus
honnêtement du monde. Que pouvait-on lui
reprocher, en effet? Raymond ne trouvait-il pas
dans son intérieur le confortable, l'ordre, l'éco-
nomie que pouvait souhaiter le plus exigeant des
maris? Quelle maîtresse de maison s'entendait
mieux qu'elle à diriger ses domestiques, à donner
un dîner? Coquette, sans doute, mais d'une coquetterie tellement innocente! D'ailleurs, qu'on
cite la femme, jeune et jolie, qui ne l'est pas
un peu! Elle aimait le monde aussi ; mais n'avait-
elle pas loyalement avoué ce goût avant de se
marier? N'était-elle pas une compagne dévouée,
travaillant sans relâche et non sans habileté à
la réputation, aux succès littéraires de l'homme
dont elle portait le nom?... N'avait-elle pas, enfin,
une sincère affection pour lui?... Sa conclusion
fut que l'accès de désespoir dont Raymond lui
avait donné le spectacle était chose incompréhensible, et qu'il n'y fallait voir apparemment qu'un effet de l'imagination fantasque
et de la sensibilité maladive des poètes.

Elle résolut toutefois de soumettre le cas à sa belle-mère. Depuis longtemps déjà, Mme Blachère avait remarqué la tristesse de Raymond, en dépit de tout le soin qu'il mettait à la lui cacher et des faux-fuyants qu'il prenait, chaque fois qu'elle avait voulu l'amener à une explication sur ce point délicat. C'était, pour une mère aussi tendre, une souffrance allant jusqu'au remords, de penser que non seulement elle avait prêté les mains à ce mariage où son fils ne trouvait point le bonheur, mais qu'elle-même avait travaillé à dissiper les craintes qu'inspiraient à Raymond le caractère, les goûts et les idées de celle qu'il avait épousée. Une femme ordinaire se fût contentée de maudire sa belle-fille. Mieux inspirée que ne l'est en pareil cas le commun des belles-mères, la générale comprit qu'elle avait un autre rôle à jouer entre son fils et sa bru que de prendre parti pour l'un, au risque de froisser l'autre, et de transformer en un véritable discord ce qui n'était, en somme, qu'une incomplète harmonie. D'ailleurs, elle avait pour Claire une affection véritable, — une de ces affections indulgentes comme en ont quelquefois les vieilles femmes ayant dit adieu au

monde, pour les petites personnes sémillantes
dont les vives allures, la jeunesse, l'entrain
réjouissent leurs yeux et réchauffent leur cœur :
car il n'est aïeule si décrépite qui ne trouve douceur à se rappeler le temps où ses cheveux d'argent étaient des cheveux d'or, où le regard des
hommes lui disait qu'elle était belle, — le temps
où elle aussi, peut-être, aimait à plaire... Comme
l'abbé Papillon, qui avait maintes fois exprimé
cette opinion devant elle, Mme Blachère pensait que les défauts de Claire étaient plutôt imputables à une éducation mal faite qu'à sa nature
même, et qu'il n'était pas impossible de métamorphoser peu à peu cette enfant gâtée en une
femme simple, bonne, capable de rendre parfaitement heureux son mari. Avec la rectitude
et la sûreté de son jugement, sa bienveillante
sagesse, sa douceur ferme, son tact, l'instruction étendue et solide qui lui donnait un singulier prestige aux yeux de Claire depuis que la
jeune femme se piquait de littérature ; avec l'esprit qu'elle savait, quand il en était besoin,
appeler au secours de la raison, la générale était
particulièrement apte à exercer une influence
heureuse sur sa belle-fille. Les circonstances

semblaient d'ailleurs favorables ; Mme Lecouturier ne devait point habiter les Ormes cet été-
là, non plus que son mari, qui voyageait hors
de France ; Claire, un peu lasse de son hiver, et
reprise d'une belle passion pour le cheval,
paraissait goûter fort les plaisirs de la campagne. Mme Blachère allait donc l'avoir près
d'elle et tout à elle pendant deux grands mois :
que ne fait, en deux mois, une mère qui sent
que le bonheur de son fils est en jeu?

Claire ayant pris le parti de lui raconter la
petite scène qui s'était passée dans sa chambre,
la générale hocha la tête.

« Il a pleuré, dites-vous, mon enfant?... C'est
grave... Ces pleurs d'homme — j'entends
d'hommes de la trempe dont est votre mari —
ne coulent pas comme les nôtres... Ils viennent
de plus loin ; ils sont plus amers, aussi ; c'est de
la quintessence de douleur... Ma fille, croyez-
moi : il ne faut jamais faire pleurer un homme
comme celui-là !

— Mais je n'ai rien fait pour cela !

— En êtes-vous bien sûre ?

— Absolument.

— Vous avez bien cherché ?

— Ce matin encore... et je n'ai rien trouvé.

— Parce qu'étant une affreuse petite positiviste, ma mignonne, vous avez sans doute cherché seulement dans l'ordre des faits... Telle que
je vous connais, vous avez dû vous dire : Je
suis une très bonne maîtresse de maison;... j'ai
un appartement, des toilettes, une table qui font
honneur à mon mari : comment ne serait-il pas
heureux?

— Trouvez-vous que cela ne soit rien?

— Dieu m'en garde!... Seulement, j'estime
que ce n'est pas tout.

— Mais enfin, je fais tout ce que je peux pour
lui être utile!

— Oh! ce n'est pas là ce qu'un mari demande
à sa femme, quand il l'aime... Aimez-le, et il
vous tiendra quitte du reste.

— Vous savez bien que je l'aime!

— Oui;... seulement, comme l'instinct pro-
priétaire est fort développé en vous, c'est moins,
j'en ai peur, parce qu'il est *lui*, que parce qu'il
est *à vous*, que vous l'aimez, petite... Vous voyez
la nuance, n'est-ce pas? Notez-la si vous voulez...
Et, dame, vous comprenez, il sent peut-être, ce
garçon, que votre affection pour lui ne diffère

pas d'une façon appréciable de celle que vous avez pour vos meubles, pour vos bijoux, pour votre argenterie, que sais-je encore,... pour Trilby,... que cette affection n'est pas d'un ordre sensiblement plus élevé,... et ça l'humilie, ça l'afflige,... parce qu'il rêvait autre chose, et parce que c'est autre chose aussi qu'il mérite... Je radote peut-être, c'est de mon âge ; pourtant il doit y avoir du vrai dans tout cela... Qu'en dites-vous ?

— Je dis que Raymond a des idées...

— Qui ne sont pas de ce temps-ci, j'en conviens. Il ne faut pas lui en vouloir : c'est notre faute, à son père et à moi, s'il les a... On ne s'en douterait guère quand on me regarde aujourd'hui : j'ai été jeune, ma chérie, — qu'il y a longtemps de cela ! — non pas jolie et charmante comme vous l'êtes, mais présentable, enfin... Et j'avais un mari qui était le plus noble des hommes, un mari dont le souvenir fait battre encore mon vieux cœur... Vous verriez, ma fille, si Raymond venait à partir avant vous, comme il y a des morts qui restent vivants !... Nous nous aimions... Ah ! tenez, il me semble que c'est hier, et voilà sept ans, pour-

tant, que je l'ai conduit où j'irai bientôt le
rejoindre. Nous nous aimions : savez-vous ce
que nous avions fait, pour être sûrs de nous
aimer toujours? Nous cachions un peu notre
vie, au lieu de la répandre au dehors ; nous ne
nous laissions pas envahir par le monde, sachant
qu'il est l'ennemi des ménages unis et heureux.
Voulez-vous que je vous dise? L'amour conjugal
n'est pas une plante de plein vent et de grand
soleil : il lui faut un peu de solitude et d'ombre.
Raymond nous a vus vivre ainsi. Nous l'avons
élevé nous-mêmes; nous avons pensé qu'on
n'est pas tout à fait père et pas tout à fait
mère, tant qu'on n'a pas infusé un peu de son
âme dans l'être qu'on a formé de sa chair.
Mon mari travaillait à lui enseigner les hautes
vertus, le devoir, l'honneur, le courage; moi,
je lui enseignais la pitié, la tendresse, je fémi-
nisais d'une retouche légère ce petit Romain
stoïque que le général pétrissait de ses robustes
mains. « J'ai donné la trempe à la lame, — me
disait-il un jour en montrant son fils, — tu l'as
damasquinée... » Comment voulez-vous que ce
garçon, ayant eu sous les yeux le spectacle de
la plus étroite communion d'âmes qui se puisse

concevoir entre deux époux, n'ait pas à son tour un grand besoin de tendresse et d'intimité? S'il souffre, soyez-en sûre, c'est parce qu'il n'a pas trouvé cela auprès de vous, petite folle qui courez après le plaisir, tandis que le bonheur est là, qui vous attend, à la maison!...

— C'est drôle ce que vous me dites, fit la jeune femme d'un air un peu rêveur ; on ne m'a jamais parlé comme vous venez de le faire... »

De ce jour, Claire sembla prendre tout à fait goût à la société de sa belle-mère, et passa chaque après-midi plusieurs heures à causer avec elle. Raymond, qui désirait publier son livre en rentrant à Paris, ne paraissait guère qu'au moment des repas. Mme Blachère put ainsi soumettre peu à peu, sans que personne s'en doutât, à une invisible direction morale, cet esprit jusqu'alors ennemi de toute discipline. Vivant, comme il arrive aux écrivains quand ils composent, dans un monde imaginaire, au milieu d'êtres fictifs qui détournaient son attention de la réalité, Raymond remarquait à peine l'affectueuse cordialité des rapports qui s'étaient établis entre les deux femmes. Quant au bon abbé Papillon, il eut bien vite discerné le but

18

que se proposait Mme Blachère, et s'empressa
de mettre un dévouement avisé au service de sa
diplomatie maternelle. On le voyait se livrer
avec la jeune femme à de longues discussions
littéraires, au cours desquelles sa verve gouailleuse s'exerçait intarissablement contre cette
pacotille d'opinions rares que Claire avait labo-
rieusement formée, et dont elle eut un peu moins
de propension désormais à exhiber les bizarres
échantillons. L'imprudente s'avisa de dire un
jour qu'elle pourrait mettre à la disposition de
Raymond au moins cent pages de « documents »
recueillis çà et là pendant l'hiver. L'abbé prit
texte de ce propos pour la railler assez verte-
ment sur ses prétentions littéraires.

« Vous êtes un ange! » lui dit tout bas
Mme Blachère quand il eut fini.

La fin de juillet, août et septembre se passèrent ainsi. Voulant éviter à tout prix que sa
belle-fille s'ennuyât et qu'il lui prît un beau
matin fantaisie d'aller rejoindre sa mère à
Luchon, la générale s'était gardée de la sevrer
complètement de distractions mondaines. Elle
entreprit en compagnie de Claire des tournées
de visites aux environs, donna plusieurs dîners,

fit exécuter à Château-Frayé des aménage-
ments intérieurs qui devaient occuper l'activité
de la jeune femme. Et tout le long du jour,
tandis qu'elles se promenaient en voiture dans
la forêt ou causaient au salon, la veuve pour-
suivait son mystérieux travail, donnait sans
en avoir l'air tantôt une petite leçon, tantôt un
conseil, s'attaquait insidieusement à un travers,
à un penchant mauvais, avec tant d'adresse et
de circonspection, un doigté si fin, si délié, que
Claire n'avait même pas conscience de cet
émondage léger qui s'exerçait sur elle à toute
heure. Quelquefois Raymond, descendant de
sa chambre après quelque longue séance con-
sacrée à son roman, voyait passer dans les
yeux de sa mère, lorsqu'elle le regardait,
comme un éclair de malice et de joie. S'il
avait pu lire au fond de sa pensée, il aurait vu
qu'elle se disait alors à elle-même :

« Va, mon fils, fais ton livre : pendant ce
temps-là, moi, je refais ta femme ! »

VIII

Ils rentrèrent à Paris le 1ᵉʳ octobre. Quelque temps après, Raymond eut un matin l'idée d'aller déjeuner chez son ami Cavaroc.

Ce Cavaroc s'était fait depuis plusieurs années, par son originalité moitié voulue, moitié sincère, une de ces célébrités de rive gauche qui commencent à l'Observatoire et finissent à la fontaine Saint-Michel. La nature l'avait pourvu d'un physique assez étrange : un front démesuré, couronné d'une broussaille de cheveux roux, des yeux très noirs, armés d'un regard aigu, un long nez triste, mince du bout, un teint blafard, des lèvres très rouges, la barbe de même couleur que les cheveux et taillée en pointes, un grand corps osseux, disloqué, tout en angles, comme la figure. Son aspect général était celui d'un clown mélancolique, avec je ne sais quel air d'astrologue ou d'hypnotiseur. On citait de lui de bizarres imaginations. Il avait dressé son chien à faire des incongruités contre les gens quand on lui disait : « Fais le beau ! » et à mordre quand on le caressait : expérience qui, s'il fallait en croire l'éducateur du caniche, prouvait que la morale n'est qu'une convention. On disait aussi qu'il avait adopté un régime à base de lentilles, sous prétexte que la lentille, contenant du phosphore, est un légume « intelligent », comme les pois cassés, tandis que la pomme de terre mérite seulement le dédain des penseurs. C'était une opinion bien arrêtée chez lui que les facultés intellectuelles réclament, comme les muscles, un entraînement raisonné pour conserver leur souplesse et leur vigueur ; aussi faisait-il une heure de trapèze, le matin, en sortant du lit, et une heure de mathématiques le soir, avant de s'y mettre, sans préjudice d'une méditation de vingt minutes sur un sujet d'esthétique, en guise d'absinthe, à l'approche du dîner. Ses cartes portaient : Cavaroc, exégète. C'est lui qui avait découvert que Napoléon n'a

jamais existé, et qu'il ne faut voir dans sa
légende qu'un mythe solaire. Il exprimait en
un langage sibyllin des pensées généralement
abstruses, et faisait profession d'être misogyne
en même temps qu'exégète. Ses camarades
l'appelaient « Schopen », à cause de son admi-
ration pour Schopenhauer, qu'il accusait, d'ailleurs, de n'avoir pas tout dit. On ne lui avait
jamais connu qu'une maîtresse : ce n'était pas
pour ce que l'on croit qu'il l'avait prise, mais
seulement, ou du moins surtout, pour étudier
la loi de l'association des idées chez la femme,
étude à laquelle il se proposait de consacrer
plusieurs volumes, dont trois ou quatre existaient déjà en notes : depuis une dizaine d'années
qu'il y travaillait, il n'avait encore écrit que
les conclusions, en vingt pages tout à fait acca-
blantes pour le sexe. Ces laborieuses excentri-
cités — qui, s'enchaînant l'une à l'autre, avaient
fini par faire peser sur sa vie la préoccupation
tyrannique de soutenir toujours et quand même
ce rôle « d'original » — n'empêchaient pas ce
grand diable d'être un fort brave garçon, obli-
geant, dévoué, et du plus agréable commerce
dans l'intimité. Raymond avait essayé de l'at-

tirer chez lui. Mais le philosophe et Claire ayant montré peu de sympathie l'un pour l'autre, il avait pris le parti d'aller lui-même rendre visite à Cavaroc quand il éprouvait le besoin de causer avec son vieux camarade.

La conversation des deux amis roula d'abord, ce jour-là, sur leurs travaux respectifs. Raymond lut à Cavaroc la fin de son roman, qu'il avait apportée; Cavaroc apprit à Raymond que des expériences faites à Philadelphie, sur cent individus d'un sexe et cent de l'autre, avaient démontré que le sens de l'odorat est moins développé chez la femme que chez l'homme : découverte capitale, paraît-il, et qui excitait au plus haut point son enthousiasme.

« Songe, disait-il, que le poids moyen de leur cerveau est déjà de soixante grammes inférieur à celui du nôtre!... Qu'en dis-tu?... Est-ce assez démonstratif!...

— Oui, répondait Raymond sur un ton de douce moquerie; sans compter qu'elles ont une côte en moins... Ça les achève! »

Après le déjeuner, Cavaroc alluma sa pipe et dit tout à coup :

« Eh bien! mon fils, le mariage te réussit-il?

— A propos de quoi me demandes-tu cela?

— Dans l'intérêt de ma statistique... Tu sais que je travaille depuis des années à dresser le bilan du Mariage... Je fais des listes. Ménages très heureux : la page est blanche; ménages heureux : on m'en a indiqué jusqu'à trois, dont un de sourds-muets; ménages malheureux, mais résignés : quatre-vingts pour cent, c'est la véritable forme du mariage contemporain; enfin, ménages malheureux et exaspérés : dix-neuf trois quarts pour cent... Dans laquelle de ces catégories dois-je te ranger?

— Toujours maniaque, je vois!...

— Maniaque, non; *agame*, oui...

— Tu dis?

— Je dis agame... Tu ne sais plus de grec?... La monogamie m'humilie pour mon sexe, à cause de l'injurieuse égalité qu'elle suppose; la polygamie vaut mieux : le harem est une institution louable, conforme au vœu de la nature, et qui a ce grand mérite de protéger la vie intellectuelle de l'homme contre les envahissements de la femme; l'idéal est l'*agamie*... Ceci dit, réponds à ma question... Es-tu heureux?

— Certainement, je le suis!

— En ce moment, je ne dis pas non : tu digères, tu fumes, tu parles à une créature raisonnable... Je ne te plains pas !... Mais étais-tu heureux,... tout à l'heure,... ce matin,... hier ? Le seras-tu ce soir,... demain...

— Quand je serai privé de la béatitude de digérer, de fumer et de parler à une créature raisonnable ?... Mon Dieu oui, mon ami !

— C'est drôle...

— Pourquoi ?

— Parce que j'avais une petite idée à ton sujet.

— Laquelle ?

— Que tu n'étais pas heureux...

— Ah !... Qu'est-ce qui te faisait penser cela ?...

— Je ne sais pas trop... Je le sentais... Ça n'a rien de désobligeant pour ta femme, au moins, ce que je te dis là !...

— Au contraire... Continue...

— Si tu te fâches, non.

— Je ne me fâche pas... Tu m'amuses énormément... Donc, tu me croyais fort à plaindre ?

— Mais oui... Alors, tu comprends, j'ai philosophé sur ton cas,... et il me semble que j'ai trouvé un certain nombre de choses bonnes à

t'indiquer,... de petits conseils à te donner,...
qui n'eussent pas été inutiles, peut-être... Mais
puisque je me suis trompé, cela ne servirait à
rien,... n'en parlons plus.

— Bah!... Ça ne peut pas faire de mal : donne
toujours ta consultation.

— C'est que, pour te la donner telle que
je la conçois, il faudrait que tu me per-
misses au préalable de faire deux suppositions
qui ne te plairont pas : la première, que tu n'es
pas heureux, — en dépit de tes protestations;
— la seconde, que ta femme a un caractère
qui s'accommode assez mal avec le tien,...
qu'elle ne t'a pas compris...

— Va pour ces deux suppositions!... Je suis
malheureux, ma femme me méconnaît : c'est
entendu!... Maintenant, parle; je t'écoute avec
intérêt...

— Eh bien! je t'aurais dis, — note que je
parle au conditionnel! — je t'aurais dit ceci :
Mon bon ami, quand un homme de ta valeur a
eu l'idée parfaitement niaise de se marier, le
seul moyen qu'il ait de se réhabiliter un peu
est de se faire aimer trois fois plus qu'il n'aime,
afin de conserver intact le principe de la supé-

riorité du sexe auquel il appartient... Tu me
suis bien, n'est-ce pas?

— Parfaitement... Ensuite?

— Or, de tout ce que j'ai vu dans ton intérieur, de tout ce que j'ai entendu dire à droite
et à gauche depuis que je me dispense d'y
paraître, de tout ce que je pressens, il résulte
que tu as commencé par aimer trop ta femme,
elle, par ne point t'aimer assez, et que tu tolè-
res, aujourd'hui, qu'elle te rende la vie dure :
anomalie choquante, fait véritablement monstrueux, car il n'est pas dans l'ordre que le faible
opprime le fort, que la créature incomplète et
fatalement subordonnée réduise en la plus honteuse des sujétions l'être qui, dans la hiérar-
chie naturelle, la domine de si haut... Tu me
suis toujours?

— Moins bien que tout à l'heure... J'entre-
vois cependant qu'il te semblerait tout simple
que je rendisse ma femme malheureuse, tandis
que tu t'indignes...

— Tu as compris!... Je vois avec plaisir qu'il
te reste encore quelques lueurs d'intelligence...
Oui, je l'avoue, je ne suis pas fier de toi quand
je pense que tu acceptes d'être celui qui aime,

celui qui souffre, celui qui se lamente et qui pleure... Positivement, cela me révolte!... Un homme comme toi!... Mais, sacrebleu, faut-il donc t'apprendre que l'instinct le plus développé dans ces natures enfantines est celui de la vénération, et qu'il suffit, par conséquent, pour se faire adorer comme un dieu, de le bien vouloir?

— L'as-tu voulu, toi, Cavaroc?

— Le temps m'a manqué... Mais si je l'avais eu, et qu'il fût entré dans mes principes de me livrer à des expériences personnelles *in animâ vili*, je crois que j'eusse été irrésistible, — en dépit de ma laideur et même un peu à cause d'elle, — tant il me semble que je connais bien le mécanisme de cet instrument dont je n'ai jamais daigné jouer.

— Ah! Cavaroc, si tu savais comme c'est facile de faire des fausses notes!

— Parle pour toi, mon garçon, qui n'as guère fait autre chose depuis un an et plus! Regarde-toi dans cette glace... Tu as une tête superbe, au lieu d'une racine de buis sculpté comme moi : mais vois un peu ces cheveux, cette barbe que tu as gardés, comme si tu étais encore au temps où nous vidions des bocks au « *Voltaire* »,

en faisant de la métaphysique. C'est une tête
rive gauche, ça, mon bon, et tu as une femme
on ne peut plus rive droite; donc il est absurde
de ne pas m'avoir émondé tout cela. Et d'une!...
Ce costume, maintenant... Propre, simple, de
bon goût, convenable, tout ce que tu voudras,...
mais pas *chic!*... Axiome : le mari d'une femme
à la mode doit être ultra-chic... Veux-tu parier
que tu plairais dix fois plus à Mme Raymond
Blachère si tu offrais à ses regards ravis le
baron, son époux, sous l'aspect d'un monsieur
ayant une jolie barbe courte, des moustaches
retroussées et une jaquette légèrement gom-
meuse? Tes bottines à élastiques sont déplora-
bles... Donne-les-moi, et va t'acheter quelque
chose qui fasse valoir ton joli pied : on n'a pas
idée de l'influence de la chaussure des hommes
sur les sentiments des femmes. Mauvaise canne,
aussi : on ne porte plus de ces troncs d'arbre
dans le *high-life*, et, que tu le veuilles ou non,
tu es *high-life*, mon pauvre vieux!... Et de
deux!... Dans un autre ordre, qu'as-tu fait pour
qu'on t'idolâtre? Tu as mis à ses pieds tout ce
qu'il y a de bon, de généreux, de noble dans
ton cœur : la belle affaire! Rentre-moi tout cela,

grand naïf. Ça servira plus tard,... peut-être,... et encore je ne t'en réponds pas... Pour le moment, du dressage! **Parle en maître,** décide, ordonne; n'aie plus l'air triste et résigné comme un chien battu. Va dans le monde, non pour y prendre des mines d'appariteur des pompes funèbres, mais pour y briller, pour y plaire; sois empressé, galant, impertinent, spirituel, fat; aie des succès, — des succès de la plus méprisable catégorie, entends-tu bien, des succès de « joli garçon », — et tu m'en diras des nouvelles dans trois mois!... Voilà, mon fils, en substance, ce que je t'aurais dit, si je n'avais pas vu ce que je vois encore plus clairement depuis cinq minutes : que tu es absolument heureux en ménage... »

Quelques instants après, Raymond prit congé de son ami.

« Eh bien! demanda Claire quand il rentra, vous êtes-vous bien amusé avec ce fou de Cavaroc?

— Mais oui, ma chère; sa conversation m'a puissamment intéressé...

— Allons, tant mieux!... Vous a-t-il dit bien des horreurs sur ces pauvres femmes?

— Quelques-unes, je l'avoue.

— Vous nous avez défendues, je pense?

— Mollement.

— Ah!... Et pourquoi nous avoir abandonnées ainsi?

— Je ne me sentais pas d'humeur à discuter
avec lui...

— Pas plus que vous ne vous sentez d'humeur à être aimable avec moi... Je ne sais ce
que vous avez... Il est grand temps que votre
livre paraisse et qu'il ait du succès, si c'est
possible... Cela vous rassérénera, j'espère... »

Le moment de la publication approchait, en
effet. Bien que ce fussent ses premières armes
dans la littérature, Raymond n'avait rencontré
aucune des difficultés contre lesquelles ont à
lutter d'ordinaire les écrivains qui débutent.
Il avait trouvé sans peine un éditeur, au lieu
d'être obligé d'aller de porte en porte présenter
son manuscrit; bien plus, on lui avait offert
des droits d'auteur plus élevés qu'il ne s'y
attendait. Était-ce à son mérite ou bien à sa
fortune que l'on faisait si bon accueil? Le jeune
homme sut vite à quoi s'en tenir. Il ne se doutait pas encore que, dans une société fondée

toute sur l'argent, la fortune n'est pas seulement un bien, mais presque une vertu : à ce
point qu'il y.a présomption de talent en faveur
de l'homme qui, n'ayant pas besoin de sa plume
pour vivre, daigne nonobstant écrire. La pau-
vreté lui apparut alors sous son jour véritable ;
il vit en elle la plus écrasante des infériorités
sociales ; mais — ce qui fait honneur à son caractère — il ne se sentit pas pour cela plus fier
d'être riche et garda la haine du veau d'or,
avec le mépris du culte abject qu'on lui rend.

Le livre parut enfin et fut bien accueilli. Les
journaux s'occupèrent de ce roman, et, tout en
regrettant, pour la plupart, qu'il procédât de cette
« littérature d'imagination », qui, paraît-il, a
fait son temps, ne purent se dispenser d'y si-
gnaler de rares qualités. L'œuvre, en effet, était
délicate, sincère et saine ; l'honnêteté de l'inspiration contrastait d'une manière heureuse, au
gré de quelques-uns, avec l'immoralité brutale
ou raffinée d'un assez bon nombre de romans
contemporains ; il s'y trouvait un mélange d'esprit et de sensibilité qui ne laissa point de paraître assez piquant ; le style était d'une probité parfaite, qui reposait un peu les gens des jongleries

et des outrances; au demeurant, on trouva que cet ouvrage de début contenait des promesses et même quelque chose de plus. Raymond reçut de tous côtés des lettres lui apportant l'expression d'une sympathie dont Claire fut plus surprise encore que charmée, car elle ne comptait point sur un succès aussi vif; même elle trouvait, au fond, un peu fade, l'histoire très simple, légèrement sentimentale, et tout imprégnée de poésie rustique, qu'avait contée son mari. « Je me suis trompée, pensait-elle; il a beaucoup plus de talent que je ne croyais... » Et elle jeta au feu, non sans un peu d'humiliation, ces fameuses « notes » qu'elle avait prises à son intention, en se disant que jamais elle n'oserait, maintenant, lui proposer de s'en servir. Parmi les lettres adressées à Raymond, plusieurs devaient avoir été écrites par des femmes. L'une commençait ainsi : « Ah! monsieur, quelle connaissance vous avez de l'âme féminine, et combien vous avez dû souffrir par elle... Que n'est-il en mon pouvoir de panser les blessures qu'elle vous a faites!... » Cette lettre était signée : Aurore. Elle se terminait par l'offre d'un échange de correspondance sur des matières de psychologie féminine, et l'indication d'une adresse, poste restante, à Saint-Flour. Claire se montra fort émue de ce billet; elle le tourna et le retourna, examina avec soin l'écriture, qui lui parut jeune, le papier, qu'elle trouva joli et parfumé...

« Mais enfin qu'est-ce que c'est que cette Aurore? dit-elle sur un ton de dépit assez vif.

— Comment pouvez-vous le demander?... Un vieux bas bleu... Et de l'espèce la plus horrible : un bas bleu de province...

— C'est que... s'il était jeune... et joli, ce bas bleu...

— Eh bien!... après?

— Donnez-moi votre parole d'honneur de ne pas répondre?

— Prenez garde, ma chère, répondit-il avec un sourire un peu amer, vous allez me rendre fat! »

A quelque temps de là, sa femme lui dit :

« Est-ce que vous devenez coquet?... Je ne vous avais pas encore vu aussi élégant... Cette redingote vous va, ma foi, fort bien; vous aviez tort de ne jamais en porter...

—J'ai changé de tailleur », répliqua-t-il simplement.

Quelques jours plus tard, elle poussa un cri
de surprise en le voyant paraître :

« Comment! Les cheveux courts, plus de
barbe, les moustaches en croc!... Ah çà! mais
qu'est-ce qui vous prend? Je n'aurais pas osé
vous demander ce sacrifice, mon ami; et cependant vous aviez l'air un peu homme des bois...
Tandis qu'aujourd'hui... Il n'y a pas à dire :
cela vous va très bien!... »

En novembre, ils recommencèrent à aller
dans le monde. Raymond y fut accueilli d'une
tout autre façon que l'hiver précédent, sans
qu'il fût aisé de discerner si c'était à ses moustaches ou à son talent que s'adressaient les
égards nouveaux qu'on lui prodiguait. Les
femmes, surtout, se montraient fort empressées; et il parut à Claire que son mari prenait
goût au parfum léger de flatterie qu'elles lui
faisaient respirer. Les maîtresses de maison se
disputaient l'honneur de le produire devant les
invités; il tournait au sujet rare, au ténor à
succès; on disait, en se le montrant : « C'est
l'auteur de *Rédemption* »; on l'entraînait dans

de petits coins; on le consultait sur des cas
compliqués de morale; on le poussait à s'expliquer sur les questions à la mode du moment,
le dernier roman, la dernière pièce, et sur d'autres qui seront à la mode de tous les temps :
l'amour, le mariage, le divorce; on l'interro-
geait, avec une curiosité indiscrète et puérile,
sur ses goûts, ses idées philosophiques, ses
doctrines littéraires; on lui conseillait d'essayer
du théâtre, ou de composer un roman historique, ou bien encore d'écrire des vers; tout
cela, avec des airs de s'intéresser prodigieusement à tout ce qu'il répondait, — avec de
menus compliments, enguirlandés de sourires...
Ces petites scènes, qui se renouvelaient chaque
soir, plaisaient médiocrement à Claire; elle
les suivait de loin, non sans irritation secrète;
ces femmes, vieilles ou jeunes, toutes également avides à se frotter à la célébrité naissante
de son mari, toutes jacassant autour de lui
comme des folles, lui semblaient parfaitement
ridicules; et elle se sentait prise d'une sorte de
honte à la pensée que ses propres allures
avaient pu paraître, quelques mois auparavant,
aussi déraisonnables, aussi irritantes, qu'elle

trouvait maintenant les leurs. Au lieu de s'agiter comme autrefois, de tourbillonner de pièce en pièce, elle restait volontiers assise dans un cercle de personnes d'âge.

« Eh bien? petite, lui dit un jour à l'oreille une vieille dame de ses amies, est-ce qu'il y a du nouveau, que vous voilà si calme?

— Hélas! non, » répondit-elle en rougissant jusqu'aux cheveux.

Et la vieille dame fit cette réflexion, que sa petite amie avait le ton moins cavalier que jadis.

Un jour, elle offrit à son mari de rester chez eux le soir, au lieu de sortir.

« Ai-je bien entendu? dit Raymond. C'est vous qui me proposez de rester à la maison ce soir!

— Mais oui... Qu'est-ce qu'il y a d'étonnant à cela? Vous travaillerez... je lirai près de vous. »

Il refusa ce jour-là, et fit encore de même quelques jours après, sous prétexte qu'il était impossible de manquer aux engagements pris. Mais Claire ne crut pas que ce fût la raison véritable. Elle avait découvert que deux ou trois femmes de sa connaissance donnaient à entendre que Raymond s'était inspiré d'elles pour composer le portrait de l'héroïne de son roman, et cette prétention la mettait en rage.

« A-t-on jamais vu ces pécores, disait-elle, qui veulent toutes, maintenant que vous avez du succès, vous avoir servi de modèle?... Peut-on concevoir une sottise et une vanité pareilles!... »

Ce devint chez elle une idée fixe, que Raymond ne la forçait à sortir, même quand elle n'en avait pas envie, que pour rencontrer ces femmes ; et le monde, qu'elle avait tant aimé, commença de lui plaire beaucoup moins. Sur ces entrefaites, un matin qu'elle galopait avec Raymond dans l'allée des Poteaux, son cheval prit peur et la jeta de côté contre un arbre, si malheureusement qu'un assez grave épanchement se déclara au genou. Le médecin ordonna le repos absolu; à la grande surprise de Raymond, ce fut avec une parfaite résignation que la jeune femme accepta cette prescription de garder la chambre. Comme Mme Lecouturier était alors à Nice, où elle devait passer l'hiver, Mme Blachère vint s'installer auprès de sa belle-fille, qui lui fit le plus tendre accueil. Les longues causeries recommencèrent entre les deux femmes. Au début de sa réclusion, Claire fut d'une gaieté charmante ; elle riait, dans son lit, bavardait à plaisir et tenait les propos les plus divertissants : c'était à croire qu'elle était enchantée de son accident. Mais son humeur changea tout à coup quand Raymond, qui avait passé auprès d'elle les premières soirées, annonça un jour qu'il était obligé de sortir après dîner. La jeune femme se montra, ce jour-là, nerveuse, inquiète, irritable, et se plaignit de ce que son mari ne pouvait plus, maintenant, rester deux soirées de suite à la maison.

« A qui la faute, mon enfant ? dit tranquillement sa belle-mère. Raymond n'était pas mondain : n'est-ce pas vous qui l'avez poussé à le devenir ? »

L'observation était si juste que Claire n'essaya même pas d'y répondre ; seulement elle cacha sa tête dans l'oreiller, comme un enfant, et se mit à pleurer. Ce que voyant, Mme Blachère s'approcha du lit en souriant doucement, se pencha vers elle, l'embrassa, essuya ses larmes et dit avec une tendresse infinie :

« Là, là, mignonne, calmons-nous... Il paraît que nous sommes devenue bien sensible, ma chère fille ! »

IX

Il y avait quelques jours déjà que Mme Blachère était rentrée à Château-Frayé, après le complet rétablissement de sa belle-fille, quand, vers la fin de novembre, Claire se crut enceinte.

Seize mois auparavant, la perspective d'une grossesse était, comme on l'a vu, très loin de sourire à la jeune femme. Mais, depuis quelque temps, ses idées avaient subi, sur ce point comme sur d'autres, d'essentielles modifications, et, presque à son insu, elle en était insensiblement venue à regretter de n'avoir pas d'enfant, soit que, ayant commencé de prendre goût à une vie plus calme, elle comprît enfin tout ce que la présence d'un de ces petits êtres donne de charme et de poésie au foyer domestique;

soit que son affection pour Raymond ayant
grandi, ce sentiment fût devenu plus perspi-
cace en même temps qu'il devenait plus noble,
et lui eût revélé que si l'amour de son mari
semblait décroître, c'était peut-être qu'il avait
contre elle un grief inavoué, qui n'existerait
plus, du jour où elle pourrait lui annoncer que
bientôt il serait père. Aussi fut-ce avec une
émotion profonde qu'elle s'avisa de son état.
Comme s'il voulait se venger d'avoir été com-
primé si longtemps, l'instinct maternel l'envahit
tout entière, d'un élan si brusque et d'une
prise si impérieuse, qu'on eût fort étonné la
jeune femme, qu'on l'eût indignée même, en
lui rappelant qu'elle n'avait pas toujours regardé
comme le plus grand des bonheurs cette espérance d'être mère, qui maintenant la ravissait
en une sorte d'extase.

Elle attendit, ne voulant rien dire, surtout à
son mari, avant d'être sûre. Et, à chaque jour
qui s'écoulait, l'espérance devenait plus forte,
devenait invincible, s'emparait de son cœur, à
ce point qu'il lui semblait, à de certains moments,
qu'elle mourrait d'une déception. Elle parlait
peu, se souriait souvent à elle-même, ou plutôt

à un être qui n'existait pas encore pour d'autres,
mais qui pour elle vivait déjà, que déjà elle
aimait; et ce sourire mystérieux avait la douceur de la pensée dont il était le reflet. Elle restait languissamment assise pendant des heures,
ayant sur ses genoux un livre qu'elle ne lisait
pas, cherchant d'instinct les poses molles et
allongées; son regard semblait se noyer de
rêve; ses mains se croisaient déjà d'elles-mêmes
sur son ventre, comme pour protéger le cher
fardeau qu'il portait peut-être; et toujours le
même vague sourire flottait sur ses lèvres,
entr'ouvertes, comme si elle eût parlé à quelqu'un d'invisible...

Puis, quand il n'y eut plus de doute, au lieu
de la joie immense qu'elle s'était promise pour
le moment où elle pourrait confier son secret à
Raymond, un accès soudain de timidité la saisit.
Elle ne savait plus comment lui avouer la douce
chose, elle hésitait, elle tremblait au moment
de la dire. Dix fois elle ouvrit la bouche pour
parler et n'osa pas. Il lui semblait que Raymond
aurait dû deviner quelque chose, pressentir le
grand événement, s'informer... Ah! comme elle
aurait su répondre, et quelle félicité de lui tout

dire!... Mais il restait sombre et concentré; il ne demandait rien, il ne voyait rien, il était tout à l'idée de son nouveau livre, comme elle était, elle, toute à l'idée de son enfant.

Un jour qu'il était allé faire quelques visites, il la trouva, en rentrant pour dîner, étendue sur la chaise longue du cabinet de travail où il l'avait laissée en partant.

« Comment, dit-il, encore là!... Est-ce que votre genou recommence à vous faire mal? »

Elle fit signe que non, sans parler.

« Mais enfin, il n'est pas naturel que vous restiez ainsi pendant des heures entières... Vous souffrez?... »

Elle le regarda, et d'une voix très douce :

« Je ne souffre pas... Je suis heureuse.

— Ah! mon Dieu, dit-il un peu ému du ton dont elle avait prononcé ces mots, qu'y a-t-il?... Est-ce que?...

— Oui, mon ami... Je le crois... J'en suis sûre même... Il faut bien que je vous l'annonce, puisque vous ne me demandez rien... Êtes-vous content de moi? »

Il se pencha vers elle, l'embrassa et, déga-geant sa tête des bras qu'elle avait noués

autour de son cou pour le retenir, lui adressa
plusieurs questions.

— Mais ce n'est pas la peine de tant m'interroger, disait-elle ; je vous répète que je suis
sûre ; j'ai vu le médecin : figurez-vous qu'il n'a
jamais voulu me dire si ce serait un garçon ou
une fille... Quels ânes que ces médecins !... Moi,
j'aurais mieux aimé une fille ; mais, à cause de
vous, je préfère un garçon... Dites-moi donc
enfin que vous êtes content,... riez,... embrassez-
moi encore : vous ne m'avez embrassée qu'une
pauvre petite fois, et ça n'est pas payé, je vous
assure, car enfin je puis bien y laisser mes os,
vous savez ! Et faisons des projets d'avenir
pour ce monsieur,... car c'est un fils, décidément, je le parierais !... »

Raymond écoutait sans répondre ce gentil
babillage. La nouvelle d'un événement qu'il
avait appelé de tous ses vœux le touchait, assurément, mais c'était peut-être la surprise qui
dominait dans l'émotion qu'il venait d'éprouver.
Il arrive quelquefois qu'on accueille mal un
bonheur auquel on n'est pas au moins un peu
préparé ; or Raymond, après avoir longtemps
souhaité en vain celui-là, avait fini par s'in-

terdire d'y penser même. La soudaine révélation que sa femme lui avait faite le frappa
d'une sorte de stupeur que Claire prit, très à
tort, pour de l'indifférence.

« Ah! dit-elle, vous ne parlez pas... Moi
qui croyais vous rendre si heureux,... vous me
gâtez ma joie!

— Que voulez-vous, répondit-il, j'avais fini
par m'habituer à l'idée de n'avoir pas d'enfant! »

Cela ne voulait point du tout dire, dans sa
pensée, qu'il ne fût pas heureux d'en avoir;
mais elle se méprit sur le sens de ces paroles,
qui lui causèrent une peine affreuse, et, se
levant brusquement, elle sortit du cabinet, dé-
sespérée.

Ce malentendu, qu'une bonne et franche
explication eût aisément dissipé, devait avoir,
ainsi qu'il arrive quelquefois entre époux,
d'assez graves conséquences. Claire se rejeta
avec une sorte de fureur dans le tourbillon
mondain. « Ah! se disait-elle, c'est ainsi!... Pas
un élan de gratitude ou de joie, pas un mot
tendre... Il ne m'aime plus, c'est évident... »
Et la malheureuse, comme toutes les femmes
qui croient avoir perdu l'amour de l'homme

qu'elles aiment, ne chercha plus qu'à s'étourdir.
Raymond, de son côté, ne comprenant pas ce
qui se passait en elle, vit avec autant de tristesse que de mécontentement rentrer en scène
la femme frivole, coquette, ardente au plaisir,
que Claire avait cessé d'être depuis quelques
mois. Il lui parut que le calme et le recueillement eussent mieux convenu, de toutes manières, à son état, que la vie bruyante, agitée,
dont le goût l'avait soudain reprise; de sorte
que cet événement capital, au lieu de fondre
dans la communauté d'une joie inespérée tous
leurs petits griefs réciproques et de rapprocher
l'un de l'autre les deux époux, eut seulement
pour effet d'aggraver la sourde mésintelligence
qui s'était glissée entre eux. Sans se le dire
ouvertement, ils se reprochaient l'un à l'autre,
et avec une égale injustice, lui, de méconnaître
les austères devoirs qu'impose une maternité
prochaine, elle, de se montrer insensible au
bonheur d'avoir bientôt un enfant.

Janvier, février se passèrent ainsi. En dépit
des observations de sa mère, de sa belle-mère,
des conseils du médecin, Claire avait repris
son train de l'hiver précédent.

« Vous devriez ménager un peu vos forces,
lui dit un jour son mari ; vous en aurez besoin...

— Bah ! répliqua-t-elle, arrive que pourra ! »

Tandis qu'elle jetait dédaigneusement ces
paroles, son cœur se serrait ; Raymond, ne devinant point l'amertume cachée sous cette triste
fanfaronnade, souffrit horriblement de l'entendre et ne répondit pas.

Tous les soirs, ils sortaient. Tandis que le
coupé les emportait loin de leur maison, ils
regardaient chacun d'un côté différent dans la
rue, et se renfermaient à l'envi dans un silence
pénible, gros de mutuelles récriminations. Aussitôt arrivés, ils se séparaient ; Raymond allait
saluer ses amies, et Claire, par représaille, se
laissait faire par les hommes plus de compliments qu'elle n'en avait encore autorisé. Ils
s'observaient du coin de l'œil, avec colère, en
évitant que leurs regards se rencontrassent, et
en déguisant sous un air d'indifférence et de
gaieté la jalousie dont ils souffraient l'un et
l'autre. Cette comédie qu'ils jouaient incons-
ciemment avait fini par tromper beaucoup de
gens ; le bruit courut que « le ménage Blachère
allait mal ». Et aussitôt les messieurs un peu

mûrs que la froideur de Claire et la vigilance
de son mari avaient tout d'abord écartés se
montrèrent derechef autour d'elle : ce qui fut
regardé par quelques observateurs des choses
de la vie parisienne comme un symptôme aussi
grave que le peut sembler, aux yeux des ma-
rins, l'apparition, autour d'un navire, des
oiseaux dont la présence annonce la tempête.

Un soir que Claire s'était donné beaucoup
de mouvement, qu'elle avait causé bruyamment, dansé même, le monsieur qui l'avait
conduite au buffet et qui à ce moment lui présentait une coupe de champagne, la vit tout à
coup pâlir, chanceler, et porter d'un mouvement
rapide, qu'elle réprima aussitôt, la main au bas
de son corsage.

« Qu'avez-vous, madame? demanda-t-il avec
un galant empressement.

— Ne faites pas attention, dit-elle en repous-
sant la coupe ; c'est la chaleur... »

Sa figure était devenue blanche comme un
linge ; ses yeux, qui brillaient d'un éclat extraordinaire, cherchaient Raymond : pour la
première fois, Claire venait de sentir comme
un autre cœur qui palpitait en elle. Et elle

restait là, oubliant tout, le lieu, la foule, les
regards fixés sur elle, immobile et glacée, sentant les battements de son sang ralentis, sus-
pendus presque par l'attente d'une nouvelle
secousse, ne pensant plus à rien, si ce n'est à
ce petit être qui venait brusquement de se rappeler à elle, et qu'elle tuait peut-être, alors
qu'il voulait vivre. Quelqu'un était allé chercher
Raymond. Elle prit son bras.

« Partons, » dit-elle.

Et, droite, pâle, les yeux fixes, d'un pas raide
de somnambule, elle sortit.

« Eh bien! qu'y a-t-il? » demanda Raymond,
dès que la portière de la voiture se fut refer-
mée. Il se penchait vers elle et la regardait
anxieusement, soupçonnant presque ce qui venait de se passer. Pourquoi, au lieu de lui dire
la vérité, d'appuyer, comme elle faisait autrefois, — ainsi qu'elle en avait envie, — la tête
sur son épaule, pourquoi se raidit-elle contre
son émotion?... Hélas! c'est qu'au moment où
elle allait parler, au moment où les larmes,
qui déjà gonflaient ses paupières, allaient jaillir
et soulager son pauvre cœur oppressé, à ce
moment-là, l'image d'une petite blonde avec qui

20

Raymond s'était entretenu longuement pendant
ce bal passa soudain dans son esprit... Alors,
l'attendrissement qui la gagnait se changea
en une sorte de rage ; elle eut horreur de cet
homme, — qu'elle adorait pourtant, — horreur
du monde qui le lui avait pris, horreur d'elle-
même, horreur de tout. Et comme il répétait
doucement la question : « Eh bien ! qu'y a-t-il ? »
en essayant de glisser un bras autour de sa
taille :

« Rien ! » dit-elle durement.

Raymond tressaillit et s'écarta. Elle s'était
rejetée dans le coin de la voiture. Parfois la
lumière des lanternes d'une autre voiture que
l'on croisait entrait brusquement dans le coupé
et éclairait pendant une seconde le visage blême
d'une femme qui regardait tout droit dans la
nuit, les sourcils contractés, l'air farouche... Et
ce fut ainsi qu'ils rentrèrent chez eux, qu'ils se
retrouvèrent, une heure après, seuls, à côté
l'un de l'autre, dans la tiède chaleur de la
chambre nuptiale, ce soir, — soir sacré ! — où
le petit être né de leur amour avait donné la
première manifestation de sa vie obscure à
celle qui l'avait conçu. De quel élan de grati-

tude celui qui l'avait engendré se serait jeté aux
genoux de la mère, si elle avait voulu parler !
Comme leurs âmes qui se cherchaient, alors
même qu'elles semblaient se fuir, se seraient
unies et fondues, en présence de l'ineffable
mystère ! Et quelle nuit d'amour eût valu celle
qu'ils eussent passée, serrés l'un contre l'autre,
attendant avec une sorte de religieuse anxiété
quelque nouveau tressaillement, afin d'être bien
sûrs que cette vie, distincte de la leur et pourtant toute mêlée à elle, continuait à sourdre !
Mais Claire ne sortit pas de son cruel silence,
trouvant une sorte de volupté amère à se noyer
dans sa propre souffrance, à se dire, à se répéter sans fin qu'elle était seule, abandonnée
de tous, sans mère ni mari, — et se vengeant
de son martyre en refusant à celui qu'elle accusait de le lui infliger la joie d'apprendre cette
première palpitation de la créature qu'ils avaient
formée tous les deux. Il y a des heures où nos
pires ennemis ne mettent pas autant de haine
à nous déchirer, que nous mettons de frénésie
à torturer notre propre cœur. Or elle était, la
malheureuse femme, à l'un de ces moments ; et
dans ce naufrage de sa raison surnageait seu-

lement l'âpre désir de se faire du mal à elle-
même, afin d'en faire aussi à celui qu'elle
aimait. Raymond ne sut donc pas pourquoi elle
avait voulu quitter le bal. Il crut à un caprice de
femme impérieuse et fantasque, à un de ces
accès de despotisme conjugal qu'elle ne lui
avait pas épargnés dans les premiers temps de
leur mariage. Et le seul résultat de cet incident
— qui aurait dû les jeter dans les bras l'un de
l'autre, confus de leur méprise et repentants du
mal qu'ils s'étaient fait — fut d'affermir le
jeune homme dans la résolution de ne pas céder
toujours à cette ridicule et humiliante tyrannie
qu'on prétendait exercer sur lui. Quant à Claire,
il lui arriva ce qui arrive souvent aux femmes
après une de ces crises d'âmes qui boulever-
sent de fond en comble tout leur être moral : ses
sentiments religieux, assez tièdes jusqu'alors,
prirent tout à coup une ferveur qu'ils n'avaient
jamais eue. Elle chercha dans sa mémoire, en
s'étonnant de les avoir déjà presque oubliées,
les prières de son enfance; et ce fut pour sa
pauvre âme blessée une joie, une consolation,
de retrouver, de redire les belles et douces paroles qu'elle se reprochait maintenant d'avoir

dites autrefois sans remarquer assez la vertu de
réconfort qui réside en elles. Ce retour offensif
de religiosité se produisit avec une telle force,
qu'au bout de quelques jours la jeune femme
ne fit pas de difficulté à prendre l'avertissement
reçu par elle pendant ce bal pour un ordre
mystérieux de se consacrer toute à son enfant,
et qu'il lui vint un remords des dîners, des fêtes
de toute sorte où elle était allée, comme si, en
y allant, elle avait risqué de compromettre le
dépôt de vie que Dieu même lui avait confié.
Elle résolut donc de renoncer au monde jusqu'à
l'époque de sa délivrance; et le sacrifice lui
coûta d'autant moins, qu'elle espérait, au fond,
en cessant d'y paraître, retenir son mari auprès
d'elle. Malheureusement, la funeste habitude
qu'ils avaient prise de se dérober l'un à l'autre
la connaissance de leurs sentiments intimes et
des mobiles secrets de leurs actes les exposait
à interpréter presque toujours d'une manière
fausse et injuste leur conduite respective. Dans
la disposition d'esprit où il était, Raymond
devait croire, et crut en effet, que ce parti pris
de retraite absolue, succédant si brusquement
à une excessive mondanité, servait seulement

à déguiser une nouvelle entreprise contre sa
propre indépendance. Étant, moins que jamais,
d'humeur à se la laisser confisquer, il ne se
rendit point aux timides invites que fit Claire
pour le garder à la maison, et continua d'aller
dans le monde où elle n'allait plus : tant parce
qu'il avait insensiblement pris goût à cette vie,
que parce qu'il croyait sa dignité intéressée à ne
point permettre que les caprices d'une femme
devinssent la règle de sa conduite.

X

Il n'était bruit, à ce moment-là, dans Paris, que d'un grand bal masqué qui devait être donné par M. Blum, — le richissime ami des Lecouturier, — pour inaugurer un hôtel qu'il venait de faire construire, après une série d'opérations, particulièrement géniales, sur les guanos. De petits jeunes gens bien informés se faisaient un succès, depuis trois semaines, rien qu'à colporter de salon en salon des « indiscrétions » sur les futures splendeurs de cette fête. On parlait de surprises d'un goût charmant; cinq ou six messieurs, qui gravitaient, à la Bourse, dans l'orbite du puissant spéculateur, avaient résolu de se déguiser en goélands, pingouins, manchots et autres oiseaux du Pacifique : délicate allusion aux artisans modestes et

inconscients de cette opulence. On faisait des
bassesses pour être invité ; la haute banque était
en délire ; le faubourg Saint-Germain commençait à s'agiter. Le comte de Cimeuil — dont
les ancêtres avaient rempli d'importantes mis-
sions diplomatiques sous Louis XV — prouvait que l'hérédité n'est pas un vain mot, en
négociant avec beaucoup d'habileté une très
grosse affaire, la présence à ce bal d'un certain
nombre de nobles dames, fort titrées, qui se
faisaient encore un peu tirer l'oreille, mais qui,
nul n'en doutait, finiraient par mettre leurs quartiers dans leur poche et paraîtraient à la fête ;
l'opinion commune était que le succès de son
entremise rapporterait à Cimeuil au moins mille
louis, Blum ayant la réputation de ne point
lésiner, en pareil cas, sur les courtages.

« J'ai reçu l'invitation de M. Blum, dit un
jour Raymond à sa femme ; c'est pour le 15...
Viendrez-vous ?

— Non.

— Décidément ?

— Décidément.

— Ce sera curieux pourtant... Vous n'êtes
pas encore dans un état qui vous condamne à

ne jamais mettre le pied hors de chez vous...
Cela vous amuserait... Pourquoi ne m'accom-
pagneriez-vous pas?

— Vous irez donc?

— Sans doute... N'est-ce pas vous qui avez
tenu à me présenter à ces gens?... D'ailleurs,
je vous le répète, cela sera très curieux... Quand
on fait du roman, il faut voir ces choses-là :
vous me le disiez vous-même l'an dernier.

— Croyez bien que je ne vous retiens pas...
Comment vous mettrez-vous?

— Je ne sais pas trop encore... En toréador,
peut-être... Qu'en dites-vous?

— Ah! oui... Parce que Mme de Sizerac vous
a dit à Biarritz que vous aviez l'air espagnol?...
Mettez-vous en toréador si vous voulez...
Comme c'est loin, ce temps de Biarritz, n'est-ce
pas? Dans trois mois, il y aura deux ans que
nous y étions... C'est peu : que de choses, pourtant, depuis lors!... »

Le soir du bal, Raymond, après avoir revêtu
son costume, entra dans le cabinet de travail
pour dire adieu à sa femme.

« Comment, dit-il, votre mère est déjà partie!

Mme Lecouturier était, en effet, venue dîner avec eux et avait annoncé l'intention de passer la soirée auprès de sa fille; mais elle s'était retirée avant dix heures, sous un prétexte quelconque, en réalité parce qu'un long tête-à-tête avec Claire lui semblait chose fort peu divertissante, tant la conversation de la jeune femme se ressentait du changement de son humeur, de ses goûts et de l'orientation nouvelle de ses pensées, presque toujours tournées maintenant vers des sujets dont le sérieux alarmait l'incurable frivolité de sa mère.

« Si j'avais su, je ne serais allé m'habiller qu'après que vous auriez été couchée, reprit Raymond. Je ne me doutais pas que vous dussiez rester seule...

— Je commence à m'y habituer, mon ami... Et puis,... je ne suis pas seule, allez! »

En disant ces mots, elle coiffait son poing d'un mignon bonnet au tricot qu'elle venait de finir et le contemplait avec amour, comme si elle eût entrevu déjà la chère petite tête qui, dans quelques mois, allait le remplir.

« Voulez-vous que je reste? » demanda doucement Raymond, ému.

Elle le regarda bien en face pour voir s'il
était sincère. Si elle avait été sûre qu'il le fût,
avec quelle joie, quel transport de reconnais-
sance elle eût dit : « Oh ! oui, restez !... Je souffre
tant lorsque vous n'êtes pas auprès de moi, et
que d'autres femmes sont auprès de vous !...
Restez... Vous travaillerez, là... Je ne vous
parlerai pas ; ma pensée seule causera avec
vous... Je vous demande seulement de tourner
quelquefois les yeux vers moi, sans me rien
dire... Et je serai heureuse ; et quand vous aurez
assez travaillé, nous irons dormir ; et nous
continuerons de penser en rêve, vous à votre
livre, moi à mon enfant !... » Voilà les paroles
qui de son cœur eussent monté à ses lèvres, si
elle n'avait été, la malheureuse, en proie à un
funeste et irrésistible instinct de défiance. Il en
fut ce soir-là, comme le soir où elle avait quitté
le bal, sentant bouillonner la vie aux sources
profondes de la maternité. Une parole d'elle
eût suffi pour que ce mari, qui l'aimait toujours,
mais d'un amour inquiet et douloureux, tombât
à ses pieds, pour que tout fût réparé, oublié,
et qu'ils connussent enfin, au lieu des tourments
qu'ils s'infligeaient l'un à l'autre, les félicités

d'une tendresse égale et sereine. Mais cette
parole ne fut pas prononcée. Et, de nouveau,
ces deux âmes, qui aspiraient à se joindre et à
se ressaisir, — faute d'un dernier effort, d'une
seconde d'abandon, faute d'un mot! — se trouvèrent séparées violemment.

« Vous êtes vraiment très bien dans ce costume... Je ne voudrais pas vous priver des
compliments de vos admiratrices ordinaires. »

A peine elle avait cédé à l'impulsion mauvaise qui, sans cesse, la poussait à proférer de
dures paroles, alors qu'elle en avait de si tendres plein le cœur, Claire se repentit. Mais il
n'était plus temps.

« Excusez', dit Raymond, la présomption
que j'ai eue de croire que ma présence pouvait
vous être agréable... »

Il sortit du cabinet, en proie à une violente
irritation. Deux minutes après, le grondement
sourd de la voiture roulant sous la voûte emplit
la maison. Claire tendait l'oreille. Elle espérait
qu'il aurait compris le tumulte de sentiments
contradictoires qui s'agitaient en elle, qu'il allait
revenir... Comme elle se confesserait à lui,
comme elle lui demanderait secours contre elle-

même, contre la perpétuelle inquiétude de son esprit malade, contre ce maudit instinct qui lui faisait dire ou faire des choses dont elle se repentait aussitôt!... Le bruit sec des roues retombant sur le pavé de la rue retentit par deux fois. Alors, la jeune femme renversa sur le dossier du fauteuil sa tête pâle, ferma les yeux et, serrant dans ses mains jointes le petit bonnet destiné à son enfant, sentit que sa pauvre âme sombrait en un abîme de tristesse.

Quand Raymond arriva chez M. Blum, la fête était déjà commencée. Il entra dans un premier salon et se trouva au milieu d'une cohue bigarrée d'hommes et de femmes en costumes de toutes les époques et de toutes les latitudes. Sous la lumière crue de mille petites lampes électriques, cette foule riait, criait, s'agitait, en un désordre et avec une liberté d'allures qui ne laissaient pas d'être assez pittoresques, mais qui n'impliquaient point que l'on se crût, en ce lieu, obligé de veiller avec plus de soin sur son langage ou sur sa tenue qu'on n'aurait fait dans quelque bal public. Des hommes étaient déjà installés au buffet, quoiqu'il ne fût pas encore minuit, mangeant et buvant, sous l'œil grave

des maîtres d'hôtel, avec une immonde goin-
frerie; d'autres, qui avaient fini, — pour le
moment du moins, — allaient au fumoir, et là,
effondrés sur des sièges bas, prenaient des
poses d'animaux gavés, en fumant de gros
cigares dont ils avaient mis, par distraction,
quelques-uns dans leurs poches. Ils parlaient,
entre deux bouffées, de leur hôte, des spécula-
tions qui avaient édifié son immense fortune,
sur un tel ton, qu'il eût été difficile de savoir
ce qui l'emportait en eux, de l'envie, de l'admi-
ration ou du mépris : peut-être les trois sentiments se trouvaient-ils représentés à propor-
tions égales dans cette édifiante causerie. A en
juger sur l'effroyable consommation de cigares
et de liqueurs, sur le peu de soin qu'ils prenaient de ne point salir les meubles et les tapis,
on eût dit qu'ils s'étaient mis d'accord, sans se
le dire, pour faire payer aussi cher que possible
cette insolente opulence à l'homme hardi et
heureux qui les avait conviés à en partager, ce
soir-là, le bienfait avec lui. Par moments, on
voyait apparaître dans l'embrasure d'une porte
la tête de M. Blum. Il allait et venait, rayonnant, un sourire de triomphe aux lèvres, con-

tent de voir que ses salons étaient pleins, que
les hommes les plus célèbres, les femmes les
plus fières avaient subi l'irrésistible attraction
de ses millions, qu'on faisait honneur à son
champagne, à ses truffes, à ses havanes, qu'on
riait, qu'on s'amusait, que l'on pâturait bien ;
rendant à tout ce monde mépris pour mépris,
saluant du bout des doigts son agent de recrute-
ment, Cimeuil, savourant, ce parvenu, l'exquise
vengeance de jeter son hospitalité fastueuse
comme un soufflet à la face de ces gens ; jouis-
sant d'abaisser toutes les supériorités qu'il
n'avait pas, le nom, les titres, le talent, devant
la lourde supériorité de l'énorme tas d'or sur
lequel il trônait...

Raymond se promenait de salon en salon et
observait curieusement le mélange de magnificence et de vulgarité qui semblait être la carac-
téristique de cette fête. Il remarqua que beaucoup de gens s'étaient affublés en bêtes ; il lui
parut qu'une certaine bassesse de l'instinct
public se révélait dans le choix de ces accou-
trements, auxquels il eût été si facile de pré-
férer ceux dont la beauté rehausse la noblesse
de la forme humaine. Dans une pintade qui

passait, il reconnut une dame portant un nom
illustre ; elle était entourée de trois ou quatre
petits jeunes gens habillés en serins : leur conversation donnait à penser que le costume loyalement choisi par eux constituait une profession de foi plutôt qu'un déguisement.

Comme il regardait, appuyé contre une porte,
un domino rose le toucha du bout de son éventail et lui dit bonjour sur un ton de fausset destiné à déguiser sa voix.

Raymond se retourna, surpris, et vit devant
lui une femme qui semblait grande et forte,
sans qu'il fût possible de discerner autre
chose, — ne fût-ce que de savoir si elle était
jeune ou vieille, laide ou jolie, — sous les plis
très amples du vêtement de soie dont elle était
enveloppée de la tête aux pieds.

« Eh bien, beau torero, reprit la voix, tu
viens donc dans les mauvais lieux ?

— C'est dans l'espoir de t'y rencontrer, mon
ange, répliqua le jeune homme d'assez bonne
grâce.

— Tiens, tu as fait des progrès... Il y a un
an, tu n'aurais pas été capable de trouver ça...

— Vous me connaissez donc ?

— Trop curieux, mon garçon... Cela ne te regarde pas... Et ta femme, qu'est-ce que tu en fais?

— Trop curieux, beau domino... Occupez-vous de vos affaires.

— De mieux en mieux... Te voilà tout à fait déniaisé. »

L'entretien continua sur ce ton de badinage léger. Un peu déconcerté d'abord par la façon désinvolte et hautaine dont cette femme maniait le persiflage, — ayant d'ailleurs dans cette joute une infériorité notable, puisqu'il était connu de son adversaire et ne le connaissait pas, — Raymond fit tête, néanmoins, avec assez de présence d'esprit. Il s'était animé peu à peu et renvoyait, non sans adresse, les épigrammes plus malicieuses que méchantes qu'on lui lançait. Après quelques minutes, le jeu lui plaisait si fort que, lorsqu'il fut fini, sa première pensée fut de suivre l'inconnue et de chercher à savoir qui elle était; mais elle avait disparu dans la foule. Sans en avoir conscience, il éprouvait pour elle cette gratitude particulière qu'on a pour les gens qui nous ont fourni l'occasion de leur prouver et de se prouver en même temps à soi-même qu'on est homme d'esprit. Il lui savait gré aussi de menus compliments qu'il avait reçus d'elle, agréablement enchâssés dans des railleries sans malveillance, qui ajoutaient à leur prix. Tandis que sa voiture le ramenait, sa pensée ne pouvait se détacher de cette femme dont il n'avait vu que les yeux bruns, pailletés de petites taches d'un jaune clair qui ressemblaient à de la poudre d'or. « Où m'a-t-elle connu? Comment a-t-elle su tout ce qu'elle m'a dit sur moi? » Telles étaient les questions qu'il se posait à lui-même; et le dépit qu'il sentait de ne pouvoir y répondre attestait la vivacité de l'intérêt que venait de lui inspirer soudain cette petite aventure.

Il trouva Claire lisant dans son lit.

« Comment! dit-il, vous ne dormez pas encore?... A deux heures du matin!

— J'ai essayé, je n'ai pas pu... Était-ce beau?

— Oui, un peu débraillé, aussi... Je suis fort satisfait, en somme, que vous n'y soyez pas venue?

— Vous êtes-vous bien amusé?

— C'était assez drôle à regarder...

— **Mme** de Sizerac devait en être : l'avez-vous rencontrée ? »

Ce nom, prononcé par la jeune femme, traversa comme un trait de lumière l'esprit de son mari : Raymond se demanda aussitôt si ce n'était point la marquise qui l'avait intrigué en déguisant sa voix.

« Eh bien ! reprit Claire, qu'est-ce que vous avez à rester là sans rien dire ? Est-ce à elle que vous songez ? »

— Moi !... Pouvez-vous croire ?... Je suis à cent lieues de là.

Il mentait déjà : Claire sentit vaguement que son mari lui cachait quelque chose et ne demanda plus rien. Elle observa, le lendemain et les jours suivants, qu'il était distrait. En effet, l'incident du bal ne sortait plus de sa pensée, et l'envie de savoir si c'était bien la marquise qu'il avait rencontrée prenait insensiblement une tournure d'obsession. Il finit par se persuader que le meilleur moyen d'en finir avec cette préoccupation était d'aller tout simplement faire une visite à Mme de Sizerac : il saurait ainsi à quoi s'en tenir sur l'identité du domino rose, et, sa curiosité satisfaite, ne son-

gerait plus à elle. N'était-il pas d'ailleurs tenu
de faire hommage de son livre à qui les avait,
Claire et lui, si gracieusement accueillis à Biarritz? Et il se rappelait ce dîner à la villa Hortense, cette soirée, ces paroles flatteuses qui
lui avaient été prodiguées, ces vers qu'il avait
dû lire, ce premier succès d'écrivain, dont
d'autres succès plus vifs n'avaient point effacé
le souvenir dans sa mémoire reconnaissante,
tout, jusqu'à cette robe blanche, ornée de
nœuds d'un rouge vif, qui moulait, ce soir-là,
les formes sculpturales de la belle marquise.
Les raisons d'aller la voir lui semblaient, à
mesure qu'il y pensait, plus nombreuses, sans
qu'il s'avisât que toutes ces raisons n'existaient
même pas à ses yeux huit jours auparavant, et qu'une seule, au fond, était la bonne,
la vraie : savoir, le désir inavoué de mari-
vauder encore avec cette aimable femme. Il se
présenta donc chez elle un samedi, et s'ex-
cusa tant bien que mal, sur son travail, de
n'être pas venu encore. Justement, les personnes qui se trouvaient là parlaient du bal de
M. Blum. Raymond en profita pour raconter
qu'il y était allé et qu'il avait été intrigué avec

infiniment d'esprit par une femme en domino
rose.

« Avez-vous pu savoir qui c'était? demanda
Mme de Sizerac avec une parfaite assurance.

— Non, dit-il; elle déguisait sa voix et cachait avec soin son visage.

— C'est qu'elle était laide et vieille, voyez-
vous... Mauvaise affaire, cher monsieur!... Ne
cherchez pas... Elle vous aura sans doute
montré ce qu'il y avait de mieux en elle! »

A ce moment, la marquise jouait avec un
éventail dont Raymond se souvint tout à coup
d'avoir remarqué la monture d'or ciselé entre
les mains du domino.

« Ce qu'il y avait de mieux en elle? reprit-il
en la regardant bien en face. Je ne crois pas,
madame. »

Se voyant reconnue, elle se mit à sourire.
Après quoi, elle prit sa face-à-main et examina
avec une complaisance marquée son interlo-
cuteur. C'était son péché mignon d'aimer que
les hommes la regardassent avec hardiesse;
même, il ne lui déplaisait point de voir passer
dans leurs yeux ces flammes courtes et rapides
qui indiquent une nature généreuse...

En sortant du salon de la marquise, Raymond
se demanda s'il parlerait à sa femme de cette
visite. Pourquoi s'en cacher?... Quel mal avait-
il fait en allant porter son livre à Mme de Sizerac? La chose n'était-elle point parfaitement
naturelle?... Oui;... mais alors à quoi bon la
dire?... Qui sait si Claire, dans les dispositions
où il l'avait vue autrefois à l'égard de la marquise, dans l'état d'agitation, d'inquiétude sans
cause où il la voyait maintenant, n'irait pas
concevoir d'absurdes soupçons au sujet de cette
innocente relation qu'il venait de renouer?
Mieux valait se taire et attendre : c'est ce qu'il
fit. Et — telle est l'ingéniosité qu'on met parfois à se duper soi-même! — Raymond en vint
à se persuader que, s'il agissait de la sorte, ce
n'était point pour s'assurer la faculté d'aller
aussi souvent qu'il lui plairait chez Mme de
Sizerac, mais bien dans l'intérêt du repos de
sa femme : sophisme adroit et commode qui
devait lui permettre de cultiver sournoisement
cette amitié nouvelle, tout en continuant à
croire que sa conduite restait irréprochable.
C'est chose infiniment triste que de suivre le
travail de menues hypocrisies, de capitulations

déguisées et de petites lâchetés qui s'opère dans
une conscience, — même plus honnête et plus
droite que ne sont celles de la majeure partie
des hommes, — quand elle a eu la faiblesse de
commencer à ruser avec le devoir.

En ce mois de mars, qui était le cinquième
de la grossesse de Claire, Raymond retourna
plusieurs fois chez Mme de Sizerac. Il ne cherchait pas à se rendre un compte très exact des
causes de l'agrément qu'il trouvait à la voir, et
s'abandonnait à la sympathie qu'elle lui inspirait sans se soucier de déterminer au juste la
qualité de ce sentiment, averti, peut-être, par
un secret instinct, que le meilleur moyen de n'y
rien trouver de coupable était de ne le point
analyser. Le ton ordinaire de leurs causeries
était celui d'un élégant et spirituel badinage,
avec une pointe tantôt de coquetterie, tantôt
d'ironie légère, que la marquise y insinuait de
temps à autre, discrètement, comme on donne
de l'éperon à un cheval de race, non de manière
à lui faire prendre le mors aux dents, mais assez
pour l'émoustiller un peu. Ils faisaient beaucoup de frais l'un pour l'autre, « s'intriguaient »
à l'envi, comme le soir du bal masqué : elle,

provocante et moqueuse, corrigeant par un sar-
casme l'effet d'un coup d'œil ou d'un sourire
trop engageants qu'elle n'avait pu se retenir
d'adresser à ce beau garçon; lui, ripostant à
coups de madrigaux, d'un air moitié railleur
moitié convaincu; plaisant chaque jour davantage, parce qu'il ne semblait point se préoccuper
de plaire, et parce que la réserve où il se retran-
chait ne parvenait point à cacher aux yeux expé-
rimentés de cette femme une de ces âmes ardentes
qu'elle avait toujours honorées d'une particulière estime. C'était pour Raymond des jours
très doux que ceux où il allait prendre chez
elle, à cinq heures, une tasse de thé. Bien qu'il
fût aussi peu que possible entiché de noblesse,
cette intimité, où il avait été si rapidement
admis, ces prévenances adroites, ces délicates
flatteries de grande dame, ne laissaient pas de
lui inspirer une certaine satisfaction d'amour-
propre. Il oubliait là les menus soucis ou les
tristesses de sa vie, l'humeur de Claire, plus
sombre de jour en jour, les mélancoliques rêveries dont elle lui infligeait le spectacle comme
un reproche, ses longs accès de mutisme, ses
soupirs de femme délaissée, chaque fois qu'il

sortait, et, quand il rentrait à la maison, ses
interrogatoires sans fin de femme jalouse. Dans
ce boudoir où il avait maintenant sa place à lui,
une causeuse où elle le faisait asseoir, face au
jour, tandis qu'elle-même tournait le dos à la
lumière, — comme elles font toutes après quarante ans ; — près de cette amie instruite, intelligente, spirituelle, sachant ou devinant tout, pos-
sédant d'ailleurs, mieux qu'âme qui vive, l'art
d'accommoder d'une façon fort appétissante les
restes de sa beauté, toujours jeune de cœur,
cela se voyait, mais si simple, si bonne, si indul-
gente à autrui qu'on pouvait presque faire honneur de ses faiblesses à sa charité ; Raymond
sentait comme une détente de tout son être,
qui se contractait douloureusement, au contraire, dès que la vie conjugale — avec les mille
petits froissements journaliers qu'elle compor-
tait maintenant pour lui, comme pour Claire —
l'avait repris au sortir de cette paisible atmosphère. Et les jours s'écoulaient ; le printemps
était revenu ; les corneilles du parc Monceau
recommençaient à croasser, à l'approche de la
nuit, en tournoyant au-dessus de leurs nids dans
le ciel ensanglanté par les reflets de l'immense

incendie du couchant... Mais Raymond n'allait
plus rêver auprès de la pièce d'eau, ni s'atten-
drir à la vue des belles jeunes filles à l'air doux
et modeste dont il aurait pu être le mari, des
petits enfants aux cheveux bouclés dont il aurait
pu être le père. Il était devenu ce que Claire,
dix-huit mois auparavant, souhaitait imprudem-
ment qu'il fût : un mari « parisien », comme elle
disait, en attachant à ce mot, vide de sens, je ne
sais quelle idée de distinction, de suprême élégance; un mari parisien, c'est-à-dire un monsieur qui laissait sa femme enceinte se mor-
fondre à la maison et tricoter, jusqu'à usure de
ses doigts, de petits bonnets, de minuscules
brassières dont la laine était souvent trempée
de larmes, tandis qu'il s'en allait, lui, rire, entendre et conter de plaisantes histoires chez une
marquise aimant, quoique mûre, les jolis garçons encore jeunes... Et c'est pour cela que
Claire allait parfois se promener, seule, au parc
Monceau, comme Raymond lui-même faisait
autrefois, et s'y plongeait en de longues méditations dont le résultat fut, certain soir de mai,
que la pauvre femme se sentit, à son tour, affreusement malheureuse.

XI

Vers le milieu de mai, Claire déclara un beau jour à son mari qu'elle avait besoin de l'air de la campagne et qu'elle serait heureuse de s'installer immédiatement à Château-Frayé.

« Sitôt! dit Raymond. Vos goûts sont devenus bien bucoliques, ma chère Claire! Il vous faut les lilas, maintenant, et sur place...

— Mon Dieu, oui, mon ami... Comme à vous le Grand Prix... Que voulez-vous, tout change : c'est moi, maintenant, qui aime Château-Frayé,... moi qui songe que votre mère y est seule et qu'elle aura plaisir à nous y voir,... plus de plaisir, apparemment, que vous à y venir! »

De fait, ce départ contrariait les projets de Raymond. Le peu d'empressement qu'il mit à se rendre au vœu exprimé par Claire confirma

celle-ci dans l'idée que son mari devait avoir
des raisons qu'il ne disait point, pour accueillir
d'aussi mauvaise grâce sa proposition. Le soir
même de leur arrivée, comme ils faisaient
ensemble le tour du parc, tandis que Mme Blachère vaquait aux derniers préparatifs de leur
installation, la jeune femme s'arrêta tout à coup
devant la statue décapitée du Sylvain dansant :

« C'est ici que vous m'avez dit pour la première fois que vous m'aimiez, il y a deux ans...
Me le diriez-vous encore aujourd'hui?

— Ma chère amie, — répondit-il sur ce ton
de badinage qui lui était maintenant coutumier
et qui contrastait si fort avec le ton sérieux
dont elle lui reprochait autrefois de ne pas assez
se départir, — ma chère amie, je vous préviens
que vous devenez abominablement sentimentale... Vous m'avez rendu le service de me
guérir de ma sentimentalité; souffrez donc que
je vous signale les progrès inquiétants de la
vôtre.

— Répondez à ma question, au lieu de vous
moquer...

— Sur ce saule pleureur, arbre cher aux âmes
sensibles, sur cette statue qui vous ressemble,

attendu que vous avez comme elle perdu la
tête, je jure...

« — Ah! fit-elle, taisez-vous! Vos plaisanteries
me sont odieuses! »

Et, brusquement, elle rentra. Le lendemain,
Claire évita de parler à son mari. Cette bou-
derie persistante et les questions qu'elle pro-
voqua de la part de Mme Blachère; les repro-
ches que Raymond reçut de sa mère à cette
occasion; un certain mécontentement qu'il
éprouvait contre lui-même et qui n'était que
la protestation, timide encore, de son honnêteté native contre les subtilités auxquelles il
avait recours pour déguiser aux yeux de sa
conscience le caractère équivoque de son intimité avec Mme de Sizerac; le dépit d'avoir dû
s'éloigner de Paris, à la veille de la publication
d'un nouveau livre, un recueil de nouvelles
dont il allait chaque jour, avant ce départ, lire
les épreuves à son amie; tout, en un mot, con-
tribuait à mettre le mari de Claire dans un de
ces états d'esprit où le moindre incident devient
prétexte à une explosion de mauvaise humeur.
Or il arriva qu'une quinzaine de pages manus-
crites qu'il envoyait par la poste à l'imprimerie,

sans avoir eu la précaution d'en prendre copie,
s'égarèrent. Il en conçut une irritation des plus
vives, et déclara que l'accident ne se serait pas
produit si l'on ne l'avait pas obligé à quitter
Paris au moment même où sa présence y eût
été le plus nécessaire.

« Libre à vous d'y retourner ! dit Claire, profondément blessée.

— Vous avez raison, répondit-il sèchement ;
c'est en effet ce que j'aurais de mieux à faire. »

Et il se fit conduire au chemin de fer. Quand
il rentra, le soir, pour dîner, Claire, dont le res-
sentiment n'avait pas désarmé, eut la fâcheuse
inspiration de dire :

« Tiens, vous voilà... Je pensais que vous
auriez couché rue de Lisbonne, afin d'être de
meilleure heure, demain, à vos affaires...

— Eh bien ! Claire, interrompit vivement la
générale, que signifie ceci ?

— Ne faites pas attention, ma mère, dit
Raymond avec amertume ; Claire me donne un
excellent conseil, dont je saurai profiter à l'occasion ! »

En effet, il retourna le jour suivant à Paris
et ne rentra pas le soir. Après avoir dîné, seul,

dans son appartement, il fut sur le point de
sauter dans une voiture et de se faire conduire
à la gare, tant il avait souffert de ne pas voir en
face de lui, de l'autre côté de la table, le visage
de sa femme. Au même moment, Claire se
demandait si elle n'allait pas partir pour Paris.
Mais le sentiment de fausse dignité, l'aveugle
instinct d'entêtement, la sorte de rage stupide
et impie qui leur avait déjà fait tant de mal,
prévalut, cette fois encore, sur le premier mouvement où s'était montrée l'impulsion vraie du
cœur de ces deux êtres, séparés par un malentendu cruel, alors que tant de liens doux et puissants les attachaient pourtant l'un à l'autre.
Claire ne vint pas plus chercher son mari que
Raymond n'alla retrouver sa femme; et, pour
la première fois depuis deux années, ils passèrent la nuit chacun sous un toit différent... Le
lendemain, Raymond arriva plus tôt et resta
plus longtemps que d'ordinaire chez Mme de
Sizerac; ses allures, sa parole avaient quelque
chose de nerveux et de saccadé; il lui fit, sur
une toilette neuve qu'elle portait ce jour-là, des
compliments plus vifs qu'il n'avait encore accou-
tumé; et le regard, accompagné d'un mysté-

rieux sourire, dont cette femme experte en psychologie masculine le suivit quand il quitta son
boudoir, disait assez qu'elle ne croyait plus
guère éloigné le moment où il se déclarerait
tout à fait : dénouement qui lui semblait tellement logique qu'elle y était un peu plus que
résignée, sans tenir, toutefois, à le précipiter,
car il est un âge, pour son sexe comme pour
l'autre, où les gourmets d'amour trouvent
presque plus de piquant, un charme plus raffiné
dans les préliminaires — qui diffèrent souvent
— que dans la conclusion, sur laquelle ils n'ont
en général plus grand'chose à apprendre, et qui
unit à des mérites, que d'ailleurs ils ne mécon-
naissent point, le défaut d'être, hélas! toujours
— ou peu s'en faut — la même!

Après ces vingt-quatre heures d'absence,
Raymond revint à Château-Frayé. Il trouva sa
mère et sa femme travaillant à quelque ouvrage
de couture au salon. Elles avaient l'air triste.
Il essaya, non sans un peu d'embarras, d'expliquer qu'il avait dû rester à Paris la veille, afin
de refaire et de remettre aussitôt à l'imprimeur
une partie du chapitre qui s'était égaré. Mais
dès les premiers mots, Claire l'interrompit :

« Vous n'avez, lui dit-elle, de comptes à rendre
ni à votre mère ni à moi... Inutile, donc, d'apporter des explications que je ne vous demande
pas. Je veux croire que vous avez eu, en effet,
de bonnes raisons pour ne pas rentrer hier : la
prochaine fois, prenez seulement la peine d'envoyer une dépêche... » De toute la soirée, elle
ne lui adressa pas une seule fois la parole;
Mme Blachère était elle-même trop affligée,
trop inquiète de ce qu'elle voyait, pour réussir
à mettre en train une conversation, ainsi qu'elle
essaya timidement de le faire. A dix heures,
Claire se retira.

« Bonsoir! dit gravement la générale à
Raymond en se levant à son tour. On dit que
la nuit porte conseil : tu reconnaîtras demain,
j'espère, que le moment est mal choisi pour
faire de la peine à ta femme... »

Resté seul, il ouvrit la porte qui met le salon
en communication de plain-pied avec le parc et
sortit. La nuit était claire ; au dedans de lui-
même, le jeune homme ne voyait que ténèbres,
tant étaient confuses les idées qui s'agitaient
dans son esprit et contradictoires les sentiments
qui s'entre-choquaient dans son cœur. Un instinct

22

de révolte luttait en lui contre l'habitude
ancienne qu'il avait d'obéir à sa mère et le
poussait, pour la première fois, à ne pas tenir
compte de l'avertissement qu'elle venait de lui
donner ; puis il se reprochait de l'avoir laissée
partir sans l'embrasser, tendre et respectueux
devoir qu'il n'avait jamais, jusqu'alors, manqué de lui rendre un seul soir. Il se répétait à
lui-même les paroles sévères que Claire avait
prononcées ; mais au moment où il allait s'en
émouvoir, où quelque chose comme un remords
commençait à le gagner, l'image de la marquise
envahit brusquement sa pensée, et aussitôt il
eut honte de s'abandonner, comme un enfant,
aux impulsions de cette sensibilité que son
ironique amie avait si souvent raillée. S'étant
assis sur le banc de gazon, il vit de la lumière
à la fenêtre de la chambre de sa femme. Alors
il ne regarda plus que cette baie lumineuse qui
se détachait sur la façade sombre du château ;
et, avec son regard, sa pensée pénétra dans
cette chambre, — une grande chambre virgi-
nale, toute blanche et bleue, que Mme Blachère
avait installée pour sa belle-fille à côté de celle
de son fils. Il se demanda ce qu'elle faisait, à

cette heure tardive, si elle était encore en train
de peigner, debout, en chemise, devant la glace,
ses longs cheveux châtains qui tombaient
comme un manteau sur ses épaules, ou bien si
elle était déjà couchée, dans le large lit bas, à
rideaux de perse... Et cette lueur , qui brillait
seule au milieu du bâtiment noirâtre, le fasci-
nait, l'attirait. Il se faisait l'effet d'un marin
perdu en pleine mer, battu dans sa frêle barque
par les flots, et qui aperçoit enfin le phare, le
phare sauveur... Un grand frisson d'amour le
secoua. Il se leva brusquement. A ce moment
même, la lumière s'éteignit; telle était la ten-
sion de ses nerfs, que la disparition soudaine de
ce point brillant le fit tressaillir, et qu'une sensation douloureuse retentit jusqu'au fond de
son être. Il traversa rapidement la pelouse,
rentra dans le salon, monta... Ah! comme il
allait répondre à ce qu'elle avait demandé,
l'autre soir, devant la statue, et lui dire qu'il
l'aimait toujours!... Il se dirigea vers la porte
qui faisait communiquer sa propre chambre
avec celle de sa femme. Il marchait sur la pointe
des pieds, sentant battre à grands coups son
cœur, ému comme le premier soir où il s'était

trouvé ainsi seul auprès d'elle. La porte était
fermée. Il voulut l'ouvrir : elle résista. Alors,
comprenant que Claire avait mis le verrou, il
fut sur le point, dans un mouvement de rage,
d'enfoncer l'obstacle d'un coup de pied; mais
il pensa que le fait seul d'avoir eu recours à
cette injurieuse précaution dressait entre elle et
lui une barrière plus infranchissable que celle
qu'il allait détruire, et il se contint. Seulement,
il retourna le lendemain à Paris, passa deux
heures chez Mme de Sizerac, et, en la quittant,
licence qu'il n'avait encore jamais prise, lui
baisa la main : ce qui permit à la marquise de
constater qu'elle ne s'était point trompée en
soupçonnant, depuis assez longtemps déjà, qu'il
devait avoir la moustache très douce.

Le mois de juin s'écoula tristement pour les
hôtes de Château-Frayé. Sous prétexte d'épreuves à corriger, de conférences avec son éditeur,
Raymond allait presque tous les jours à Paris,
depuis le matin jusqu'à l'heure du dîner. Claire
non seulement n'essayait pas de le retenir, mais
mettait même une sorte de point d'honneur à
ne jamais lui adresser de question sur l'emploi
de son temps. Raymond, qui se plaignait

naguère d'être soumis à de véritables interrogatoires chaque fois qu'il avait passé deux
heures hors de chez lui, s'irritait maintenant
de cette indifférence, sans même chercher à
savoir jusqu'à quel point elle était sincère.
Pour se venger de l'intention offensante qu'il
croyait y surprendre, le jeune homme s'abstint
peu à peu de raconter en rentrant ce qu'il avait
fait : ils prirent insensiblement l'un avec l'autre
ce ton de réserve, cette affectation d'égards
extérieurs, cette recherche, excessive entre
époux, de politesse et de discrétion, qui cache
mal, sous l'apparence d'une froide harmonie,
le conflit muet et sans trève de deux âmes irré-
médiablement dissociées.

L'intimité de Claire avec la générale aug-
menta; au lieu de s'en féliciter, comme il n'aurait pas manqué de le faire en d'autres circonstances, Raymond en conçut une sorte de dépit,
inspiré sans doute par quelque secrète jalousie
qui le poussait — sans qu'il eût nettement conscience du sentiment mauvais auquel il obéissait
— à voir, dans l'affection et dans la confiance que
les deux femmes se témoignaient, quelque chose
comme un larcin dont lui-même était victime.

Pendant les longues heures qu'elles passaient en tête-à-tête, Claire et sa belle-mère parlaient souvent de Raymond.

« Enfin, disait la jeune femme, que lui ai-je fait pour qu'il me délaisse ainsi, maintenant? Pourquoi son caractère change-t-il à ce point? Que se passe-t-il en lui? »

Mme Blachère s'ingéniait à la rassurer, se portait garante des sentiments de son fils, de sa conduite même, sur laquelle Claire avait une ou deux fois élevé des doutes.

« Tous ces petits nuages se dissiperont, disait-elle, je vous le jure. Ils auraient déjà disparu, s'il n'y avait entre vous comme une émulation de maladresse... Vous faites l'un et l'autre de la dignité hors de propos; c'est de la tendresse, c'est de la confiance, c'est de l'épanchement qu'il faudrait! Ah! les malheureux enfants, qui s'adorent, et qui ne veulent pas se le dire, parce que chacun d'eux regarde comme une humiliation de parler avant l'autre, — qui meurent d'envie de se tendre les bras, et qui restent en présence, froids et gourmés, parce que ni l'un ni l'autre ne veut faire le premier pas en avant! Mais vous ne voyez donc pas qu'il ne resterait

plus rien de tous vos griefs réciproques, sans
cette ombrageuse susceptibilité qui double la
gravité de ceux qui existent et en fait naître à
tous moments de nouveaux! Oh! les fous, les
fous, qui ne comprennent pas le mal qu'on se
fait quand on mêle l'amour-propre aux choses
de l'amour!... »

Au fond, il s'en fallait de beaucoup que
Mme Blachère fût aussi tranquille qu'elle affec-
tait de l'être. Autant et plus que Claire, elle
était frappée du changement qui s'était accompli dans le caractère, dans les idées, dans les
allures mêmes de son fils.

L'assidue fréquentation d'une personne aussi
parfaitement distinguée que l'était Mme de Sizerac avait, à ne considérer que les dehors,
rendu certains services à Raymond. Il ne restait plus trace en lui de cette timidité un peu
gauche dont l'habitude du monde, tardivement
prise, ne l'avait pas tout à fait guéri. Son assurance, sa présence d'esprit, l'aisance de ses
manières, la correction de sa tenue étaient
devenues précisément ce que sa femme désirait
qu'elles fussent, à l'époque où Claire lui reprochait quelquefois de ne point se montrer assez

« homme du monde ». Mais en même temps
— et c'était justement là ce qui effrayait sa
mère — il semblait avoir subi la contagion de
ce scepticisme qu'on respirait dans l'entourage
de la marquise. Il se défiait maintenant comme
d'une faiblesse de la faculté d'enthousiasme,
— qui faisait pourtant le fond de sa nature, —
de son imagination et de sa sensibilité, auxquelles il s'était jusqu'alors abandonné ; il
avait pris le goût de chercher dans ses propres
sentiments comme dans ceux des autres ce qui
pouvait prêter matière à ironie ; il paraissait
avoir perdu de son respect pour le mariage, et
cela, au moment où Claire, après avoir impru-
demment souhaité d'être aimée un peu plus
comme une maîtresse, commençait à souffrir
de ne pas l'être assez comme une épouse.
L'honnêteté de son fils inspirait à la générale
trop de confiance pour qu'elle le soupçonnât
d'être descendu jusqu'à la bassesse d'une trahison ; mais son instinct de mère devinait qu'une
influence de femme, d'autant plus dangereuse
qu'elle était plus cachée, s'exerçait secrètement
sur lui.

Précisément à la même époque, une évolution

morale bien différente achevait de s'opérer chez
Claire. La révélation de tout un monde de sentiments, — inconnus d'elle auparavant, — qui
avait accompagné l'annonce de sa prochaine
maternité; la direction nouvelle que Mme Blachère avait donnée à ses idées; le progrès con-
tinu de son amour pour Raymond; la jalousie
vague dont elle avait ressenti les premières
atteintes; la souffrance de voir son mari moins
tendre, moins affectueux, au moment même où
elle se décidait enfin à comprèndre le prix que
l'affection et la tendresse donnent à la vie conjugale, tout, enfin, semblait depuis un an avoir
conspiré à l'entière et définitive rénovation de
son être moral. Son humeur était devenue plus
égale, plus douce, avec une nuance de mélancolie et de résignation, qui s'ajoutait, comme
pour rendre plus touchante encore la jeune
femme, aux signes extérieurs, de jour en jour
plus visibles, de son état. Les questions qu'elle
adressait à Mme Blachère, au cours de leurs
interminables entretiens, dénotaient une sollicitude très vive pour tout ce qui concernait son
futur métier de mère. Elle s'informait des soins
qu'il faut donner aux enfants quand ils viennent

au monde, puis à l'époque des premières dents
et du sevrage; un jour elle annonça l'intention
de nourrir, ce qui fit pousser les hauts cris à
Mme Lecouturier.

« Tu n'y penses pas, disait cette digne femme;
c'est de la folie!... Tu vas me perdre ta
gorge! »

A quoi Claire répondit tranquillement que
tous les médecins étaient partisans de l'allaite-
ment maternel et qu'elle nourrirait, dussent les
sinistres pronostics de sa mère se réaliser.

Chaque jour, elle faisait avec la générale une
promenade en voiture. Parfois, en traversant
le village, on s'arrêtait pour visiter des pauvres
recommandés par le curé; la jeune femme descendait de la victoria, entrait un instant dans
quelque horrible taudis, où elle laissait tantôt
un paquet de vivres ou de vieux vêtements,
tantôt un petit secours en argent, toujours de
douces paroles qui réconfortaient ces miséra-
bles; et Mme Blachère se sentait prise d'une
joie profonde, mêlée d'attendrissement, en
voyant sa belle-fille se livrer à l'exercice de
cette divine vertu de charité qu'elle avait si
peu pratiquée jusqu'alors.

« Positivement, madame la baronne, disait l'abbé Papillon, je ne reconnais plus ma Claire d'autrefois! Je vous assure que je commence à lui trouver une petite odeur de sainteté...

— Et Raymond, que me dites-vous de lui?

— Raymond,.. Raymond... Ma foi, je ne sais trop que vous répondre. Il change, lui aussi, c'est certain;... un peu plus même que je n'aurais voulu. Mais le fond de ma philosophie, comme vous savez, est que tout finit par s'arranger. En ce moment, votre fils boude sa femme, qui le lui rend; quand il y aura entre eux un petit Blachère pour leur servir de trait d'union, vous verrez que tout ira bien.

— Dieu vous entende, mon bon abbé!... Mais qu'ils sont loin encore, les pauvres enfants, de cet unisson dont vous leur avez parlé en les mariant!

— Bah!..: Qui sait?... Plus près peut-être que vous ne croyez... Ce que je vois de plus clair dans tout cela, c'est qu'ils ont fait une manière de chassé-croisé;... le mari a emprunté les goûts de la femme, la femme ceux du mari... L'élan qu'ils ont pris pour se rejoindre était si vigoureux qu'ils se sont dépassés : soyez sûre qu'ils

reviendront sur leurs pas... Avez-vous quelquefois pesé du doigt sur le fléau d'une balance? L'un des bouts du fléau monte, tandis
que l'autre descend : c'est à croire qu'ils ne
seront jamais de niveau. Un peu de temps se
passe et l'équilibre se rétablit : il en sera de
même, madame, pour vos enfants! »

XII

Un jour, Claire étant allée voir son père,
de passage à Paris entre deux voyages, prit
à la gare, en revenant, un journal où elle lut
la note suivante : « La saison s'achève. Nos
belles mondaines s'apprêtent à quitter Paris
ou l'ont quitté déjà. Hier, dernière réunion
chez Mme la marquise de Sizerac, qui part la
semaine prochaine pour Biarritz. Beaucoup
d'artistes, de gens de lettres : le sculpteur
Marcellus, dont le beau bronze, *Coupeau ivre*,
a enfin marqué, au dernier Salon, l'entrée de
la sculpture française dans les voies d'une
franche modernité ; Cyprien Bordère, l'heureux
et déjà célèbre auteur de cette *Souillon* qui fait
la fortune de son éditeur ; le romancier Raymond Blachère, l'un des hôtes assidus de cette

hospitalière maison... » Claire n'en lut pas
davantage. « J'aurais dû me douter, pensa-
t-elle, que c'était là qu'il allait! » Et, jusqu'au
bout du trajet, elle resta enfoncée dans le coin
de son compartiment, regardant droit devant
elle, sans rien voir.

Elle passa la soirée à tricoter au salon, tandis
que Raymond faisait une partie de whist avec
sa mère et l'abbé. Par moments, elle posait
son ouvrage sur ses genoux et se remettait à
regarder fixement dans le vide, les sourcils contractés par le travail intérieur de sa pensée.

Quand ils furent tous deux, seuls, dans leur
appartement, Claire dit à son mari :

« Vous m'avez parlé autrefois de conseils
que votre père vous a laissés par écrit quelque
temps avant sa mort... Il y était question, si
j'ai bonne mémoire, de la conduite que vous
devriez tenir envers celle qui serait un jour
votre femme...

— En effet... Mais à quel propos?...

— Vous avez conservé ce papier, je pense?

— Naturellement.

— Est-il ici, ou à Paris?

— Ici, dans ce meuble.

— Puis-je vous demander de me faire connaître le passage où votre père vous exposait
ses idées sur le mariage?

— Sans doute,... bien que cette demande me
semble, je l'avoue, tout à fait surprenante. »

Il ouvrit un secrétaire et tira d'une enveloppe
un papier qu'il lui tendit.

« Lisez vous-même », dit-elle.

Sa voix était grave. Elle se tenait debout
devant lui, toute droite, pâle, les yeux brillants, les mains croisées à la place qu'elles ne
quittaient plus, étant là plus près de celui que
ses doigts eussent déjà voulu caresser, si belle,
si digne, dans cette attitude d'auguste et chaste
maternité, que Raymond se sentit pris, en la
regardant, d'une certaine émotion.

« Lisez », reprit-elle.

Il déplia le papier et, d'une voix qui tremblait
un peu, lut ces lignes : « Aime une femme, une
seule; fais de cette femme ta compagne et
la mère de mes petits-enfants, que je ne verrai
pas. Aime-la de toutes les forces de ton être, et
respecte-la autant que tu l'aimeras. C'est là
qu'est la vérité, là qu'est le bonheur : hors de
là, il n'y a rien... »

« Je vous remercie », dit-elle. Elle fit quelques pas dans la chambre, puis, revenant se mettre à la même place, en face de lui, reprit après un silence :

« Le jour où nous nous sommes mariés à la mairie, vous m'avez juré fidélité devant les hommes... Est-ce vrai?

— Oui,... mais que signifie cette mise en scène? Et où voulez-vous en venir avec toutes ces questions?... »

Elle continua, comme si elle n'eût pas entendu, de cette même voix lente et grave que Raymond ne lui connaissait pas :

« Le jour où nous nous sommes mariés à l'église, vous m'avez juré fidélité devant Dieu... Ayant reçu ces conseils, ayant fait ces serments, pourquoi ne m'êtes-vous pas resté fidèle?

— Moi! s'écria-t-il avec un accent de sincère indignation qui fit du bien à la jeune femme, moi, je vous trompe! Avec qui donc, je vous prie?

— Avec Mme de Sizerac.

— C'est faux!

— Que faisiez-vous hier chez elle?

— Eh! parbleu! ce que faisaient les gens qui s'y trouvaient avec moi : je regardais et je me faisais voir... Vous m'avez assez reproché, autrefois, de vivre comme un ours... Si vous avez pris le monde en grippe juste au moment où je commençais à trouver que vous n'aviez pas tort de me vanter ses charmes, est-ce ma faute?

— Pourquoi êtes-vous allé chez cette femme sans me le dire?

— Pour éviter quelque scène absurde, comme l'est celle que vous me faites en ce moment.

— Enfin, vous êtes devenu de ses intimes, tout le monde le sait, les journaux le disent : et moi seule, moi, votre femme, je l'ignore, parce que vous me l'avez caché... Je veux croire que vous n'avez pas commis ce crime abominable de trahir lâchement la foi que vous m'avez jurée; votre conduite n'en est pas moins équivoque et louche... Je n'attendais pas cela de l'homme d'honneur, de l'homme de devoir que je vous croyais être. »

Et, sans lui laisser le temps de répondre, Claire entra dans sa chambre. Raymond fit un pas en avant pour la suivre : la porte se ferma

23

devant lui. Il marcha de long en large pendant
quelques instants, ne sachant que faire, adop-
tant, pour les abandonner aussitôt, mille résolutions contradictoires, partagé entre l'humiliation, le repentir et la colère, mourant d'envie
de frapper à cette porte, de se jeter aux genoux
de sa femme, de la prendre dans ses bras et de
lui demander pardon; puis sentant son orgueil
d'homme se révolter au souvenir des paroles
qu'elle venait de lui jeter à la face, son cœur
se gonfler de rancune, et des mots cruels, qu'il
murmurait tout bas, lui monter aux lèvres...
Il finit par se mettre au lit et s'endormit d'un
sommeil lourd.

Le lendemain, qui était un samedi, il quitta
Château-Frayé de bonne heure, en chargeant
sa mère d'annoncer à Claire que Cavaroc, sur
le point de quitter Paris pour Fontainebleau,
où il passait l'été, l'avait invité à déjeuner avec
quelques camarades.

« Pourquoi ne le lui dis-tu pas toi-même?
demanda la générale. Tu ne l'as donc pas vue,
ce matin?

— Elle dort encore, répondit-il avec un peu
d'embarras.

— Ah!... C'est étonnant... Enfin, soit; je lui ferai ta commission... Va voir ton ami... Puisse-t-il te donner de bons conseils! Tu en as besoin, mon enfant. Je ne sais ce qui se passe en toi, mais je soupçonne bien des choses,... des choses graves et tristes. Souviens-toi que ta femme est irréprochable : sois-le toi-même. »

Mme Blachère et sa belle-fille déjeunèrent en tête à tête. Claire n'avait fait aucune observation en apprenant le départ de son mari. Le déjeuner fini, elle envoya chercher son chapeau, son ombrelle, ses gants, et fit atteler, en annonçant qu'elle allait dire adieu à son père, qui devait quitter de nouveau Paris dans vingt-quatre heures.

« Deux voyages en deux jours, voilà bien de la fatigue pour vous, ma fille, dit la générale. Songez que c'est pour la fin du mois, dans trois semaines au plus... peut-être moins.

— N'ayez pas peur, répondit-elle avec un sourire vaillant. Vous savez bien que je ne me suis jamais mieux portée... Il faut que j'y aille : à ce soir!... »

Elle resta quelques instants seulement auprès de son père. En le quittant, elle prit une voi-

ture et se fit conduire rue Barbet-de-Jouy. La
voiture s'arrêta devant la porte d'un hôtel de
très noble apparence; Claire descendit, écrivit
quelques mots au crayon sur une carte et
attendit, dans le petit salon richement meublé
où on l'avait introduite. Elle était là depuis
deux minutes à peine, quand une porte s'ouvrit, livrant passage à Mme de Sizerac.

« Vous avez, paraît-il, absolument besoin de
me parler, madame, dit la marquise; me voici. »

Elle prit place dans un fauteuil en face de la
jeune femme, avec cette aisance hautaine qui
ne l'abandonnait jamais.

« Ma visite, madame, doit un peu vous surprendre, dit Claire.

— Pourquoi? Vous oubliez qu'il y a deux
ans que je l'attendais. J'en suis donc beaucoup
plus charmée que surprise... Ceci dit, peut-on
savoir ce qui me vaut l'avantage de vous voir
aujourd'hui?

— Voici... Mon mari a, je le sais, l'honneur
d'être de vos amis...

— Cela est parfaitement exact... Serait-ce à
ce sujet que vous avez des choses si pressantes
à me communiquer?

— Pas précisément... Mais c'est cette amitié que j'invoque en vous demandant de me rendre à moi, sa femme, un service.

— Un service?... Comment donc! Avec le plus vif plaisir... Voyons, qu'y a-t-il? que puis-je faire?

— Vous pouvez prouver qu'on a raison d'assurer que vous êtes du petit nombre de celles qui, ayant infiniment d'esprit, se donnent encore le luxe d'être bonnes, par-dessus le marché... Vous pouvez m'aider à sauver la paix de mon ménage, qui est gravement compromise en ce moment.

— Que me dites-vous là! Je vous croyais le couple le plus uni de la terre.

— Nous commencions à l'être; par la faute de mon mari, nous ne le sommes plus; il dépend de vous que nous le redevenions.

— Ah! mon Dieu, mais c'est une mission de confiance!

— Tout à fait... Elle vous effraye?

— Non! mais je doute un peu de mes aptitudes à la remplir.

— Vous avez tort! Personne ne saurait s'en acquitter mieux que vous.

— Très honorée, mais pas convaincue...
Quand un mari a besoin d'être morigéné, madame, il me semble naturel que sa femme ne
s'en remette pas de ce soin à un tiers... J'ai per-
sonnellement assez peu de goût pour ce rôle...
comment dirai-je?... de pédagogue, que vous
me faites l'honneur de m'offrir...

— Même si en l'acceptant c'est une bonne
œuvre que vous faites?

— Une bonne œuvre!... une bonne œuvre!...
Je vous avoue qu'on n'est jamais venu m'en
proposer de ce genre.

— Excellente occasion de faire connaissance
avec une forme nouvelle de la charité... plus
méritoire peut-être que les autres.

— Que vous savez donc bien quêter, madame!... Enfin, voyons, mettez-moi au courant,
puisque vous y tenez... Qu'est-ce que vous lui
reprochez, à votre mari, d'abord?... Il vous
néglige, il se dérange, il court? Auquel de ces
trois points en est-il?

— Au premier.

— Et vous vous plaignez!... Après deux ans
de mariage!... Mais c'est au troisième qu'il devrait être, ce garçon...

— Je vous supplie de ne pas lui dire qu'il est en retard, madame ! »

La marquise se mit à sourire, en regardant Claire avec plus de bienveillance qu'elle n'avait fait jusqu'alors :

« Gentiment dit, ça... Nous sommes donc un peu délaissée, n'est-ce pas?... Eh bien! pourquoi vous délaisse-t-il? Vous l'êtes-vous demandé? Avez-vous quelque idée là-dessus?

— J'en ai une très arrêtée : c'est qu'il y a entre lui et moi quelqu'un qui ne devrait pas s'y mettre, qui détourne à son profit une partie de la confiance, de l'affection, des égards que mon mari ne doit qu'à moi seule, et dont je n'entends pas qu'il me frustre !

— Ah ! fit la marquise en s'éventant négligemment. Et vous soupçonnez quelqu'un?

— Mon Dieu non, madame... Personne... Seulement il me semble que vous devez la connaître, vous, cette femme... qu'elle est de votre monde, de votre entourage, peut-être... Dites-lui donc, — c'est là le service que je suis venue vous demander, — dites-lui, si vous la rencontrez un jour, que ce qu'elle fait est mal... Un mot plus fort, celui de criminel, me

venait aux lèvres : il est excessif, sans doute...
Car je ne crois pas que cette femme soit méchante, ni qu'elle se rende un compte très exact
de tout ce qu'il y a de cruel pour une autre,
de malfaisant, dans le jeu de coquetterie qu'elle
joue ; je compte sur vous pour le lui faire
voir...

— La commission est charmante : merci!...

— Vous avez tant d'esprit, madame, que vous
saurez tourner la chose comme il faut... Et
pour que la bonne œuvre soit complète, parlez
aussi à mon mari ; montrez-lui qu'il s'est engagé dans une voie dangereuse, et que la loyauté,
l'honneur, le devoir lui interdisent d'y faire un
pas de plus. Si cela ne suffit pas, dites-lui que
je souffre, qu'il me rend malheureuse,... oh!
très malheureuse,... qu'il devrait avoir un peu
pitié de moi... Excusez-moi, madame ; je m'étais
promis d'être vaillante ,... de garder devant
vous la pudeur de mon chagrin,... et voilà que
toute ma fierté s'en va... Je ne sais ce qui me
prend de vous dire toutes ces choses... Ma
tête se perd, vraiment... Je me croyais plus
forte... »

Elle parlait avec effort, d'une voix entrecou-

pée qui faisait mal à entendre. Une pâleur
affreuse avait envahi ses traits; ses yeux se
fermaient à demi; sa tête se renversait en
arrière; sa respiration était devenue courte et
précipitée.

« Ah! mon Dieu, mais vous vous trouvez
mal! » dit Mme de Sizerac. Elle prit un flacon
de sels et le lui fit respirer : la jeune femme ouvrit les yeux et la remercia, d'un sourire encore
languissant. Penchée sur elle, la marquise contemplait avec émotion ses traits pâles, le cercle de bistre qui estompait ses yeux et donnait
quelque chose de profond à son regard quand
elle levait les paupières. Voyant qu'elle respirait encore avec un peu de difficulté, Mme de
Sizerac défit son petit manteau de jais, — un
de ces manteaux courts et ajustés par derrière,
plus longs et tombant tout droit par devant, qui
dissimulent, quand cela devient nécessaire,
l'ampleur des formes. En apercevant les signes
non équivoques d'une maternité prochaine, la
marquise se sentit prise de la pitié qu'inspire
à toutes les femmes un spectacle bien plus touchant encore pour elles que pour nous; car
nulle d'elles ne peut se désintéresser de ce qui

est, sera ou a été pour elle-même l'occasion de tant de craintes et de tant d'espérances, d'affreuses anxiétés et d'ineffables joies. A peine eût-elle découvert ce que la forme spéciale du manteau et la demi-obscurité qui régnait dans la pièce l'avaient empêchée jusqu'alors de constater, il se fit dans le ton de la marquise un changement soudain. Elle quitta son air légèrement impertinent, ses façons hautaines de grande dame, et ne fut plus qu'une femme, ayant été mère elle-même, et s'apitoyant à la vue d'une autre femme qui l'allait devenir.

« C'est pour bientôt? demanda-t-elle d'une voix très douce, en passant légèrement son mouchoir sur le front de Claire.

— Oui... Vous ne saviez donc pas?

— Non... Il ne me l'avait pas dit... Soyez tranquille, je le lui reprocherai... avec le reste... Comment vous sentez-vous?

— Beaucoup mieux... C'est fini... Mais comme je suis honteuse... comme je regrette...

— Ne regrettez rien, vous auriez tort... Vraiment, vous êtes tout à fait remise?... Voulez-vous que je vous fasse reconduire dans ma voiture?

— Merci, j'en ai une à la porte... Je vous assure que je vais tout à fait bien, maintenant.

— Prenez au moins ce flacon.

— Comme vous êtes bonne !

— C'est là-dessus que je compte pour aller en paradis, madame !

— Vous irez sûrement.

— Oh ! oh !... Surtout si je fais bien de la morale à votre mari, n'est-ce pas ?

— Dame, écoutez,.... si vous avez des inquiétudes pour l'autre monde, je crois, entre nous, que cela ne pourrait toujours pas faire de mal.

— C'est qu'elle est charmante, décidément, cette petite femme ! » dit la marquise.

Elle regarda Claire un instant, puis faisant un pas vers elle :

« Allons , venez que je vous embrasse... Vous me plaisez plus qu'il y a deux ans, vous savez, je puis bien vous le dire... Restez comme vous êtes... Donnez un beau bébé à votre mari : cela finira d'arranger les choses... Et si vous avez besoin d'une marraine, pensez à moi. Adieu... Dites à votre cocher de ne pas aller trop vite sur les pavés... »

Il y avait trois quarts d'heure à peu près que

Claire était partie, quand Raymond fut introduit à son tour dans le petit salon. Il avait déjeuné avec Cavaroc et deux camarades : un vrai déjeuner de garçons, très gai, arrosé de champagne frappé.

« Tiens, c'est vous, dit Mme de Sizerac en posant sur ses genoux un livre qu'elle lisait. Comment va? »

Elle lui tendit la main, qu'il prit et baisa, un peu plus longtemps qu'il n'était nécessaire pour être simplement poli.

« Pourriez-vous me dire, demanda-t-elle, pourquoi vous vous croyez obligé, depuis quelque temps, de me baiser aussi consciencieusement la main chaque fois que vous venez?

— Je ne m'y crois pas obligé, madame, répondit galamment Raymond; j'y ai plaisir, voilà tout.

— Peuh !.. La main d'une vieille femme... Quel âge avez-vous, au fait?

— Vingt-sept ans.

— A vingt-sept ans, il y avait dix ans que j'étais mariée, mon ami ;... mon fils aîné n'a qu'un an de moins que vous... Si vous êtes fort en mathématiques, amusez-vous à faire le compte, et vous saurez mon âge.

— Mais je n'y tiens pas du tout!

— Quelle façon cruelle de me dire que le total vous épouvante! Eh bien! oui, quarante-quatre ans,... pas loin de quarante-cinq, même!... Ça vous donne-t-il encore envie de me baiser la main?

— Irrésistiblement, madame. »

Et il récidiva, triomphant sans peine d'une résistance assez molle qu'on lui opposa. L'entretien prenait un tour très différent de celui que la marquise avait eu l'intention de lui donner d'abord. Mme de Sizerac le sentit. A ce moment même, comme son regard s'était porté par hasard sur le fauteuil qu'occupait Claire un instant auparavant, l'image de la jeune femme se présenta soudain à son esprit. Elle la revit, pâle, défaite, si triste, si touchante; et la pitié dont ce souvenir remplit son cœur réconforta sa volonté, qui, surprise par un trouble bien connu, commençait à faiblir. Point n'est besoin d'être manichéen pour avoir éprouvé que, à certains moments critiques de notre vie, deux instincts, l'un mauvais, l'autre bon, sont aux prises tout au fond de nous-mêmes. En pareil cas, c'était presque toujours le premier qui l'avait emporté chez la marquise ; cette fois, ce fut le second qui triompha : succès d'autant plus honorable pour lui, que son rival avait, sur le terrain particulier où venait de s'engager entre eux le conflit, une plus longue habitude de vaincre.

« Il me semble, cher monsieur, reprit la marquise après un silence, que vous êtes assez disposé, aujourd'hui, à dire et à faire des sottises... Vous êtes devenu d'une galanterie !... Fi donc ! un homme marié comme vous !... »

Raymond ne put retenir un geste d'impatience et, se levant, fit de long en large quelques pas dans le salon. Mme de Sizerac se polissait tranquillement les ongles avec un petit instrument d'ivoire, tout en observant du coin de l'œil le jeune homme.

« A propos, elle est devenue tout à fait charmante, votre femme. C'est étonnant comme elle a gagné... Simple, douce, aimante : je ne la reconnais plus.

— Comment, vous l'avez donc rencontrée?

— Non... Elle est venue me voir.

— Elle est venue vous voir!... Où?

— Dame, chez moi, apparemment.

— Quand cela?

— Il y a un instant... Quelques minutes plus tôt, vous nous auriez trouvées ensemble.

— Ah!... Et qu'est-ce qu'elle est venue faire chez vous?

— Causer.

— De quoi?

— De vous.

— Peut-on vous demander ce qu'elle vous a dit?

— Que vous la rendiez malheureuse, que vous la négligiez... Je crois bien, Dieu me pardonne, qu'elle vous a soupçonné d'avoir un petit commencement d'intrigue avec moi. Comprend-on cela!... Vous juger capable, ayant une petite femme aussi gentille qu'elle, de flirter avec une grand'mère! Ce serait vraiment trop bête à vous. N'ayez pas peur : je vous ai défendu!

— Je vous en suis fort reconnaissant, madame, dit-il d'un air un peu pincé.

— Oh! il n'y a pas de quoi... C'était tout naturel. Vous comprenez que je ne tenais pas

non plus à passer pour une vieille folle à ses
yeux... Je lui ai expliqué qu'il n'y avait entre
nous qu'une bonne et franche amitié,... sans
arrière-pensée de votre part,... qu'il n'y avait
jamais eu, qu'il n'y aurait jamais autre chose...
Je l'ai tranquillisée, enfin, cette enfant... Et de
bon cœur, je vous assure, car, vraiment, je
l'ai trouvée tout à fait intéressante.

— J'en suis charmé, grommela Raymond.

— Est-ce que ce n'est point votre avis, par
hasard?

— Si, si!... Mais cela ne m'empêchera pas
d'avoir une explication avec elle au sujet de
cette incartade.

— Ne faites pas cette bêtise-là, mon ami!
Allez donc plutôt la retrouver et dites-lui : « Tu
es une brave petite femme... Je sais maintenant
que tu m'adores... Je t'adore aussi : embrassons-nous. » Car, enfin, vous vous adorez tous
les deux, c'est évident.

— Nous nous adorons?... Il y aurait beaucoup à dire là-dessus.

— Allons donc! Ne faites donc pas semblant
de ne plus aimer votre femme. D'abord, ce serait drôlement choisir votre heure, mon cher!...

Et puis, voyez-vous, si quelqu'un au monde a la vocation pour l'amour conjugal et pour la vie de famille, c'est vous. Rappelez-vous ce que je vous dis là : je m'y connais en hommes... Peut-être bien essayez-vous de vous persuader le contraire, — par dépit, je pense, — parce qu'il y a eu quelques petits tiraillements, sans doute, entre Mme Blachère et vous. Mais tout cela n'est que pur enfantillage. Si je vous tenais là, tous les deux, pendant cinq minutes, je vous ferais avouer, à elle comme à vous, que jamais vous ne vous êtes plus tendrement aimés... Vous croyez que je vais vous prendre au sérieux parce qu'il vous plaît maintenant de faire l'homme détaché de son foyer, de porter une fleur à votre boutonnière et de me tourner des madrigaux, comme un galantin de profession? Mon pauvre ami, si vous saviez comme tout cela vous va mal! Restez donc ce que vous êtes, et ne forcez pas votre nature!... Ne me racontiez-vous pas un jour que vous aviez été pessimiste, aussi? Pessimiste, vous!... Voulez-vous que je vous dise? Vous boudez votre femme comme vous avez boudé la vie autrefois... Cela n'est pas grave, cela passera... »

24

Ils parlèrent encore de choses et d'autres pendant un moment, puis Raymond prit, un peu cérémonieusement, congé de Mme de Sizerac. Comme il se retirait :

« Eh bien! dit-elle, c'est comme cela que vous partez?... Trop galant tout à l'heure, pas assez maintenant, mon cher!... »

Elle éleva, en souriant, la main jusqu'à la hauteur de ses lèvres. Le jeune homme effleura légèrement le bout des doigts qu'on lui tendait et sortit. Alors elle s'approcha de la fenêtre, écarta un peu le rideau, et le suivit d'un regard singulier, tandis qu'il traversait la cour. Quand il eut disparu, elle laissa retomber le rideau en se disant tout bas à elle-même :

« C'est égal... Il avait de bien jolies moustaches! »

Et, pensive, la marquise soupira.

XIII

En quittant Mme de Sizerac, Raymond était
en proie à l'un des plus violents dépits qu'il eût
jamais ressentis. Son amour-propre avait été
piqué au vif par la démarche de Claire, et plus
encore par la petite leçon que la marquise venait de lui donner. Irrité contre sa femme,
contre son amie, irrité contre lui-même, — car
il se reprochait maintenant d'avoir accepté avec
une docilité humiliante l'admonestation im-
prévue que Mme de Sizerac avait eu la fantaisie
de lui infliger, — le jeune homme se trouvait
dans un de ces états d'esprit où le mécontentement général que l'on éprouve prédispose aux
résolutions qui sont justement les moins propres à l'apaiser.

Ayant constaté qu'il n'était pas encore cinq

heures, que, par conséquent, une lettre avait encore le temps de partir par le courrier qui devait être distribué le soir à Château-Frayé, il entra dans un café et écrivit à Claire, sans se donner le temps de réfléchir, le billet suivant, qu'il jeta aussitôt dans la boite d'un bureau de poste :

« Je vais passer quarante-huit heures à Fontainebleau avec Cavaroc. Vous comprendrez sans peine que je tienne à laisser un peu de temps s'écouler avant de me retrouver en votre présence ; sinon, je craindrais de me laisser aller à vous dire avec trop de vivacité ce que je pense de certaine visite que vous avez eu la singulière idée de faire aujourd'hui et des propos que vous y avez tenus sur moi. Veuillez prévenir ma mère que je serai de retour lundi dans la soirée ou mardi matin au plus tard. »

Après avoir exhalé sous cette forme le premier jet de sa mauvaise humeur, il prit une voiture, passa rue de Lisbonne, mit quelques affaires dans une valise, se fit conduire à la gare de Lyon et partit pour Fontainebleau, où il arriva, vers huit heures, à l'hôtel dont son ami lui avait parlé le matin.

« Tiens, te voilà! dit en l'apercevant Cavaroc, qui finissait de dîner. Quel bon vent t'amène? »

Raymond le mit en deux mots au courant de ce qui s'était passé depuis le moment où ils s'étaient quittés.

« Bravo! fit Cavaroc. De la poigne, mon cher, il n'y a que ça! »

Il passèrent le reste de la soirée à deviser gaiement. Seulement, quand Raymond se trouva seul, sa gaieté un peu factice tomba tout à coup. Ce mobilier d'hôtel, laid, banal et d'une propreté suspecte lui inspira presque du dégoût; le linge lui parut humide et d'une toile grossière, les rideaux pleins de poussière; le papier de tenture, même, lui déplut, avec ses centaines de petits médaillons, où la même bergère caressait bêtement le même mouton frisé. Il se coucha, en pensant à sa jolie chambre si propre, et s'endormit difficilement. Un cauchemar le réveilla : le front moite, la gorge serrée par une inexprimable angoisse, il resta un moment assis sur son lit, regardant fixement dans les ténèbres, cherchant à rassembler les images confuses d'un songe à demi évanoui déjà, et se demandant quelle voix connue,

celle de sa mère ou celle de sa femme, il avait
cru entendre, en rêvant, jeter ce grand cri de
détresse, de douleur surhumaine qui venait de
faire passer un frisson jusque dans la moelle
de ses os, et au souvenir duquel sa peau se
hérissait encore. Un chien aboyait dans la rue :
il comprit alors la cause de l'illusion dont il
avait été dupe ; mais cet aboi, qui reproduisait
à des intervalles égaux la même note lente et
plaintive, lui parut si lugubre, qu'il éprouva
une sorte de malaise à l'écouter. Une horloge
voisine sonna trois coups, avec une douceur
triste qui lui rappela le tintement des glas mor-
tuaires tombant du vieux clocher de Draveil.
Il alluma, ouvrit sa fenêtre. La lune, dans son
plein, éclairait une petite place déserte ; comme
il avait en ce moment l'esprit enclin aux imaginations funèbres, il trouva que cette place,
avec la demi-douzaine de marronniers dont
l'ombre faisait de grandes taches noires sur la
blancheur du sol, ressemblait à un cimetière,
et que ses bancs de pierre, larges et bas, à qui
le clair de lune donnait l'éclat du marbre,
avaient l'air de ces dalles qu'on pose à plat sur
les tombes. Invisible au-dessous de lui, le chien

jetait toujours son long hurlement de bête
perdue, effarée par la solitude et le mystère de
la nuit ; Raymond siffla doucement, dans l'espoir de le faire taire ; il fut même tenté, n'ayant
pas réussi, de lui crier : « Allez coucher » ;
mais ses nerfs étaient si étrangement ébranlés
qu'il sentit, au moment d'ouvrir la bouche, que
le son de sa propre voix, dans ce silence profond des êtres et des choses, allait lui faire
peur. Alors il referma la fenêtre, les rideaux,
dans l'espoir de mettre une barrière entre cette
voix lamentable et ses oreilles, chercha un
livre, un journal, qu'il ne trouva point, et enfin
résolut de fumer pour tuer le temps, en attendant le jour. Son tabac et son papier à cigarettes étaient dans une blague de soie bleue et
jaune. En la prenant, il se souvint que Claire
la lui avait donnée quelques mois auparavant,
et ce simple souvenir éveilla en lui un attendrissement subit. Que faisait-elle en ce moment? Plus heureuse que lui, dormait-elle? Elle
devait avoir besoin de sommeil, car ce nouveau
voyage à Paris, où elle était allée déjà la veille,
les émotions de cette ridicule équipée chez
Mme de Sizerac, alors que le médecin avait

tant recommandé le calme... Il tressaillit soudain, se leva et se mit à marcher dans la
chambre, si pâle, si défait, qu'il détourna les
yeux d'une glace qui lui renvoyait l'image de
ses traits, parce que cette image spectrale lui
inspirait une sorte d'effroi. Il venait de songer
tout à coup que le médecin avait dit un jour
qu'il n'était pas possible d'assigner une date
précise à la délivrance de Claire; que l'événement aurait lieu selon toute vraisemblance
dans les derniers jours de juillet; que cependant il fallait compter avec les surprises, et ne
pas s'étonner outre mesure, soit d'un peu de
retard, soit d'un peu d'avance. Or on était
au 12. Raymond s'en avisa brusquement, et,
en même temps, une pensée entra dans son
esprit, — si terrible, qu'un fer rouge imprimé
sur son front ne l'eût pas torturé davantage.
« Ah! mon Dieu, se disait-il, si pourtant elle
était en train d'accoucher!... D'accoucher,...
peut-être de mourir, sans moi! » De grosses
gouttes de sueur perlaient sur ses tempes. Il
éprouvait dans tout son être — dans son être
physique aussi bien que dans son être moral
— la sensation d'une souffrance sans nom.

Cela dura quelques secondes, de ces secondes d'agonie qui sont longues. Puis une réaction se fit; un peu de calme rentra en lui, après qu'il eût plongé dans la cuvette pleine d'eau sa tête en feu.

Au lieu du sinistre hululement qui pendant une heure avait monté vers la lune, un chant joyeux de coq retentit, saluant l'aube. Il ouvrit de nouveau sa fenêtre : des bandes superposées de nuages roses rayaient le ciel du côté de l'orient; une douce lumière blanche, qui n'avait plus rien de la pâleur livide du clair de lune, se répandait dans l'espace; le chien se taisait enfin; la petite place avait perdu son aspect funéraire; tous les bruits de la vie, piaffements de chevaux, roulements lointains de voitures, s'éveillaient l'un après l'autre; une brise légère, tout humide de la rosée et toute parfumée des senteurs de la nuit, s'était élevée; Raymond sentit, quand cette fraîche haleine de la terre sortant de son sommeil vint caresser son front, qu'elle emportait en passant sur lui l'idée folle qu'il avait eue un instant, et qui venait de lui faire endurer, en pleine veille, les affres du plus horrible cauchemar.

Sa montre marquait quatre heures. Appuyé

sur la barre de la fenêtre, il se mit à fumer
tranquillement des cigarettes. Il repassait dans
son esprit les événements de la journée : l'entrevue de sa femme avec Mme de Sizerac, sa
propre visite à la marquise et la façon dont il
avait été reçu par elle, sa lettre à Claire, son
brusque départ... Un remords, faible et confus
d'abord, mais qui d'instant en instant devenait
plus aigu et plus net, envahissait peu à peu
son âme, pareil à cette pâle clarté d'aurore,
blottie quelques minutes auparavant au bout
de l'horizon, et qui, insensiblement, avait occupé toute l'immensité du ciel. Du fond de sa
conscience, une petite voix douce et triste montait, murmurant des paroles dont chacune était
un reproche. Cette voix disait : « Pourquoi
es-tu parti? Pourquoi l'avoir laissée seule, si
près de la rude épreuve? Ne sens-tu pas qu'elle
t'aime, que l'amour l'a transformée, régénérée,
qu'elle est aujourd'hui la femme que tu sou-
haitais de rencontrer autrefois, l'amie sûre
et tendre, la digne compagne de vie, la créature deux fois sacrée, comme épouse et comme
bientôt mère ? Et ne sens-tu pas aussi combien
tu l'aimes, de quels liens indestructibles ton âme

est unie à son âme et ta chair à sa chair ? D'où vient donc cette rage impie qui t'anime contre elle ? Pourquoi la punir d'avoir été ce qu'elle n'est plus, au lieu de la bénir d'être devenue ce qu'elle est ? Hélas ! insensé, que de mal tu lui as fait, que de mal tu te fais à toi-même !... »

Assis devant la table, Raymond avait pris sa tête entre ses mains et méditait profondément. Tout ce qui était obscur ou ambigu s'éclairait, se précisait maintenant au fond de lui-même. Le caractère équivoque de son intimité avec la marquise lui fut soudain révélé et il rougit de honte en pensant que si quelques heures auparavant Mme de Sizerac elle-même, plus honnête que lui, n'avait pas pris soin de le rappeler à l'ordre, quelque chose d'irréparable se fût sans doute accompli. « Et c'est elle, se répétait-il, qui a eu pitié de Claire, ce n'est pas moi ! C'est elle qui m'a fait comprendre que ma place était auprès de ma femme ; elle, qui a coupé court à cette liaison suspecte ; elle, qui a reculé devant le crime de cette lâche trahison que j'étais prêt à commettre !... » Son âme loyale et droite — un instant dévoyée — se livrait au repentir avec une sorte de généreux

emportement. Il récapitulait ses torts, en ajoutait d'imaginaires aux réels, se torturait à
plaisir en relevant mille circonstances où il se
persuadait que sa conduite envers Claire avait
été coupable, comme s'il eût pensé qu'il ne lui
était possible de se réhabiliter complètement
qu'au prix de la plus cruelle expiation. Pendant
une heure, il fit sur tous les actes de sa vie depuis deux ans, sur leurs mobiles les plus secrets, sur ses sentiments et ses pensées intimes
une enquête minutieuse ; il comparut devant
lui-même et — sans chercher d'atténuation ou
d'excuse aux infractions qu'il pensait avoir
commises envers le devoir — se condamna
avec la sévérité d'un juge inflexible. Après
quoi, il se sentit soulagé, étant réconcilié avec
sa conscience, et ne pensa plus qu'à demander
à celle qu'il ne se pardonnait pas d'avoir offen-
sée une absolution définitive.

Cinq heures sonnèrent. La crise morale que
venait de traverser Raymond, jointe à cette
longue insommie, l'avait laissé extrêmement
las. Il se remit au lit, avec l'intention de reposer une heure encore, avant de prendre le premier train, et s'endormit aussitôt. Il avait tout

à fait perdu la notion du temps écoulé quand la voix de Cavaroc le réveilla :

« Eh bien! tu fais grasse matinée, j'espère! disait-elle.

— Quelle heure est-il donc? demanda Raymond inquiet.

— Neuf heures passées... Je suis entré dans ta chambre à sept heures; j'ai vu à tes bougies que tu avais dû veiller tard; tu dormais si bien que je t'ai laissé tranquille. »

Raymond s'habillait précipitamment. Quand il fut prêt, son ami lui proposa d'aller faire un tour en forêt avant de déjeuner.

« Impossible ; je ne déjeune pas avec toi; je pars. A quelle heure y a-t-il un train, maintenant?

— Es-tu fou?

— Non pas... Au contraire !... La nuit porte conseil... J'ai réfléchi que je ne pouvais pas rester plus longtemps loin de ma femme... Elle peut avoir besoin de moi : tu sais ce que je t'ai dit... C'est pour bientôt... Je n'aurais pas dû la quitter... Conduis-moi à la gare. »

Quand il descendit de voiture, dans la cour du chemin de fer, le train venait de passer. Il

fut obligé d'attendre assez longtemps avant de
partir, et n'arriva que vers midi et demi à Villeneuve-Saint-Georges. Pendant toute la durée
du trajet, une inquiétude vague n'avait cessé
de le harceler. Il l'écartait : elle revenait à la
charge, l'empêchait de lire le journal qu'il
avait pris en partant de Fontainebleau, le faisait, à chaque instant, regarder sa montre et
pester contre la lenteur du train. Telle était
son impatience qu'il fit en courant les deux
tiers du chemin, de Villeneuve à Château-
Frayé. Il remarqua en entrant que la petite
porte de la grille était ouverte, ce qui l'étonna
un peu. Il traversa la cour d'honneur, le vestibule, sans rencontrer personne. Comptant trouver sa mère et sa femme encore à table, il
ouvrit la porte de la salle à manger : elle était
vide et il n'y avait point de couvert mis ; vide
aussi le salon. Alors il eut peur et bondit
dans l'escalier. Arrivé au premier, il allait
tourner du côté de la chambre de sa mère
quand il entendit des pas au second. Il continua de monter, pâle d'angoisse. Sur le palier
du second, il se trouva en face de la générale.

« Où est Claire? » demanda-t-il d'une voix

rauque. Elle tendit le bras vers la porte de la
chambre bleue en disant gravement :

« Tu arrives tard!... »

Il ne fit qu'un saut jusqu'au fond du couloir.
Quand il fut contre la porte, la main sur le
bouton, une indicible épouvante s'empara de
lui. Il crut qu'elle était morte ; une hallucina-
tion, rapide comme l'éclair, la lui montra les
yeux clos par le sommeil éternel, un crucifix
sur la poitrine, le visage couleur de cire... A
ce moment, un petit cri grêle retentit de l'autre
côté de la porte : et le malheureux crut qu'il
allait défaillir, tant ce faible cri s'était réper-
cuté puissamment dans les profondeurs de son
être. Il ouvrit brusquement et regarda : Claire
était allongée dans son grand lit ; elle avait les
cheveux défaits, l'air brisé, mais une joie cé-
leste resplendissait sur son visage pâli ; à côté
d'elle était étendu, soigneusement emmaillotté,
le petit être qu'elle avait mis au monde douze
heures auparavant ; la vieille bonne, Martha,
rangeait des langes avec Mme Lecouturier au
fond de la chambre.

« Oh! dit Raymond, je n'étais pas là!... Pardon, pardon!... »

Et, tombant à genoux près du lit, il cacha dans les draps sa figure baignée de larmes. Claire, d'un mouvement dolent, tourna vers lui la tête; ses yeux s'emplirent de pitié en le voyant ainsi prosterné et pleurant; d'une voix faible comme un murmure elle dit, le tutoyant pour la première fois :

« Ne pleure pas... Embrasse ton fils! » . . .

. . . .

Un an après, Mme Blachère et le curé se trouvaient seuls au salon et causaient.

« Eh bien! madame la baronne, disait l'abbé Papillon, vous voici donc de retour parmi nous!... Qui l'eût dit, que vous auriez jamais quitté Château-Frayé pendant plus de huit mois...

— Que voulez-vous, mon bon abbé, ces enfants m'ont tant priée de venir m'installer à Paris auprès d'eux!... J'ai cédé... J'ai pensé que je pourrais être utile à Claire en faisant un peu la bonne, tandis qu'elle faisait la nourrice. Et puis, vous l'avouerai-je, je n'étais pas fâchée de voir d'un peu près comment irait mon jeune ménage cet hiver... J'avais eu si peur, l'an dernier!

« — Eh bien?... Êtes-vous contente?...

— Si je suis contente! C'est-à-dire qu'il n'y a pas de mère plus heureuse que moi, maintenant,... ni de grand'mère, car mon petit Roger est, je vous l'apprends, tout à fait adorable... Raymond et Claire ont recommencé une lune de miel, sous prétexte que l'autre avait été une lune de miel... comment dirai-je?... un peu rousse, manquée, enfin. Raymond a travaillé tout l'hiver, entre sa femme, son enfant et moi. Il ne va plus dans le monde qu'à son corps défendant... Quant à Claire, elle ne cache pas — même à sa mère, qui s'en montre fort scandalisée — que l'état de nourrice est un état divin. Comprenez-vous cela! Cette petite qui ne voulait pas de bébé!...

— Madame, les Italiens disent que le temps est un grand maître : l'amour en est un autre... Et où sont-ils, nos tourtereaux?

— Dans le parc, je crois. »

L'abbé s'approcha d'une des fenêtres et regarda. Sur le banc de gazon, au pied de la statue sans tête, Raymond et Claire étaient assis. La jeune mère achevait de boutonner son corsage qu'elle avait ouvert afin de donner le sein à son fils. L'enfant était couché à terre, sur une grande couverture de voyage; il poussait des cris joyeux en levant les deux mains pour prendre une fleur que son père agitait au-dessus de lui et retirait chaque fois que ses petits doigts malhabiles allaient la saisir. Sans parler, l'abbé fit signe à Mme Blachère de venir. Et quand elle eut, d'un coup d'œil, embrassé tous les détails de la scène :

« Eh bien! fit-il, qu'est-ce que je vous disais?... Le voilà, l'unisson! »

FIN

Coulommiers. — Imp. P. Brodard et Gallois.

www.ingramcontent.com/pod-product-compliance
Lightning Source LLC
Chambersburg PA
CBHW050310030726
47505CB00003B/650